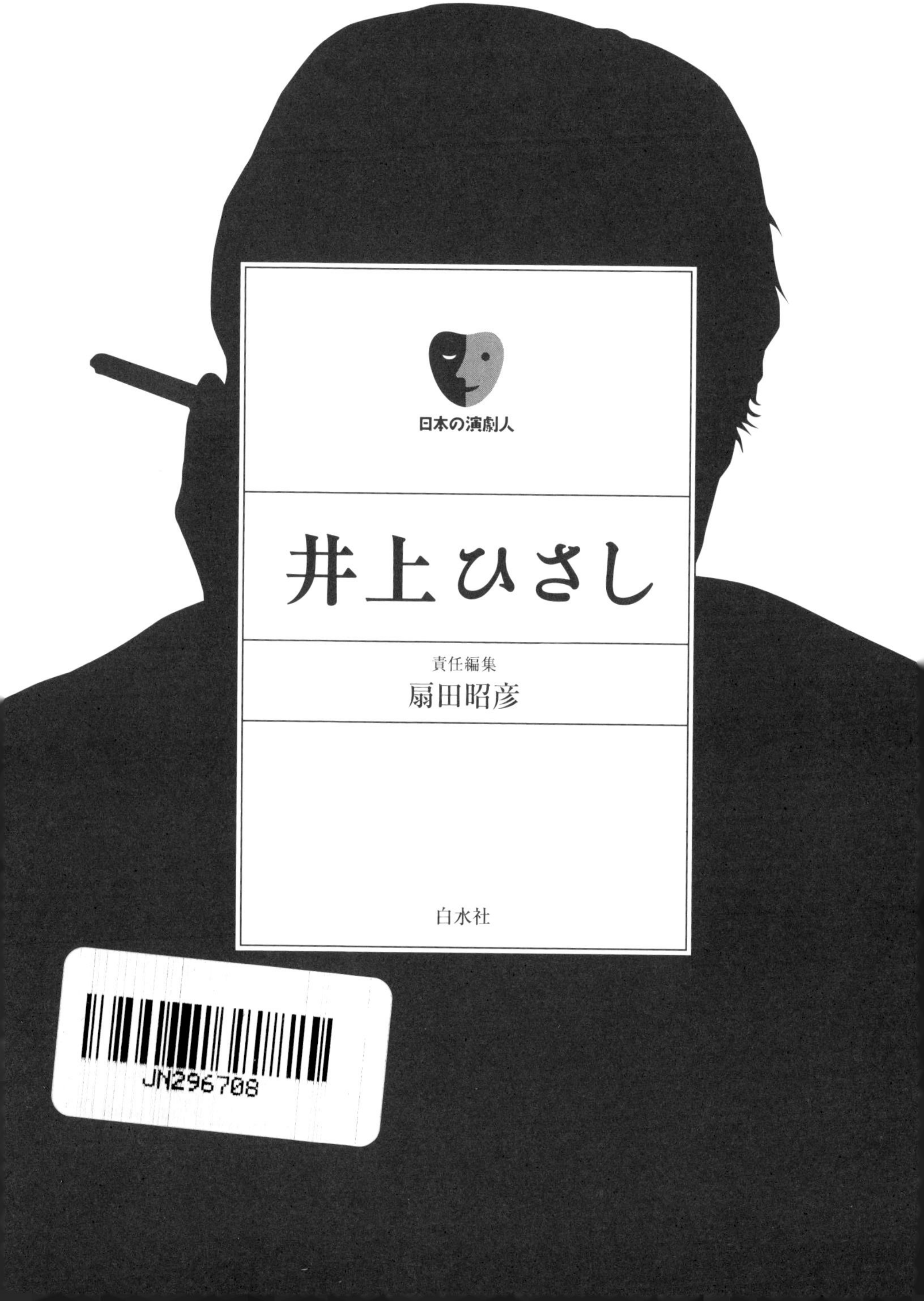

日本の演劇人

井上ひさし

責任編集
扇田昭彦

白水社

編集協力・資料提供＝こまつ座

創造の現場

撮影／落合高仁

大正製薬株式会社
あやめ
すみれ
藤子

◎目次

第I章

服部良一物語

井上ひさし

サキソフォン

戦前から戦中にかけて、筆者の個人史に置き換えれば、就学前から小学校（当時は国民学校）高学年にかけて、山形県南部の小さな町の子どもたちがもっともよく口遊《くちずさ》んだ歌はなんだったろう。もちろん、人によって違うだろうが、二つの歌が、筆者の心に、はっきりと残っている。一つは映画『エノケンの法界坊』挿入歌の「ナムアミダブツ」であり、もう一つは「山寺の和尚さん」という服部良一作曲のジャズコーラス曲である。この二つを毎日のように歌っていたという記憶がいまも鮮やかにある。

エノケンの「ナムアミダブツ」といったところで若い方にはなんのことだかおわかりにならないだろうが、昭和の初めにフランスからパラマウント社に招かれ、トーキー初期の恋愛喜劇に続けざまに主演して〈世界の恋人〉といわれたシャンソン歌手モーリス・シュヴァリエ（Maurice Chevalier 一八八八―一九七二）の英語のヒット曲「ルイーズ」（Louise）の替歌である。経文の重くおごそかな響きが明るく軽い旋律線に乗っていることに、子どもながら驚きをおぼえ、そして感動したのだろう。それにとても覚えやすい旋律である。

「山寺の和尚さん」は、戦後もボニー・ジャックスやダーク・ダックスが歌い続けていたからご存じのみなさんが多いだろうと思うし、「山寺の和尚さんは　毬はけ

りたし毬はなし　猫を紙袋に押しこんで　ポンとけりゃニャンと鳴く」という歌詞（久保田宵二）や、「ダガジグ　ダガジグ　ダガジグ　ダガジグ　エーホホー」というスキャットをどなたもどこかでお聞きになっているはずである。そのころの子どもたちはこれをコロムビア・ナカノ・リズム・ボーイズのコーラスで覚えた。服部良一の代表作六十三曲を収めたCD三枚組のアルバム『僕の音楽人生』（日本コロムビア、一九八九）に付けられている瀬川昌久さんの解説書によると、このコーラス・グループは〈秋山日出夫、原田礼輔（テナー）、手塚慎一（バリトン）、山上松蔵（バス）の四人組で何れも音楽学校声楽科出身の実力者で、バスが、ミルス・ブラザースを真似て、「ボンボンボン……」と楽器のベース音をボーカリーズして〉いたというが、とにかく楽しい歌だった。食べものも読むものもろくになく、学校に行けば上級生のいじめと防空演習ばかり、たいていの子どもが、自分は二十一、二ぐらいで敵の鉄砲の玉に当たって死ぬだろうと観念していたあの時代が、いまから振り返ってみると、妙に明るいのは、ひょっとしたら「ナムアミダブツ」と「山寺の和尚さん」の明るさと軽さが時代の暗さを隠してくれていたからかもしれない。

　この二つの歌の題名を並べて書いてぼんやり眺めていると、いろいろとおもしろい連想が湧いてくる。たとえば、西洋の旋律をお経に移し替えた「ナムアミダブツ」は〈西洋の日本化〉であり、日本の民謡をジャズの慣用句で処理した「山寺の和尚さん」は〈日本の西洋化〉である。つまり筆者たちはそれとは知らぬうちに、固有の文化から洋の東西の別を超えた普遍的な原則をどのようにして抽出するか、そしてその普遍的な原則をどのように使えば固有の文化を豊かにできるかというたいへんな実験に立ち会っていたわけだ。しかもその時期が「おのれの固有の文化や思想を絶対視し、それを互いに相手に暴力的に押しつけ合う」あの戦争の真っ只中だったのは皮肉な話である。

　第二の連想は、この二つの歌に軍楽隊というものが微妙に絡んでいるということで、これを説明するには大きな紙幅が必要になるが、どうか御辛抱いただきたい。

　軍楽隊の本場はフランスである。「いや、ドイツの軍楽隊の方が凄い」という意見もあるだろうが、筆者は断然、フランス本場説を唱えたい。というのは、サキソフォンを世界で最初に、それも大量に採用したのがフランス軍楽隊だからである。フランス革命のあと、国民軍が創設されて軍楽隊の規模が一段と大きくなった。たとえば、ルイ王朝末期の一七八〇年、歩兵一個連隊の軍楽隊の標準編成は十名（オーボエ、クラリネット、ホルン、トランペットがそれぞれ二、ファゴット、太鼓がそれぞれ一）だった。それが国民軍が組織されて間もない一八〇九年には、二倍の二十名（ピッコロ一、クラリネット六、ファゴット二、ホルン二、トランペット一、トロンボーン三、セルパン三、ティンパニと太鼓各一）にふえた。国民のための国家ができたということ、その国民国家の威容を誇示するのに、平時においては音楽にまさるものはないという理由から、軍楽隊を充実させたわけだ。さらに連隊中の連隊である近衛連隊の軍楽隊では、四十二名（ピッコロ一、クラリネット十七、ファゴット四、ホルン四、トランペット三、トロンボーン三、セルパン三、シンバル二、大太鼓、小太鼓、ティンパニ、トライアングル、グロッケンシュピールがそれぞれ一）の大所帯にふくれあがる。

フランスの軍楽隊で世界にその名を轟かせたのは、議事堂や政庁などの警護と儀仗を受け持つ共和国親衛隊のギャルド・レピュブリケーヌ軍楽隊（Garde républicaine）である。一八四八年の二月革命の際、パリ防衛軍の十二人のトランペット隊を母体にできたもので、十年もないうちに五十四名のフル・バンドに発展した。この軍楽隊は現在でもすばらしい技術を誇り、世界の吹奏楽界に君臨している。日本にも何度か演奏旅行に来ているが、筆者は昭和三十六年十一月の初来日のときに聞き、あまりの凄さに腰を抜かしてしまった。

話を戻して、もとより楽器をふやすだけでは立派な軍楽隊はできない。立派な演奏者がいてこそ充実する。そう考えたフランス政府は、演奏者の養成にも力を入れた。たとえば、一七九二年の国民軍無料音楽学校（École gratuite de Musique de la Garde Nationale）の創立がそれである。それまでの音楽学校は孤児院や養育院に併設されるのが常、身寄り頼りのない子どもはオルガンを覚えて教会のオルガン弾きに就職するか、クラリネットを習ってパリの犯罪大通りの芝居小屋の楽士になるのがいい、それが身を立てる早道というわけだった。もちろん理論も方法論もない徒弟修業的な教え方をしていたのだが、ここに初めて公的機関による、宗教色のない、理論と奏法を確かな方法論で教授する専門機関が誕生したのである。そしてここの卒業生は、その成績に応じて各軍楽隊に振り分けられた。なお、この音楽学校は、一八九五年、パリ音楽院に発展する。

もう一度、話を戻して、フランスの軍楽隊にサキソフォンが採用されたのは一八四五年、もちろん世界で最初である。ところで、このサキソフォン発明の動機がおもしろい。それまでの吹奏楽は二群の音色に分離されていた。つまり金管と木管、この二つがどうしても一つに溶け合わないのである。金管と木管を繋ぎ合わせる楽器はないか、その中間の音色を出す楽器はないか。そう考えた楽器製作家たちが大勢いたが、そのうちの一人、ベルギー生まれで、パリに工房を構えていたアドルフ・サックス（Adolph Sax 一八一四—九四）が放物形の円錐管をつくって、音振動をゴチャゴチャに掻き混ぜてみてはどうかと思いついた。管の内壁を音波がつぎつぎに交差し合い渡り合いながら抜けていけば、なんだかわけのわからない音色が出るのではないか。そのわけのわからない音が金管と木管の中間音になりはしないか。試作してみると、これがまさに正解だった。しかも音量がじつに豊かである。野外で演奏することの多い軍楽隊にとって、この音量の豊かさは魅力的だ。サックスはこの楽器に自分の姓をとってサキソフォンと名付け、さっそく特許を申請した。そしてこれをフランスの軍楽隊が採用したのである。

話は飛んで、大正期の日本は大阪の道頓堀に出雲屋という鰻屋があった。「安い蒲焼き」を看板に掲げた新興の店である。その安さが評判をとって、数ある老舗を見る間に追い抜き、大阪のあちこちに五つの支店をもつ蒲焼きチェーンに成り上がった。ここの若旦那が音楽好きのアイデアマンで、

《「高島屋や松坂屋が少年音楽隊を持って派手にやっておます。出雲屋も同じ〝屋〟がついてまっせ。そんなら、うちでも立派な音楽隊をこさえて、売り上げを倍増しようやおまへんか」》（服部良一『ぼくの音楽人生』一九九三年、

日本文芸社）

というので出雲屋少年音楽隊なるものを結成した。メンバーは三十名、うちサックスが十名というのだからなかなか派手な編成だ。大正十二（一九二三）年の夏のことである。楽長に、橘宗一という大阪第四師団軍楽隊のクラリネット奏者を引き抜いたが、この音楽隊の一期生に、大阪実践商業夜間部生徒で十六歳の服部良一がいたのである。

契約年数は三年。最初の一年間は教育期間である。服部少年は大阪松竹座オーケストラの楽団員について、ソプラノ・サックスを中心に、バンジョー、フルート、オーボエ、ピアノを習った。そして間もなく、彼はサキソフォン・ファミリーのリーダーに抜擢される。優秀だったのだ。

《演奏活動がはじまった。……大抵は、ウナどんの匂いをかぎながら中二階の仮舞台でブラスバンド演奏をする。……道頓堀通りへ景気よくマーチや流行歌を流したこともあった。》

ところで、明治から大正にかけて、少年音楽隊がたいへんなはやりだった。楽長はすべて軍楽隊の出身である。一番最初に少年音楽隊を組織したのは日本橋三越で、明治四十二（一九〇九）年の結成、楽長は海軍軍楽隊の久松鉱太郎。同じ年に、大阪三越にも少年音楽隊ができたが、楽長はこれまた海軍軍楽隊の高浜孝一。以下は列挙するが、大阪高島屋少年音楽隊の楽長が陸軍軍楽隊の金馬勇策。大阪松坂屋少年音楽隊の楽長が海軍軍楽隊の早川弥左衛門。この早川弥左衛門はぱりぱりの海軍軍楽隊楽長、大阪松坂屋もたいへんな人物を担ぎ出したものである。豊島園少年音楽隊の楽長が東京三越から引き抜いた久松鉱太郎。御覧のように、すべての少年音楽隊が軍楽隊から指導者を迎えている。

話はさらに飛ぶ。昭和十年前後、東京の、ということは日本の、ジャズ・バンド三羽烏は、「コロムビア・ジャズ・バンド」、溜池のダンスホール「フロリダ」専属楽団、人形町のダンスホール「ユニオン」専属楽団だといわれていた。そのメンバーを調べてみると、その主力を前記の少年音楽隊の出身者が占めている。

まず、コロムビア・ジャズ・バンドには、井田一郎

（楽長、日本橋三越）小畑光之（サックス、トランペット、大阪高島屋）芦田満（サックス、大阪高島屋）谷口又士（トロンボーン、大阪高島屋）南里文雄（トランペット、大阪高島屋）。フロリダには、芦田満（コロムビアとの掛け持ち）南里文雄（同じく）谷口又士（同じく）。ユニオンには、佐野鋤（サックス、日本橋三越）、服部良一（サックス、出雲屋）。このように、明治末年から大正期に軍楽隊から音楽を仕込まれた少年楽士たちが昭和前期の日本のジャズを支えたのである。余談になるが、田谷力三も日本橋三越少年音楽隊の出身者である。その割には音痴だったと思うが、偉大な声楽家はみな音痴だという説もあり、べつに音痴でけしからぬと言っているわけではない。

ジャズばかりではなく、軍楽隊は大正から昭和にかけての日本の楽壇の屋台骨でもあった。たとえば、大正十四年三月一日午前九時半、東京芝浦の東京放送局仮放送所から日本最初のラジオの電波が飛んだが、この試験放送第一日の記念番組は、次のような順序で放送された。まず、「JOAK」のコールサイン、次に「君が代」演奏、最後がロシアの作曲家アントン・ルビンシュタイン作曲の「天使の夢」演奏。このときの演奏が東京派遣海軍軍楽隊（指揮者は楽長の佐藤清吉）である。この軍楽隊は横須賀海兵団所属の、全国から優秀な演奏者を集めた選抜隊で、当時としては最高の技術を持っていた。だからこそ試験放送の記念番組をまかされたわけで、本放送が始まると、この東京派遣海軍軍楽隊は「海軍シンフォニー・オーケストラ」の名で、山田耕作の率いる日響（日本交響楽協会）とともに初期の洋楽放送を支えた。

この調子で書いていくと「軍楽隊物語」になってしまいかねないので、話を最初に戻すが、「山寺の和尚さん」が軍楽隊を連想させるという理由がこれでお分かりいただけたと思う。では、もう一つの「ナムアミダブツ」のどこが軍楽隊と絡むのか。シュヴァリエの自叙伝『わが道わが歌』（Ma route et mes chansons 一九四九）に「三ヵ月間、軍楽隊でシンバルを叩いていたことがあるが、これがわたしが正規に受けた音楽教育のすべてである」とあるから、やはり軍楽隊と無関係ではないのである。

それにしても服部良一がサキソフォン（以下サックス）を通して音楽の勉強を始めたことは大きいと思う。ハーモニカしか吹けない素人がこんなことを言うのは生意気というものだし、たとえ服部良一がハーモニカから音楽に入ってもやはりたくさんの佳曲を書いたにちがいないが（やる人はどんな条件の下でもやるべきことをやりとげる）、とにかくサックスは三十年代ジャズの花形、いわゆるスウイング時代は、音量豊かで、音色に甘美さと艶があり、表情の幅が広くて、感性的表現力にすぐれたサックスを中心に花ひらいたのである。ジョニイ・ホッジス、ベニイ・カーター、チャーリー・パーカーといったサックスの名手が続出し、ベニイ・グッドマンは、

「ビッグ・バンドの標準的な楽器配置は、リズム楽器と五本の金管と四本のサックスである」

と、言い、デューク・エリントンは、

「サックスは五本は必要である。そのサックス群とクラリネットとの組合わせにジャズの精髄がある」

と唱え、グレン・ミラーは、

「とにかくクラリネットとサックスの合体がすべて」

と主張するなど、サックスがスウイング時代の主役、その基本語法になった。

服部良一は道頓堀のカフェや、西宮と尼崎のダンスホールでサックスを吹きながら、その語法を身体に染み込ませる。じつは出雲屋少年音楽隊は二年も保たずに解散していた。大正の成金時代のバブルがはじけて、出雲屋のものは勿論、デパート系のものまで、すべて潰れてしまったのだ。そのうちに大阪放送管弦楽団のエキストラに口がかかり、そこの指揮者のエマニュエル・メッテル（Emmanuel Metter 一八八四—没年不詳、ただし、一九四五年以前にカリフォルニアで死亡していることは確認されている）に認められ、

《四年間にわたって、……主としてリムスキー・コルサコフの和声学、対位法、管弦楽法、それに指揮法を、みっちり個人教授されることになる。》

没年不詳というぐらいだから、どうせたいしたことのない音楽家だろうと高を括っていたが、調べてみると、そうではなかった。メッテル先生はウクライナ共和国の生まれ、ハリコフ大学法科を卒業後、音楽に志望をかえてペテルブルグ音楽院に入り直し、リムスキイ・コルサコフとグズノフに師事した。卒業してからはペテルブル

グ帝室歌劇場合唱指揮者を振出しに、ロシア帝室音楽院教授やモスクワ国立歌劇場指揮者などを歴任し、ロシア第一の指揮者という声価を得たが、そこへ革命勃発、一九一八（大正七）年、ハルピンに逃れたところを、ハルピン東支弦楽団の指揮者に迎え入れられ、この田舎オーケストラを数年のうちに東洋一に育てあげた。そして、大正十五（一九二六）年から十二年間、日本に滞在し、大阪放送管弦楽団の専任指揮者をつとめるかたわら、京都帝大オーケストラを指導した。ちなみに指揮者の朝比奈隆はメッテル先生を慕って東京帝大進学をやめ、京都帝大に進んだ。つまり朝比奈隆と服部良一とは兄弟弟子の間柄になるわけである。きびしい教師だったようだ。週二時間の個人レッスン、宿題は山のよう。少しでももたもたしていると、

《「アナタ、ドウシテワカラナイノ。アタマ、スコシ、バカネ」

と、神経質にどなる。

「アタマ、スコシ、バカネ」は、メッテル先生の怒った時の常用語だ。》

身体にジャズの象徴ともいうべきサックスの語法を染み込ませながら、頭に近代クラシック語法を叩き込むことで、後にわたしたち子どもを魅了することになる服部良一の魔術が着々と準備されて行く。

子どもはだれでも歌が好きである。旋律に言葉がつくということ、あるいは言葉が旋律に乗るということ。子どもはそれだけで珍しく、そして楽しくて仕方がないのだ。

だが、子どもは、やがて贅沢になる。決まり通りの歌では満足できなくなる。筆者たちの場合でいえば、唱歌や童謡や軍歌や古賀政男の流行歌がそうだった。先行する世代の人びとが子どもだったころは、それらは「新しい驚き」を盛ったものであったに相違ないが、次代の子どもたちには、それらはどれも中古品、陳腐で、決まりきった語法としか思えない。退屈である。そこで、子どもたちはいつも新しい魔法を待っている。

ある旋律線に言葉の列が乗っている。その言葉の列には当然ながら意味がある。その意味が次の言葉でもう完結しそうな気配なのに、旋律線の方はどうも終わりそう

にない。

「どうなってしまうのだろう」

と心配になる。けれどもこの作曲家は魔術師だ。次の旋律進行でみごとにその歌に決着をつけてしまう。こういう魔術が子どもをわくわくさせるのである。

つぎのような場面も子どもをどきどきさせる。ある旋律が意味を乗せて進行している。意味の流れから、旋律の進行から、

「次の音は高いぞ（あるいは低いぞ）」

と子どもは、それまでの語法をもとに予想する。しかし作曲家はその予想の裏をかく。

「どうなっているんだろう」

と子どもは一瞬、途方に暮れる。しかしやっぱり作曲家は魔法使いだ。子どもが途方に暮れたその瞬間、予想していた通りの音を与えてくれる。三時のおやつを三時五分前にもらうのは当たり前。けれども、「今日はおやつがないのかな」と心配になる三時五分すぎに、ほんとに欲しかったものをもらうと、これはうれしい。つまり、新しくていい歌（言葉をともなった旋律）は、たくさんの新しい贈り物を見せびらかしながら進行し、そのつど子どもを裏切ると見せて、じつは子どもにその新しい贈り物を残らず与えてくれるのである。そしてその歌を覚えれば、こんどは自分が作曲家の弟子に、魔法使いの弟子になれる。だから子どもはいつも新しい語法をもった歌が好きなのである。

七面倒に言えば、子どもたちにとっていい歌は、言葉の列と旋律線との絡み合いの中に「期待のほのめかしとその遅延した実現との、新しい関係」をいくつも隠している。もっと言えば、いい歌はそれ自身の中に、意味と旋律との鬼ごっこをたくさん隠しているのである。そして鬼はいつも程のいい間合いで捕まってくれる。そのへんの微妙な呼吸が子どもを夢中にするわけだ。

話がまた逸れてしまったが、「山寺の和尚さん」のスキャット部分には、その「期待のほのめかしとその遅延した実現との、新しい関係」がふんだんに満載されていたのだなと、いまにして思う。そういう目でみると、筆者たちがあの世評に高い「別れのブルース」（淡谷のり子、昭和十二年）や「湖畔の宿」（高峰三枝子、昭和十五年）、そ

して「青い山脈」(藤山一郎、昭和二十四年)をあまり愛さなかった理由もわかるのである。わたしたちが熱唱したのは、新しい語法を直感した「一杯のコーヒーから」(霧島昇、ミス・コロムビア、昭和十四年)であり、「チャイナ・タンゴ」(中野忠晴、同年)であり、「東京ブギウギ」(笠置シヅ子、昭和二十三年)であり、「東京の屋根の下」(灰田勝彦、同年)だった。そして、自分でもいやになるぐらい歌ったのが、「銀座カンカン娘」(高峰秀子、昭和二十四年)だった。

話はさらに逸れるが、昭和二十年八月十五日、淡谷のり子は山形県南部の長井という、隣りの町に巡業に来ていた。その日の午前中は、裏山で、飛行機燃料の原料にするという松の根っこを掘っていたが、話題は淡谷のり子実演に行くか行かないかに集中した。わたしは行かない方の組で、それはつまり、淡谷のり子が嫌いとかいうことではなくて、彼女の持ち歌の「別れのブルース」や「雨のブルース」(昭和十三年)にあまり情熱を持っていなかったせいだ。もっとも結局は実演を見に行ってしまったけれども。

話はメッテル先生に戻って、先生のあの口癖、「アタマ、スコシ、バカネ」が、やがて問題になる。

《すでに日中戦争はたけなわで、日米間にも暗雲が漂いだした昭和十四年の夏、大阪放送局での練習中に楽団の一人に演奏上の注意をされた。

「アナタ、ドウシテ、マチガイバカリスルノカ。アタマ、スコシ、バカネ」

……時局が悪かった。その奏者は、やにわに立ち上がって、

「よくも日本男子を侮辱したな、覚えてろ」

……そのことがあって間もなく、先生は不良外人という烙印を押され、ご夫婦とも国外へ退去、ということになった。/「覚えてろ」と、やくざまがいの捨てセリフを吐いた楽員は、身内に軍部の高官をもっているとも噂された。/放送局側や楽壇の有力者も八方手をつくしたが、どうにもならない。

……十月五日、ご夫妻は横浜港から貨客船『小牧丸』で、失意の身を自由の国・アメリカへ移すため旅立たれた。

……ドラが鳴った。／突然、デッキから先生の声が飛んだ。

「ハットリサン、テンポ、テンポ」

そう叫んで、ハンカチを持った手で三拍子をとり始める。日ごろ、リズムのあまりよくなかったぼくたち日本人のオーケストラに、指を鳴らしながら激しく言われた言葉だ。

……「先生、永い間のレッスン、忘れません」

ぼくたちも口々に叫びながら、先生に合わせて、ハンカチや帽子で三拍子を振った。》

（第一回「サキソフォン」了）

ガーシュイン

かつて紙恭輔という人物がいた。

若い方はご存じないだろうが、ある年代の者には神様のような人だった。たとえば筆者などはずいぶん長い間、その名字を「神」と覚えていたぐらいで、ジャズ好きの少年たちからたいへんに尊敬されていた。というのも、戦後、週に何回も、ＮＨＫが「軽音楽」なるものを放送するようになったが、その編曲者と指揮者がたいていこの紙恭輔だったからである。たしか当時は、日比谷の進駐軍専用劇場、アーニー・パイル劇場（現在の東京宝塚劇場）専属オーケストラの専任指揮者だったはずだ。進駐軍御用達にして週に何度もＮＨＫから名前が流れる人、そのころの子どもの感覚では問題なく「偉い人」になるのである。

突然、余談になるが、戦さが終わるとすぐ日本放送協会の内幸町の東京放送会館にＧＨＱ（連合国最高司令官総司令部）のＣＩＥ（民間情報教育局）が乗り込み、建物の半分以上を占拠、さっそく新聞や雑誌や放送の内容に目を光らせ始めたが、そのＣＩＥが最初にやった仕事の一つが「日本放送協会」を改称することだった。初めはＢＣＪ（The Broadcasting Corporation of Japan）と呼ぶことになったが、これはどうも日本人には言いにくいらしいと気づき、翌二十一年三月四日からＮＨＫと呼ぶように指示、この呼び名は現在まで続いている。

さらに余談をもう一つ、アーニー・パイル劇場とは、ご存じの方も多いと思うが、アメリカの有名な新聞記者

Ernie Pyle にちなんだもの、彼は沖縄戦に従軍して殉職した。この劇場にはアメリカから様ざまなスターたちがGI慰問にやってきたが、そのうちの一人、ボブ・ホープは朝鮮戦争のときのアーニー・パイル劇場でのショーの出だし《オープニング》をこんなふうに始めた。

「ぼくらは占領下の日本にやってきました。ほんとうに占領《オキュパイド》されてますね。少なくともぼくが声をかけた看護婦はみんながみんな『忙しいの《アイム・オキュパイド》』と言いますよ。……日本人は非常に礼儀正しいですね。ぼくはああいうおじぎには慣れていません。だからここに来て五日目なのに、まだだれの顔も見ていないんですよ」(中俣真知子訳『ボブ・ホープ自伝』徳間書店)

話を戻して、紙恭輔は東京帝国大学の政治科に在学中から、山田耕作の日本交響楽協会でバイオリンを弾いていたが、大正十五(一九二六)年、卒業と同時にアメリカに渡り、南カリフォルニア大学音楽部に入学した。一説によれば、その二年前の一九二四年二月十二日、大雪のニューヨークで初演されて絶賛を浴びたジョージ・ガーシュインの『ラプソディ・イン・ブルー』をレコードで聞き、衝撃を受け、四角四面な学問の世界から、先行きはわからないがガーシュインの投げかけた新しい光でにわかに明るく輝き出したかに見えるアメリカ音楽研究に志を変えたといわれる。そして彼のこの回心はわが服部良一の運命をも大きく変えることになるのだが、もっともそれはまだ先の話、紙恭輔はジャズの語法と芸術音楽《クラシック》の融合を図る「シンフォニック・ジャズ」やポピュラー音楽の編曲法を学んで、昭和七(一九三二)年に帰国、翌年、PCL映画製作所(東宝映画の前身)の音楽部長に就任する。

と書いたところで、シンフォニック・ジャズについて少し紙数を割《さ》かなければならないだろう。一九一〇年代の後半から二〇年代にかけて、アメリカでは大勢の音楽家や演奏家が、「ジャズの語法と芸術音楽の融合」の道を模索していた。周知のようにアメリカの建前は人種複合国家である。現実はとにかく理念の上では、肌の色や言葉の違う人間が自由かつ平等に生きて行くことのできる国を目指している。その理想に未来を託して、様ざまな国から貧しい移民たちが肌の色や言葉の外にそれぞれ違う音楽の趣味を持ってやってきた。それはよいとしても音楽については無政府状態に陥る。ある人びとはクラシックを音楽であると思い、別の人たちはオペレッタの挿入歌以外に目もくれず、こちらはイタリア民謡をがなりたて、あちらはアイルランドの歌を口遊《くちずさ》み、そして黒人たちは奴隷だったころの悲しみを黒人霊歌という器に盛っていい声で歌っていた。ところが国家が強大になるにつれて諸文化は統一の方向に向かうのが常である。だれかがそう企むというのではなく、「国民国家」が形成されて行く過程ではすべてが自然にそういう動きをすることになるのだ。貨幣、軍隊、憲法、国旗、国歌、国民史、共通語などの制定は、国民すべての意思が一つところを目指すようにするための制度作りにほかならない。もちろんこれを「支配層の陰謀だ」などと言ってはならないだろう。なによりもまず国民の方が真っ先に一つところを向きたがるのである。アメリカもこの道程を辿った。そして音楽の面でも、「アメリカを真に代表する音楽はどういうものであるべきか」が問われ始めていた。

ここにポール・ホワイトマン（Paul Whiteman 一八九〇―一九六七）という人物が登場する。「白人《ホワイトマン》」なる名字が災いして戦後は埋もれてしまったが――もっとも亡くなる寸前までABC放送の音楽総監督を務めていたぐらいだから「埋もれてしまった」は言い過ぎかもしれないけれど、戦前のホワイトマンが、アメリカの国民音楽を創ろうという全国的な大きな動きの中心にいて、終始ぴかぴかの栄光に包まれていたことを知っている者には、戦後の彼は「埋もれてしまった」としか思えない。

じつは筆者は、昨日も、ホワイトマンを見た。ガーシュインの伝記映画『アメリカ交響楽』（原題はRHAPSODY IN BLUE 監督アーヴィング・ラパー／ワーナー一九四五年度作品／日本封切昭和二十二年）に、ホワイトマンが彼自身の役で出演しているので、いつでも好きなときに見ることができるのである。お盆型の顔にチョビ髭、しかも後退の始まった髪をコスメチックでぴちっと固めているのでお盆型の輪郭がますます強調される。体付きは太り気味でなんとなく丸々としており、その丸い胴体の上に丸い顔が乗っていて、乱暴に言えば丸で雪だるまだ。その上、小さな奥目はいつもきょときょと辺りを窺っているようで、どう見ても「ジャズ語法とクラシック語法の融合を目指す一大運動の中心人物」とは思えないが、しかしひとたび指揮棒を手にするとがらり印象が変わる。彼の指揮棒はそのままフェンシングができそうなほど長く、盲人杖よりも白い。その指揮棒を軽々と扱いながら、ニューヨーク市のクラシック音楽の殿堂エオリアン・ホールで「ラプソディ・イン・ブルー」の初演を振る場面はなるほど威厳と誇りに満ち満ちており、「この人はやっぱり偉大な歴史的人物だったのだ……」と、いつも感動させられてしまう。

ホワイトマンはもともとクラシック音楽の演奏家である。コロラド州デンヴァー市の生まれで、そこの音楽学校で弦楽器を学び、「ヴィオラを持たせればコロラドで一番」という評判をとり、十八歳（一九〇七）でデンヴァー交響楽団のヴィオラ奏者になった。やがて、「西部アメリカで一番のヴィオラ奏者」という評判が立ち、二十五歳（一九一四）のときにサンフランシスコ交響楽団に引き抜かれる。そのまま黙ってヴィオラを弾いていれば間違いなく「全米一の奏者」という評判を得てニューヨーク・フィルに移籍ということになっただろうが、ホワイトマンは別の方法でニューヨークへ飛び出して行ってしまう。オーケストラでクラシック曲を演奏しているうちに、新しい音楽であるジャズに魅せられ、突如としてダンス・バンドを結成、三十一歳（一九二〇）のときにバンドごとニューヨークに移ったのだ。初めのうちは、場末のダンスホールやナイトクラブで演奏していたが、間もなくジョージ・ホワイトに見つけ出されて、彼のショー「ジョージ・ホワイトのスキャンダルズ」（George White's Scandals）に出演することになる。

またも話は飛ぶが、当時のブロードウェイはレビューの全盛時代だった。そのレビューの筆頭は、ご存じの向きも多かろうと思うが、ショー作りの天才、フロレンツ・ジーグフェルドが製作していた「ジーグフェルド・フォリーズ」（Ziegfeld Follies）である。一九〇七年から三一年までの二十五年間に、フォリーズ（「馬鹿げた出来事」という意味）と名のついたショーが都合二一本作られて、いずれもヒットした。ショーの構成はフランスのレビューを手本にしている。まず歌がある、次に美しいショー・

ガールたちの踊りがある、そして笑わせるスケッチ（日本式に言えば「コント」）がある。ジーグフェルドは、このレビューの三種の神器（歌＋美女＋スケッチ）にべらぼうな資金を投下した。

金に糸目をつけず人気歌手を集めてオリジナルの新曲を歌わせる。

六四名の美女たちに太鼓を叩かせながら客席を行進させる、本物の象に大勢の美女を乗せる、巨大な水槽を出して美女たちの泳ぎを見せる、五〇トンもの白レースで飾り立てた舞台にレースをまとった（と言うことは半裸の）美女を登場させる、ギリシャ彫刻を並べて客を驚かせ、その彫刻を動き出させてまた驚かす、もちろんその彫刻は美女が化けているのである。このように大勢の美女と豪華な衣装と奇抜な仕掛けでとにかく観客の度肝《どぎも》を抜こうというのがジーグフェルドの基本戦略だったようだ。

とくに筆者が感心したのはスケッチのおもしろさで、ほんとうにいい脚本を使っている。先年、ニューヨークの古本屋で当時のレビューのスケッチ脚本を二百本ばかり仕入れてきたが、どれを読んでもよく出来ている。たとえば、デヴィッド・フリードマン（David Freedman 一八九八―一九三六）というスケッチ作家がいた。一歳のときに両親に連れられてルーマニアからニューヨークにやってきた移民だが、ニューヨーク市立大学を卒業後、エディ・キャンターやファニー・ブライスやジャック・ベニーやアル・ジョルスンなど当時超一流のコメディアンやコメディエンヌたちのギャグ・ライターをしながら腕を磨き、やがてレビューの売れっ子スケッチ作家になった。そのころのレビューのスケッチとはどんなものだったか、参考までに彼の作品を紹介しよう。翻訳は不束《ふつつか》ながら筆者、題を『スピード時代』（一九三三年マジェスティック劇場初演）という。

舞台は暗黒。そこへ次のアナウンス。

アナウンス　わたくしたちはまさにスピード時代に生きています。五〇〇マイルの距離をたったの一時間で一っ飛びできるかと思えば、二秒もあれば世界のどこへでもメッセージを送ることができます。歩くのも早くなりました、食べるのも、お喋りも、寝て起きるのも早くなりました。スピード、スピード、スピード！　この調子ではいまにこんなことが起こりそうです。

いきなり照明が入ってくる。左右と中央に都合三つのドアのあるモダンな居間。ダンカン氏と彼の友人、そしてグリーン嬢の三人、板つき。

友人　ダンカンさん、グリーンさんを紹介いたします。さようなら。

友人、中央のドアから去る。

ダンカン氏　初めまして。結婚してくださいませんか？

グリーン嬢　うれしい。（もうダンカン夫人になって）あなた、お夕飯に間に合うようにお帰りになってね。

ダンカン氏　それが出張なんだ。向こうに着いたら電話するよ。

中央ドアから出て行く。

ダンカン夫人　いつも出張ばかり。ほんとうにいやになっちゃう。

左のドアから退場。

ダンカン氏　（中央ドアから帰ってきて）会社をもう一つ創立したよ。

看護婦　（左のドアから入ってきて）おめでとう！　男のお子さんですよ。

ダンカン氏　やった！　顔を見ていいですか。

看護婦　もちろんですとも。

左のドアが勢いよく開いて、大学生の息子がペナントを振りながら登場。なお、看護婦は左のドアへ去る。

息子　パパ、ハーバードが勝ったんだ。

ダンカン氏　それはよかった。うちの社の共同経営者にしてあげよう。

執事　（右のドアから）お夕食の支度ができておりますが。

ダンカン氏　そうか。うちの奥さまを呼んでこよう。

ダンカン氏、左のドアから出て行く。

息子　（執事に）いい娘《こ》ができたんだけどね、親父が許してくれそうもないから、駆け落ちするよ。

中央のドアから飛び出して行く。

執事　どうぞお仕合わせに。

左のドアからすっかり年老いたダンカン氏夫妻が出てくる。それとほとんど同時に、中央のドアから息子が赤ん坊を抱いた妻を連れて帰ってくる。

息子　パパ、ママ……。初孫を抱いてみませんか。

ダンカン夫人は赤ん坊に駆け寄り、ダンカン氏の方はため息をついて、

ダンカン氏　なんて一日だ……！

暗転。

それにしても今回は横道に逸れてばかりいて、そのせいで服部良一がポール・ホワイトマンやジョージ・ホワイトや紙恭輔を通してどうガーシュインと繋がるかは次回で扱うことになりそうだ。こうなったら逸れついである。デヴィッド・フリードマンのスケッチをもう一編紹介することにしよう。題は『喫煙車』、前作と同じく一九三三年の作品である。初演も同じくマジェスティック劇場。

男子用喫煙車で男が一人、膝を組んでのんびりと新聞を読んでいる。隣りの席に男の小型旅行鞄が置いてある。間もなく小犬を抱き、小型のスーツケースを下げた女が入ってこようとする。通りかかった車掌が見咎めて、

車掌　もしもし、これは男子用の喫煙車なんですが。ご婦人はお入りになれませんよ。

女　ちゃんと切符を買ってあるんですよ。この車内のどこにいようとあたしの自由でしょう。

車掌　しかしですねえ……。

女　ごちゃごちゃ言ってる暇があったら、機関士に線路から目を放さないようにと言っといてちょうだい。

車掌は肩をすくめて去る。女は男に気づかず、スーツケースを彼の上に置いてしまう。男、憤然としてスーツケースを床にほうり出す。女は男を睨みつける。

男　これは男子用の喫煙車なんですがね。

女はなおも男を睨んでいる。男は葉巻に火をつけ、これ見よがしに煙を吹き出す。女、煙でむせる。男はもう一服。女は葉巻を奪い取って窓の外にぽいと捨てる。男、女を睨みつけていたが、いきなり小犬を捕まえると窓の外へ放り投げる。女は男の帽子を窓の外へ投げ捨てる。お返しに男も女の帽子を窓の外へ投げ、膝を組み直し、上の足をぶらぶらさせながら改めて葉巻を出す。女の目が男の靴に止まる。女は男の靴を抜き取り窓の外へ投げる。男は女の前にゆっくりと膝をつく。が、そこからはすばやい動きで女から靴を奪い取ると窓の外へ投げる。女は男に飛びつきコートを剝ぎ取って窓の外へ捨てる。男、しばらく女を睨みつけているが、今度は女のスカートを剝ぎ取ろうとする。女がそうはさせじと抵抗するところへ、車掌が通りかかり、咳払いを一つ。

車掌　ここは喫煙車です！

暗転。

（第二回　つづく）

ガーシュイン（二）

前回は、ブロードウェイのショーに挿入されるスケッチ（日本式に言えばコント）の名作を二編、紹介した。できるなら何百と集めたブロードウェイのスケッチを一編あまさず翻訳して読者の閲覧に供したいが、恒産のない者にそんな贅沢は夢のまた夢である。スケッチの翻訳では暮しの烟が立たない。

　話を戻して、今世紀初めから一九三〇年代にかけてのブロードウエイのショーは、音楽と美女と見世物仕掛けと、そして腕のあるコメディアンたちによるスケッチの四本立てで構成されていた。そしてガーシュインがショーの稽古《リハーサル》ピアニストを始めたころの代表的なショーが「ジーグフェルド・フォリーズ」であり、これを「ジョージ・ホワイトのスキャンダルズ」が追いかけていた。

　さて、サンフランシスコ交響楽団の主席ヴィオラ奏者だったポール・ホワイトマンが突然、ジャズに魅せられてジャズ・バンドを結成したこと、サンフランシスコからニューヨークに移って場末で演奏しているところをダンサー出身のショー製作者ジョージ・ホワイトに見い出されたことなどは前回に書いた通りであるが、一九二二年版の「ジョージ・ホワイトのスキャンダルズ」で、二十三歳のガーシュインが初めてのブロードウエイヒットを飛ばした。映画『巴里のアメリカ人』（ヴィンセント・ミネリ監督一九五一年度作品）を御覧になった方なら思い出していただけるだろうが、ジーン・ケリーの恋敵のジョルジュ・ゲタリが歌っていた「天国への階段を作ろう」（I'll Build a Stairway to Paradise）がそれである。未見の方は騙されたと思ってレンタルショップへ駆けつけ、この歌だけでもお聞きいただきたい。ブルースの語法をふんだんに取り入れながらも華やかで、粋でありながらも粘っていて、「こういう音楽が鳴り響くところにしか、ショーというものは成立しないのだ」ということを直感なさるにちがいない。

　話が横道に逸れてばかりいて恐縮だが、二昔よりもっと前、友人たちとアメリカのミュージカル映画について話しているうちに大いに揉めたことがあった。友人たちはいずれもいまや立派な小説家になっているが、筆者がガーシュインの伝記映画である『アメリカ交響楽』や、ガーシュイン・メロディを全編に散りばめた『巴里のアメリカ人』をミュージカル映画の上位に挙げると、彼等は言下に、「田舎臭い趣味だな」と鼻先で笑い、『バンドワゴン』がいいだの、『ウエストサイド物語』につきるだのと言い競っているので唖然となったことがある。ここからは自慢話めくが（いや、はっきり言えば自慢話以外のなにものでもないのであるが)、生家の茶の間の棚にガーシュインの愛好者だった亡父の収集したレコードが何十枚と積んであり、それらを子守歌がわりに育ったから、筆者にはガーシュインは神様のような存在であった。さらに中学生のころからガーシュインを扱った記事はいちいち丹念に切り抜き、それなりに勉強もしていたので、

「ガーシュイン抜きにミュージカル映画を云々しても始まらないのではないか。それはトンカツの載っていないトンカツ定食を前にトンカツを語るよりも無謀なことである。キャベツのよしあしばかり論じてもトンカツ論になるものではない」

と、友人たちの無知な脳天気ぶりに呆れてしまった。

同時にガーシュイン抜きで服部良一を語っても実りは少ない。その理由は追い追い明らかになるはずである。ずいぶん高ッ調子なことを書いているようだけれど、日本のミュージカル受容史を見ていても似たようなことを感じるので、このへんではっきり言っておいた方がいいだろう。ガーシュインに無知のままミュージカルを受け入れようとしても無駄なのだ。

ガーシュインは十五歳で北部ウエストサイド商業学校を中退、マンハッタン西二八丁目、五番街と六番街の間に並ぶ住宅街にあったブリキ缶通り《ティン・パン・アレー》(Tin Pan Alley)のレミック社(Remick's)のピアノ弾き《パウンダー》になった。週給一五ドル、一九一四年五月のことである。

このブリキ缶通りには楽譜《シート・ミュージック》会社が軒を並べていた。ラジオもなく音声付きの映画もなく、もちろんテレビもないころのことで、〈ポピュラー音楽は、カリカリ音を立てる手巻き式のビクトローラでレコードをかけるか、オルゴールで聴くか、自動ピアノにパンチ穴のあいたロール紙を入れて聴くか、あるいは、家族がピアノのまわりに集まって、聴き覚えの曲を弾きながら歌ったりしていた〉(ポール・クレシュ『アメリカン・ラプソディ』鈴木晶訳、晶文社)時代、流行歌の伝播は主として楽譜に頼っていたから、楽譜出版業はビッグビジネスの一つだった。そういえばこの十五歳のユダヤ系少年がブリキ缶通りで働き始めたころのニューヨーク・タイムズ紙に次のような記事が載っている。

〈わがアメリカ合衆国では、楽譜ソングの消費量が靴

の消費量と拮抗する時代が長く続いている〉(Edward Jablonski/GERSHWIN/SIMON & SCHUSTER)

つまりその消費量もさることながら、アメリカ人にとっては歌が靴と同じように日常必需品の一つであり、その歌をブリキ缶通りが楽譜によって提供していたのである。

楽譜会社の造りと言えば、たいてい相場が決まっており、各階ともにたくさんの小部屋が並んでいた。小部屋には竪型《たて》ピアノが一台、置いてあって、そのピアノの上には、ガーシュインの場合で言えば、レミック社の出版した楽譜が山のように積み上げられている。ピアノ弾きは、ここでお客を待つのである。客種は、ちゃんとした劇場のスター、ヴォードヴィルやバーレスクの小屋の芸人たちといったところがおおどころ、ピアノ弾きは彼らのために自社の曲を弾きまくり「客にぴったりの曲」を探してやる(あるいは押しつける)のである。もしもその曲が、その客が歌うことでヒットすれば、楽譜が売れるし、著作権料も入る。ともあれその時分のことだから防音装置をほどこした小部屋など一つもなく、夏などは開け放した窓から流行歌を叩くピアノの音がやかましく聞こえてきて、まさにブリキ缶《ティン・パン》を叩いているようなので「ブリキ缶通り」と仇名されることになったのである。

ガーシュインのピアノの腕前ときたら相当なものだった。十歳でピアノを習い始めて、半年後にはもう「ウイリアムテル序曲」を楽に弾いていたというから、もともと天分があったにちがいないが、ピアノ教師につけば、間もなく教師に追いついてしまうほどの急速な進歩を見せた。それに最後に習った教師がチャールズ・ハンビッツアー(Charles Hambitzer 一八八一—一九一八)という優れた音楽家で、ふだんはウォルドルフ・アストリア交響楽団の弦楽器奏者をしていたが、同時にピアノ独奏者としても活躍し、一九一三年四月に弾いたアントン・ルビンシュタインの「ピアノ協奏曲第四番」は、名演奏と絶賛された。ハンビッツアー先生はよくガーシュインにこう言っていた。

「ショパンやリストの曲をそんなふうにラグタイム風に編曲して弾くのはやめなさい。でないと、カーネギーホールでリサイタルができなくなる」

ハンビッツアーがガーシュインを「やがては一流の独奏者として檜舞台に立つことのできる才能」と見ていたことが分かる。

ガーシュインの小部屋に、そのころ姉のアデールとコンビを組み、ヴォードヴィル一座に加わって地方を回っていたフレッド・アステアが曲を探しにやってきたこともある。ちなみにフレッド・アステアはガーシュインの一つ年下であるが、彼の回想録によればそのときの様子はこうである。

ガーシュインは次から次へと休まずに、そして楽しそうにピアノを弾きながら、わたしたちに合いそうな曲を探してくれた。最後に、「ここにはろくな曲がないな」と呟き、それから明るい声でこうつづけた。「ぼくがミュージカル・ショーの音楽を書いて、きみがそのショーに出演する、そうなったらすてきだとは思わないかい」

小部屋で芸人たちのために自社の曲を弾くほかにも仕事はあった。天井なしの自動車に竪型ピアノを乗せてニューヨーク中を走り回った。三人組や四人組の男性コーラスが同乗して新作を歌い歩くのである。人通りの多いところでは車を停めて、即席の短いショーをやった。また、そのころは「ピクチュア・ハウス」と呼ばれていた映画館へ出かけて行き、歌唱指導のようなこともやった。休憩時間に、新曲の歌詞をスライドでスクリーンに映し出して観客に歌わせるのである。ときには百貨店や楽器店の楽譜売場に出張して居合わせたお客に歌詞カードを配り、ピアノで誘って歌わせたりもした。うまくいくと日に五百部も楽譜が売れた。

それにしても週給一五ドルは安い。やがてガーシュインは、土曜ごとに隣りのニュージャージィ州のスタンダード・ミュージック・ロール会社で、自動ピアノのために六ロール弾いて二五ドルもらう仕事を見つけた。そしてずいぶん長い間この内職を続けていた。ガーシュインが弾くと、ピアノの中の器械がロール紙に穴を空ける。その穴が後で音を再生するわけである。いままでのところ、ガーシュインの弾いたピアノ・ロールが百二十本もあることが分かっているが、実際はその何倍も打ち込んでいるはずだと研究者たちは見ている。ショパンやリストなどクラシック曲を弾くときは変名や偽名を使っていたから正確な本数はわからないのである。

ブリキ缶通りのピアノ弾きたちはそのほとんどが独学で、自己流の弾き方をしていた。そこでレミック社のガーシュインの評判が高くなった。バッハやショパンを自在に弾くばかりではなく、客の声域に合わせて移調して弾いてくれるのだから、みんなに重宝された。がしかし、ガーシュインは三年目にくびになった。ガーシュインは「旋律帖」(Tune Book) と名付けたノートを常に携えていて、メロディを思いつくとその場で書き込む癖があったが、ある日のこと、「いい曲がない」という客に、そのノートに書き留めてあったメロディを基に即興で一曲作り上げて提示した。これが上司に知れてしまったのだという。別の説もある。自作を出版してほしいと上司に頼み込んだところ、「きみは黙ってピアノを弾いていればいい。わが社にはそれでなくても大勢すぎるほどの作曲家がいるのに、どうしてきみまでが曲を書かなければならないんだね」と断られ、それでレミック社に見切りをつけたと書いている評伝もある。どちらが正伝かはわからないが、ガーシュイン自身は後になってこう言っている。

「そのころのわたしは、自分のことを世界でもっとも不幸せな若者だと思っていた。行く行くは曲を出版してもらうつもりで入社したのに、なぜいつまでも他人の曲ばかり弾いていなくてはならないんだろうと不平ばかり言っていた」

それからの一年間は「人生でもっとも屈辱的な日々」(ガーシュイン) だった。曲を書いて音楽出版社へ持ち込めば五ドル札を握らされて追い出される (音楽乞食と間違えられたらしい)、ヴォードヴィル小屋のピアニストになればきっかけを間違えて、コメディアンから「それでもピアノ弾きのつもりかい」と怒鳴られ、恥ずかしさのあまり給料も受け取らずに逃げ帰る、お金ほしさにパーティのバンドでバンジョーを弾く、ときおりショーに歌を書く仕事に恵まれるが、どれ一つヒットしない、先の見通しはまるでなかった。

このころの仲間にアーヴィング・シーザー (Irving

Caesar）という作詞家志望がいた。ニューヨーク市立大学を出て、例の自動車王ヘンリー・フォードの速記秘書をしていたのに、ショーのための作詞がしたくて勤めを辞めてしまったという変わり種である。ある夜、タイムズ・スクエアの大衆レストランで二人で食事をしているうちに、シーザーがふと思いついて言った。

「ワンステップというダンスが流行っているけど、あのリズムで曲をつくってみないか」

二人はバスでガーシュインの家に帰ってさっそく取りかかった。十五分で曲ができた。シーザーが「スワニー」(Swanee) という題をつけた。

一九一九年十月、四一番街にキャピトル劇場という新しい映画館が完成した。柿落《こけら》としはダグラス・フェアバンクスの新作無声映画、アトラクションに踊り子五十名が出演する豪華なショーが上演され、「スワニー」も挿入歌の一つに取り上げられた。しかし、評判になったのは、「スワニー」を歌いながら踊る踊り子たちの靴の先に仕込まれたぴかぴか光る百個の豆ランプだけ、肝心の歌の方は話題にも上らなかった。

「曲は傑作だが、歌い方に問題がある。あれならぼくたちが歌った方がまだましだった。歌い手を選ばなくてはだめだ」

ガーシュインたちがそう考えているところへ、一年間の地方巡演から「シンバッド」(Sinbad) が戻ってきた。これは当時、飛ぶ鳥落す勢いのアル・ジョルソン (Al Jolson) のワンマン・ショーだった。筋書きは他愛もないもので、顔を黒塗りにしたジョルソンが船乗りシンバッドを気取った滑稽な男に扮して古代のバグダッドへやってきて、ちょいとした冒険をするというだけの話、その冒険の途中、ジョルソンは何度もショーの流れを止めて新作の曲や在り物の曲を歌うという拵え。ただし美しい踊り子をぞろりと取り揃え、舞台装置を豪華絢爛たるものにして人気を集めていた。ニューヨーク公演だけでも三八八回を数えているから、当時としては大ヒットの部類に属する。ジョルソンとは一、二度、仕事をしたことがあったガーシュインは、「スワニー」を歌うならこの人だと閃いて、ジョルソンのパーティに出かけて行き、ピアノの前に陣取って客のリクエストを弾きまくった。

そして頃合いを見て、「スワニー」を弾き語りした。ガーシュインの超絶的なピアノの弾き方に驚いていたジョルソンは、今度は「スワニー」に感動した。勢いよく弾む旋律、ヴァースと主要部との絶妙な対比、みごとで鮮やかな転調、歌詞もジョルソンの気に入った。こうして「スワニー」は「シンバッド」の中で歌われることになった。

（第三回「ガーシュイン」了）

ブルー・マンディ・ブルース

いま自分が持っている音楽的財産がどのようなものなのか、またその財産がどこからやって来たのか、そしてどんな利子が殖えたのか。そういったことが知りたくて、わたしはこの読物を書き始めた。言ってみれば自分の音楽的財産の調査とその目録の整理のための文章である。楽しみながら書いているせいか、余談が脱線を呼び、脱線がまた道草の種子《たね》になるという塩梅でちっとも話が前へ進まない。それどころか回を重ねるたびに話が過去へ後戻りして行くのが我ながら奇妙である。書いている人間が「はてな？」と首を傾げるぐらいだから、読者の中に「どこが服部良一物語なんだい」とご立腹の方が出てきても当然であるが、どうか今しばらくご辛抱いただきたい。

両親は薬のほかにレコードを商いながらその収集にも熱を入れ、さらにそれを使って町の図書館でコンサートを主催するというふうで、家にはかなり大量のレコードがあった。そんなわけで戦前の家庭としては音楽がふんだんにあった方の組に入る。ラヴェルの「ボレロ」に合わせてダンダダダンダダダンダンと叫びながらむちゃくちゃ踊りを踊った記憶もあれば、炬燵の上でラロの「スペイン交響曲」に合わせて煮物箸を振り炬燵櫓から転げ落ちてたいそう痛かったことも覚えている。それらの「洋楽」は子どもの魂を快く揺るがすものを持っていたことはたしかだが、しかしわたしは当時から〈受け狙い〉なところがあって、洋楽に合わせて踊ったり指揮者の真似事をすれば親が喜ぶということもよく知っていた。ずいぶんといや味な子だったわけだが、そういう子が受け狙いではなく、まったく自分だけのために夢中になった音楽の一つが服部良一の流行歌である。

　そこで、昭和十年代後半から二十年代前半にかけて服部良一という流行歌の作り手がいかにわたしたちにすばらしい旋律とリズムとを授けてくれたか、そのことを感謝の気持をこめて書き綴ろうとして書き始めたのもたしかで、心のどこかで、本にでもなったら服部良一さんの目にふれることもあるだろうと楽しみにしていたこともまた事実である。けれども筆に妙な弾みがついて、話は、一九二〇年代のブロードウェイ事情、ポール・ホワイトマンというシンフォニック・ジャズの提唱者のこと、そしてジョージ・ガーシュインのデビューのころをうろつくばかり、その道草がたたって完結する前に服部良一さんはこの世から旅立ってしまわれた。それでなんとなくがっかりしているところであるが、しかしこの道草を故人は喜んで下さっているとわたしは勝手に信じている。なぜというに、服部良一という大阪の若い音楽家を東京に呼び寄せたのは、ポール・ホワイトマンとジョージ・ガーシュインであったことはたしかだからである。歴史に「もしも……」は厳禁だが、服部良一が上京しなかったら、わたしたちに「チャイナ・タンゴ」や「東京ブギウギ」や「銀座カンカン娘」が与えられたかどうかはわからない。ガーシュインやホワイトマンのことを詳しく書くのはそれがあるからだ。

　前置きはこれぐらいにして、前回は、ガーシュインの「スワニー」が、アル・ジョルソンのショー「シンバッド」の旅興行《ツアー》で使われることになったというところまで書いたが、この歌の録音は一九二〇年（なにもここで日本の元号を併記することもないのだが、参考までに記しておくと大正九年）一月八日に行われ、発売と同時に物凄いヒットになった。楽譜《シート》も売れに売れた。そのときの「ヴァラエティ」誌の見出しはこうだ。

「アル・ジョルソンの偉大な歌」

「ヒット曲の中のヒット曲」

「アルはあらゆる歌手の中で最高の歌い手でアル」

　ガーシュインにも莫大な印税が入ってきた。彼はこの年一年で一万ドルの印税を得ている。最初はわたしも「なんだ、たったの一万ドルぽっち？」と軽く考えたが、大工さんの日当が四ドル、大盛りのスパゲッティが四分の一ドル（二五セント）のころの一万ドルだから大変なお金である。一万ドルあれば、そのころブームのフォードT型自動車が十五台半も買える（一台六四五ドル）。こうして彼は雑多なアルバイトから解放されて作曲に専念できることになった。

　このへんで当時のアメリカを一筆描きに素描しておいた方がいいかもしれない。第一次世界大戦はすでに終りを告げ、新しい考え方が古い因習に反抗する時代が始まっていた。人びとの心は、真面目なものよりも楽しいものへ、享楽や快楽へ傾き始めている。「スワニー」がヒットした一九二〇年は例の禁酒法が実施されることになった年である。あちこちにもぐり酒場ができてこっそり酒を売るようになり、秘密に売られる酒がギャングたちの懐中を肥やした。街には新しい交通手段である自動車が溢れてけたたましく警笛を鳴らし、長い煙管に付けて煙草をふかす濃い化粧の断髪《ボブ》の女たちが短いスカートの裾をひるがえして通りを威勢よく歩いていた。

〈……この時代の音楽はジャズだ。南部の黒人が育てあげたジャズは、しだいにアメリカじゅうに浸透し、しまいにはイギリスやヨーロッパまで広まった。ジョージが子どもの頃に聴いたラグタイムは、しだいにジャズに取って代わられた。いまや誰もがジャズのリズムに合わせて踊っていた。フォックストロット、ワンステップ、ツーステップ、そして後にはタンゴ、ルンバといったラテン・アメリカのダンスが流行した。人びとが歌い、踊り、やがてラジオで聴くようになった音楽は、新しい自由と、人生全般にたいするより気楽な姿勢の反映だった。そうした音楽はジョージの血の中にも流れていた。彼は若い頃、ハーレムのナイトクラブでよくジャズを聴いた。……ブルースは黒人の歌う霊歌から派生したと言われるが、黒人霊歌そのものは、白人のリバイバルキャンプ（信仰復興運動の伝道集会）で歌われた歌と、アメリカのメロディーやリズムとが結びついてできたものらしい。起源がどうであれ、ジョージにとってはすべてアメリカ音楽であり、すばらしい音楽だった。ジョージは……とくにブルースを聴き、いわゆるブルーノートというジャズ特有の旋律を研究した。〉（ポール・クレシュ著／鈴木晶訳『アメリカン・ラプソディ』晶文社）

さてここにジョージ・ホワイトという例の野心家が登場する。彼の野心は、当時のブロードウエイ・ショーの「帝王」フロレンツ・ジーグフェルド（一八六七―一九三二）の方法、パリのレビューを豪華絢爛にアメリカに移し替えるというやり方を否定して真のアメリカのショーを作り出したいというものであった。ジョージ・ホワイトはもともと「ジーグフェルド・フォリーズ」の主役級の踊り手だったが、思い切ってフォリーズを出て新しい考え方でショーをつくることにしたのである。

前にも述べたようにジーグフェルド・フォリーズは、毎回、大金を投じて大勢の美しい娘たちを集めていた。この方針はショーが始められた一九〇七年以来のもので、ジーグフェルドが早くから掲げていたスローガンは次の二つである。

「アメリカ名物ジーグフェルド・フォリーズ」

「美しきアメリカ娘を称えよ」

ショーの成功はアメリカ人の女性を見る目を変えた。それぞれの目で「美しい」と思うのではなく、ジーグフェルドのお眼鏡に叶ったフォリーズの娘たちこそが「美しい」と考えるようになった。逆に言えば、フォリーズの舞台に出てこないタイプの娘は美しく見えても本当は「美しくない」ということになったのだ。ハリウッドのプロデューサーたちも初めのうちはジーグフェルドの眼鏡をかけてスター候補生を物色していたようである。その証拠に、二〇年代から三〇年代にかけてのハリウッドの女優は、たいていジーグフェルド・フォリーズ型の、お上品な、もったいぶった美人である。

ジョージ・ホワイトは、フォリーズほど豪華でなくともいいと考えた。パリのフォリー・ベルジェール直伝のレビュー処方箋でショーを作るのはもう真ッ平だ。頭の上に本を乗っけて歩くのがたった一つの訓練、作り笑いをしてただもったいぶって舞台を歩き回っているだけの「アメリカ娘」のどこがいいのだ。観客が本当に見たがっているのは、生き生きと動く彼女たちの身体ではないのか。とにかくもっとテンポの速いもの、若い才能たちによる、新しいステップをふんだんに取り入れたダンスナンバー中心のショーができないものか。これが彼の考えた新しい枠組みである。

ショーに挿入されるスケッチにしても、それまでのような微温的なものではつまらない。もっとパンチの利いた、今様のやつがいい。こうしてジョージ・ホワイトのショーには、たとえば禁酒法を皮肉ったスケッチが続出することになる。そしてどんなスケッチにもベッド・トリック（ベッドルーム・ファルス、つまり艶笑寸劇）と布地面積の少ない下着をつけた娘が絡むことを不文律にしていた。

そこで後世の演劇史家のあいだで次のような警句が囁かれることになる。

「ジーグフェルドが美しく祭り上げたアメリカ娘の下着をジョージ・ホワイトが剝ぎ取った」（Edward Jablonski/GERSHWIN）

もう一つ、ジョージ・ホワイトは「ジーグフェルド・フォリーズ」の音楽の使い方にも疑問を抱いていた。フォリーズではそのつど、複数の作詞家や作曲家に挿入歌を依頼していたが、それではショーに統一感が欠ける。ショーもドラマと同じように一個の作品、観客に一つにまとまった「思想」のようなものを与えたい。そしてとにかく全体の流れをもっと快適なものにしたい。そのためには作曲家は一人の方がいい。

ジョージ・ホワイトのショー「ジョージ・ホワイトのスキャンダルズ」（George White's Scandals）が始まったのは「スワニー」がヒットした前年の一九一九年であるが、彼は、右のような考えから、ショーの音楽をリチャード・ホワイティング（Richard Whiting）という作曲家に任せた。わたしたちには馴染みのない作曲家だが、しかし「また逢うときまで」（Till We Meet Again）という彼の代表作をご存じの方は少なくないはずである。歌詞の大略を言えば、「また逢うときまで、さようなら。自分の道を行こうとするわたしを、むしろ喜んでください。別れは辛いけれど、ほほ笑んでください。そのほほ笑みは辛い道を行くこれからのわたしには、またとない励ましになるはずです」（作詞はアーサー・ジャクソン Arthur Jackson）といった式のおめでたく虫のいいもの、曲想はボーイスカウトが好んで歌いそうな行進曲で、単純だけど、嫌味のない歌である。わたしはこの歌を仙台の養護施設でカナダ人修道士から教わったが、今でも心屈したときなどに自然に口に出る。ちなみにこの歌は一九一八年度最大のヒット曲で、じつは「スワニー」よりもよく売れた。

　第一回のショーの音楽をこのリチャード・ホワイティングに担当させたジョージ・ホワイトは、第二回（一九二〇年版）の音楽をガーシュインの手に委《ゆだ》ねる。すでにフォリーズで、ジョージ・ホワイトは踊り手として、ガーシュインは稽古《リハーサル》ピアニストとして一緒に仕事をしていたから話は簡単にまとまった。さて、ここにポール・ホワイトマンが加わってきて、「ラプソディ・イン・ブルー」の出来上がる条件はほとんど整うことになる。ジャズの王様《キング・オブ・ジャズ》ポール・ホワイトマンもスキャンダルズに出演していたのである。ガーシュインは一九二四年版まで連続五回、スキャンダルズの音楽を担当するが、週給五〇ドルで始まったのが一九二四年には週一二五ドルまで上がった。これを見ても、ガーシュインがジョージ・ホワイトの期待に充分に応えたことがわかる。

　ところで重要なのは二二年版のスキャンダルズである。ガーシュインにとって初めてのブロードウェイ・ヒット「天国への階段を作ろう」(I'll Build a Stairway to Paradise)で一幕のフィナーレを盛り上げたのも、また、ショーの中に二十五分間の「ジャズオペラ」を挿んで騒動になったのもこの二二年版だった。

　ところで、当時のガーシュインには「不思議なやつだ」という噂があったようである。なによりもキンキラキンの社交界が大好きである。「スワニー」がヒットしてパークアヴェニューや五番街の大邸宅で開かれるパーティに出席する資格のようなものが出来ると、あらゆるパーティに欠かさず顔を出し、葉巻をくわえて始めからおしまいまでピアノの前に陣取り自分の曲を片っ端から弾きまくっている。上っ調子の遊び人と思っていると、朝は別人のように真面目な顔になり早くから学校に出かけて行く。遊び好きなのか勉強好きなのかわからないところから、そういう噂が立ったのだった。もちろん、後から生まれたわたしたちには、ガーシュインはそのどっちも好きだったのだとわかるが、当時の人たちには見当がつきかねたようだ。ガーシュインが通っていたのはコロンビア大学の音楽学部であり、彼はそこで、「十九世紀ロマン派の音楽」と「オーケストレーションの基本」の二つの講座を取っていた。さらに数年前からのブルーノートの研究、これらが二二年版のスキャンダルズにジャズオペラなるものをもたらした。

題名は「ブルー・マンディ・ブルース」(Blue Monday Blues)、台本《リブレット》の筋書はこうである。

〈ハーレムの一三五丁目とレノックス街の交わるあたりに黒人たちがたむろする地下酒場「マイクのサルーン」があって、そこを根城にする賭博師ジョーは、ヴァイという娘を愛している。このヴァイにトムという芸人がしつこく横恋慕、ことあるたびにちょっかいを出すが、ヴァイもジョーを愛しているので、トムのちょっかいを無視している。ジョーは「万一、トムが悪迫《わるぜま》りするようなら、これを使って撃退しな」とヴァイに護身用のピストルを渡す。

さて、ある日のこと、賭博師ジョーは大勝ちをして、この金でちょっと南部へ行ってくるつもりだと仲間に語る。

「『早く顔をお見せ。よろこんで歓待するよ』という母親の電報を待っているところなのさ」

この様子を見て悪企みを思いついたトムは、ヴァイにこう耳打ちする。

「ジョーが待っているのは母親からの電報じゃない。あいつは女からの電報を待っているんだぜ」

そこへ問題の電報が来る。ヴァイはジョーに電報を見せてとせがむが、ジョーはなんのかんのと言って隠す。嫉妬に狂ったヴァイは例のピストルでジョーをズドン。ジョーはヴァイに抱かれながら言う。

「おれはお前に『なーんだ、あんたって母ちゃん子《マミー・ボーイ》なんだ』と思われたくなかったから、母からの電報を見せなかったんだ」

ヴァイは涙ながらに電報を読む。

「来ル必要ナシ。母ハ三年前ニ病死シタ。姉ヨリ」

ヴァイは「ジョー、許して」と泣き、ジョーはヴァイを許して息絶える。〉

台本作者のバディ・デシルヴァは「天国への階段を作ろう」の作詞者でもあるが、二人は五日間でこのジャズオペラを完成した。

ガーシュインの伝記映画『アメリカ交響楽』で、わたしはこの「ブルー・マンディ・ブルース」を観ているが、正直のところ台本がお粗末だ。筋が陳腐すぎるし、詩には切れ味が欠けている。だらだらと書かれているので苦しまぎれにガーシュインは詠誦《レシタティブ》を多用して凌いでいる。けれども、背筋がぞくっとする霊気のようなものも感じられて感心したことはしたのであるが、初演（一九二二年八月二八日ブロードウェイ、グローブ劇場）の評判は最悪だった。まず、ショーの中に二十五分間にも及ぶ長尺なナンバーを挿んだことに非難の声が上がった。客席はざわつき、絶え間なくあちこちから咳払いや欠伸、そればかりか席を立つ客も多かった。そして批評家たちは口を極めて罵った。たとえば「ワールド」誌の批評家チャールズ・ダーントンはこう書いた。

〈黒塗りの白人役者どもによる、これほど見るに耐えない、馬鹿気た、そして退屈な芝居は、おそらく前代未聞だろう。この芝居で黒塗りのソプラノ歌手が恋人の賭博師を撃ち殺すが、彼女はむしろ共演者を全員撃ち殺し、ついでに自分に銃口を向ければよかったのだ。〉

あんまり評判が悪いので、ジョージ・ホワイトは（製作し、演出し、振付をも受け持ち、さらに出演までしていた）、この出し物をたった一日で引っ込めてしまったぐらいである。ガーシュインはこのときから「作曲家胃病《コンポーザーズ・スタマック》」（とは彼の命名）にかかり、やがてこの一種の消化不良は彼の持病になる。もちろん「ブルー・マンディ・ブルースで苦汁を飲み過ぎた」（ガーシュイン談）のが原因である。

しかし、オーケストラ席で指揮棒を振っていたポール・ホワイトマンは心から感動していた。

「これは、アメリカで最初の、しかも真にアメリカ的な、そしてアメリカ人のためのオペラではないだろうか。いつかきっとかならずこのガーシュインという青年に真のアメリカ音楽を書いてもらおう。この男なら真のアメリカ音楽を見つけてくれるはずだ」

このとき、ガーシュインは二十三歳。ちなみに服部良一は十五歳。一年後、彼は大阪出雲屋少年音楽隊に入隊することになるはずである。

（第四回「ブルー・マンディ・ブルース」了）

アメリカ音楽とはなにか

一九二四（大正一三）年一月三日の夜遅く、ジョージ・ガーシュインが兄のアイラとブロードウエイの作曲家たちの溜まり場であるアンバサダー・ビリヤード・パーラーで遊んでいるところへ、ニューヨーク・トリビューン紙の四日付早刷りが届いた。ちなみに「兄のアイラ」とは、このすぐ後から弟と組んでたくさんの名曲の歌詞を書くことになるあのアイラ・ガーシュインである。さて、音楽欄のコラムに目を通していたアイラは小さな叫び声をあげる。こんなことが書いてあったからだ。まず見出しは、

〈ポール・ホワイトマンが審査員団を指名。彼等は「アメリカ音楽とはなにか」を判定する〉

その中味は、

〈五週間後の二月十二日、すなわちリンカーンの誕生日の午後、カーネギーホールと並ぶクラシック音楽の殿堂であるエオリアン・ホール（一三〇〇席）で、「現代音楽の実験」というテーマのもとにコンサートが開かれることになった。主催するのは著名なバンド・リーダーのポール・ホワイトマン氏である。ホワイトマン楽団広報係ステラ・カーンズ嬢の語るところによれば、審査員は作曲家でピアニストのセルゲイ・ラフマニノフ氏、ヴァイオリニストのヤッシャ・ハイフェッツ、同じくヴァイオリニストのエフレム・ジンバリスト、そしてオペラ界からはソプラノ歌手アルマ・グリュックの各氏である。〉

もちろん四人とも当時のアメリカ楽壇をしっかりと担うぴかぴかの金看板。アルマを除く三人はいずれもロシアで生まれ、ロシアで音楽教育を受けている。アルマだけはルーマニアの生まれ、アメリカで育った。ついでに注釈をつけておくと、アルマはジンバリスト夫人。ここで目を止めておくべきは、四人とも外国生まれであり、うち三人がやはり外国で音楽教育を受けているという事実だろう。すなわちアメリカ合衆国はみごとなまでに移民国家であり、そこからごく自然に外国で音楽教育を受けた者がそのころのアメリカ楽壇を支えていたという結論を引き出すことができる。もっと言えば、真のアメリカ音楽はまだ姿を現していないのだった。ところで兄の

アイラに叫び声をあげさせたのは末尾の数行である。

〈ステラ・カーンズ嬢によれば、何人かの新進気鋭の作曲家たちがすでにこのコンサートのための作曲に取りかかっているという。たとえばジョージ・ガーシュイン氏は「ジャズ協奏曲」、アーヴィング・バーリン氏は「シンコペイトする詩曲」、そしてヴィクター・ハーバート氏は「アメリカ組曲」……。〉

　ヴィクター・ハーバートは初期のブロードウエイを代表する作曲家、生涯に四十一本のミュージカルを作っている。また、アーヴィング・バーリンは当時で最も売れていたミュージカルの作曲家である。「当時で最も売れていた」という形容は、あるいは正確ではないかもしれない。なにしろガーシュインより十歳年上のこの作曲家は、これより十年後の一九三三年に佳曲「イースター・パレード」を、そして第二次大戦直前に第二国歌といわれる「ゴッド・ブレス・アメリカ」を世に送り出すのだから。さらに戦後には、『アニーよ、銃をとれ』を書くことになるはずで、ずいぶん長持ちした作曲家だった。

　余談になるが、バーリンは企画者としても、また演出家としても大した才能があったようである。たとえば、ミュージカルに初めてラグタイムを持ち込んだ（一九一四年のショー「足もとに気をつけて《ウォッチ・ユア・ステップ》」）。ラグタイムは、一八八〇年代にミズーリ州を中心におこった黒人ピアニストたちの音楽で、シンコペーションを多用する独特なリズムを持ち、いわばジャズの源流となったもの。シンコペーションとはなにか。こいつを説明するのは素人には荷が重いが、ジャズ特有の、髪の毛をぐいぐいと後ろにひっぱられるような「後《あと》ノリ」感と言っておけばそう大きな間違いは犯さずにすみそうだ。「裏拍」のことだと言ってもいい。頭にアクセントのあるオン・ビートの盆踊りリズムとは逆のリズムと思えばよいかもしれない。つまりバーリンは、オペレッタ風な音楽が主流だったブロードウエイに黒人的なリズム感覚の歌曲を持ち込んだ最初の人だったわけである。

　またバーリンは、コーラスガールたちに大きな扇を持たせてパレードさせたり、頭の上に書物を乗せてしずしずと歩かせたり、レストランのフルコース料理に扮装させて並ばせたりした（一九二一年のショー「ミュージック・

ボックス・レビュー」）。今では別にどうということもないアイデアだけれども、当時としては新機軸の大発明、少し時代が下がって、少年のころの筆者たちがアメリカの音楽映画でお目にかかって思わず手に汗タラタラ目の玉クラクラ心臓ドキドキとなったあのコーラスガールたちの絢爛豪華なパレードは、たいていこの時期のバーリンやジーグフェルドのショーが始めたものと言っていいだろう。

小さな商会の会計係の帳面をそのまま歌にして大評判をとったのも彼（一九二三年のショー「ミュージック・ボックス・レビュー」）、一九三三年のショー「たくさんの喝采をあびて」では、ショー全体を新聞に見立てた構成を立てて世間をあっと言わせた。普通の記事を歌や踊りやスケッチ（日本流に言えばコント）にするのは勿論のこと、漫画や劇評や天気予報や人生相談までショーにしてしまったのだから凄い才人である。ブロードウエイの舞台にマルクス兄弟が賑やかに、というよりも騒々しく登場するのもちょうどこの頃であるが、バーリンは彼等のためにも音楽を書いている（一九二五年の「ココナッツ」）。

話を一九二四年一月三日の夜に戻して、兄のアイラから新聞を見せられたガーシュインは一年四ヵ月前の、散々な結果に終わった「ブルー・マンディ・ブルース」初演の夜のことを思い出した（第四回参照）。ショーの指揮者のホワイトマンがたしかこんなことを言っていたはずである。

「悪評なんかこれっぽっちも気にしなくていいんじゃないのかな。これはアメリカで最初の、しかも真にアメリカ的な、そしてアメリカ人のための音楽のような気がするよ。君ならいつかきっとかならず真のアメリカ音楽を見つけてくれるはずだ。次の冒険を期待しているよ」

あの言葉がいわば作曲依頼書のようなものだったのか。翌朝早く、ガーシュインはホワイトマンに電話をして、新聞の記事が本当かどうか訊ねた。

「もちろん本当だとも。大勢の作曲家が参加して二十三曲、演奏することになっている。十分間ぐらいのピアノ協奏曲を頼むよ」

「今月の二十一日に新しいショーの幕を開けなきゃならないんです。その前にボストンでそれの試演がある。

無理ですよ」

「いや、君ならできる。なにしろ君の筆の速さときたらブロードウエイ一なんだからね。例のブルー・マンディ・ブルースは二十五分の大作だが、君はわずかの四日で書き上げたじゃないか」

「しかし……」

「君が肌身はなさず持っている例のメロディ・ノートと相談したらいい。以前、あのノートをちらっと拝見する機会があったが、すばらしいメロディが三十も四十もあったよ」

「……あなたのバンドが演奏してくれるんですね」

「もちろんだ。しかしピアノは君だよ」

「クラリネットのロス・ゴーマンもいるわけですね」

「ああ、彼はうちのバンドのスターだ。外すわけには行かないさ」

「それならできるかもしれない。ただし、時間がないからオーケストレーションができるかどうか、それが不安だな」

「ピアノ協奏曲と言ったけれども、もっと気楽に考えてくれていい。ピアノとオーケストラのための作品であればなんでもいいんだ。幻想曲でもいいし、狂想曲でもいい。あるいはそれよりもっと自由な、なにものかでもいい。オーケストレーションが心配なら、うちのバンドの編曲をやってもらっているファーデ・グローフェを付けてあげようか。優秀だよ。総譜は彼に任せなさい」

「……わかりました。やってみます」

様ざまな資料からその朝の二人の会話を再現すれば右のようになるだろうか。なぜクラリネット奏者のロス・ゴーマンにこだわったのかと言えば、いつかホワイトマン楽団の練習に居合わせたとき、ゴーマンが口ならし指ならしに、〈下から上へ勢いよく滑るように吹き上げる(専門用語ではグリッサンドという)〉(『アメリカン・ラプソディ』)のを見たからだった。最初の音はあれしかない。クラリネットのグリッサンドで始めよう。題名は「アメリカン・ラプソディ」だ。

数年後、ガーシュインは音楽評論家のハイマン・サンドウにこう語っている。

「あの曲では、僕たちの生き方、スピードと混乱と活力に溢れた僕たちの時代のテンポを表現しようとつとめました。かと言って、アメリカ的生活の情景を音で模写しようとしたのではないんです。描写音楽は別の機会に別の手法でやることにして、あの曲では極力アメリカ的生活の、その生活感情そのものを表現したかった。それでアメリカン・ラプソディという題をつけたのです。でも、兄のアイラがその題は意味が広がりすぎていて印象が弱いと忠告してくれました。そして彼がジャズ・コンサートにいかにもよく似合ったラプソディ・イン・ブルーという題を考えてくれました」（エドワード・ジャブロンスキー『ガーシュイン』SIMON & SCHUSTER刊、井上訳）

ガーシュインの書いた楽譜を見ると、それが二台のピアノのために作曲されていることがわかる。そのピアノ譜にガーシュインは、Aという箇所は甲という楽器、Bという箇所では乙という楽器、Cでは丙の楽器というふうに書き込んだ。その指示に従ってグローフェが総譜を仕上げて行く。いくつかあるピアノのカデンツァ（即興）のところは空白、ガーシュインが演奏会当日まで考えることになっている。そこには指揮者のホワイトマンに宛てて、

「頷くまで待て（Wait for nod）」

と書き込まれていた。もちろん、

「即興で弾いているうちに、ここいらでオーケストラに渡した方がいいと感じたら頷くから、それまで待て」

という意味である。

本番の八日前の二月四日、ところどころに大きな空白を残したままではあったが、ひとまずオーケストレーションが完成する。ホワイトマン楽団が出演している四八丁目のナイトクラブ「パレ・ロワイヤル」の、椅子を脇へどけた床で、毎日正午から稽古が行われた。「現代音楽の実験」という御大層なテーマだからクラシック音楽の評論家や記者たちが様子を見にやってきた。彼等には残念ながらガーシュインの曲はまだ理解できないようだった。

演奏会当日、朝から雪が降りつづいた。白一色の雪景色の中をクラシック音楽のパトロンやエンジェル役の上流階級の人びとがのろのろ運転の車で陸続と詰めかけて

くる。もちろんラフマニノフ以下の審査員団も到着。加えて世界的指揮者のウォルター・ダムロッシュやレオポルド・ストコフスキー、ヴァイオリン奏者で作曲家のフリッツ・クライスラーといった巨匠たちも入場。そしてもちろん音楽ジャーナリストたちも詰めかけてきた。

演奏会はデキシーランドジャズから始まった。演奏は七年前に大ヒットを飛ばした白人五人組の「オリジナル・デキシーランド・ジャズバンド」……。だが、場内はちっとも湧かない。

「外の気温は零下八度ということだったが、場内の気温はそれよりさらに十度は低かったように思う」

これはホワイトマンの述懐（『ポール・ホワイトマン自伝』HARRAP刊、井上訳）。

「もちろん暖房が利いているわけだから零下十八度ということはないのだが、客席の雰囲気があまりにも冷たいのでそう感じたのだ。六、七曲目になると帰ってしまう客も目につきだした。居眠りしている客も多かったね。半分近くが寝てたんじゃないのかね。午後五時すぎ、二十二番目の曲、『ラプソディ・イン・ブルー』の番になった。二十三名の楽団員が迎える中をジョージ（ガーシュイン）が登場した。そのころになると、『これはもうたいした演奏会じゃない。出来たら帰ってしまいたい。うまく出口へ行く方法はないものか』と考える客が大勢いて、演奏が終わるたびにみんなが腰を浮かすんだ。ジョージが登場したときもそうで、客席がなんとなく騒がしかった」

ニューヨーク・タイムズの記者オーリン・ダウンズは翌日の新聞にこう書いた。

〈ガーシュインは恥ずかしそうに登場した。黒い髪の毛を生気なくだらっと垂らした、鉛筆のように細い青年である。顔も体つきも真ん丸なホワイトマンとのコントラストがなんとなくおかしい。ピアノの前で位置を定めるとガーシュインはホワイトマンに向かって頷いた。ホワイトマンがクラリネット奏者を指さし、ロス・ゴーマンが下から上へ吹きあげる。その効果は電撃的だった。客席に電気のようなものが走った。〉

〈それにしても、なんという作品だろう。……咽び泣くように上昇してゆくクラリネットの最初の一音からして、この曲は、人がひしめく安アパートや、車でごったがえす通りや、ロウアー・イーストサイドの小さなユダヤ教会で歌われる聖歌や、ジョージが子どもの頃に聞いた東欧の民謡や、さらにはティン・パン・アレーで宣伝していた歌の名にさえ、聞かれそうな音楽だ。

だが同時にそれはステージ音楽でもあった。その速い動きはヴォードヴィル・ショーの凝ったダンスステップのようだし、華やかな衣装をつけたダンサーたちのように、次から次へといろんな楽器がここぞとばかりに得意げに歌ってみせる。だが、聴きものはピアノだ。緊張感が漲り、休みなく活発に動きまわり、何かに懸命に取り組んでいるかのようだ。そう、これこそジョージの音楽、これこそシティ・ボーイの音楽、いやニューヨークそのものの歌だ。やがて曲は第二部になる。あるときは二、三の楽器とピアノ、あるときはピアノだけで、テーマが繰り返される。そして突然また雰囲気ががらりと変わり、明かりが消えたように、すべてがふいに悲しみに浸り、物悲しいメロディーが第三部の始まりを告げる。このブルースのテーマは、生きていることの孤独な面を表現しているようだ。たしかにそれは南部の黒人の雰囲気を借用したジャズ・ブルースだ。だが同時に、どこか奇妙なユダヤ人のブルースにも聞こえる。このブルースは悲しみにみちた歌を歌いあげる。ジャズ・エイジと呼ばれた時代全体のきらびやかな表面の下に隠された憧れや空しさのすべてが、この物悲しい音楽の中に映し出されているのかもしれない。次に、このブルース中のブルースがその涙をもうこれ以上堪えられないのではと思われた瞬間、突然、全体の雰囲気がふたたびがらりと変わる。《ラプソディ・イン・ブルー》は悩みや悲しみを払いのけ、暗い雰囲気を吹きとばし、わが身を嘆くことをやめ、陽気に踊りながら、じつにアメリカ的なステージ・ショーのフィナーレのように終わる。〉(『アメリカン・ラプソディ』)

ガーシュインが終結部をリストそこのけ的な超絶技巧で弾きまくり、オーケストラがそれを追って曲が終わった。一瞬、鳴りを鎮めていた場内が、すぐに騒然となる。長い拍手と歓声がつづき、その拍手でガーシュインは五回もステージへ引き戻された。ホワイトマンは言う。

「たいへんな赤字を出すことはわかっていたが、この瞬間、そんな損なんてどうってことないと思った。われわれはやった、みごとにやってのけた。真のアメリカ音楽を、この手で見つけ出したのだ。二千ドルや三千ドルの赤字がなんだというのだ」

翌日、一斉に批評が出た。もっとも否定的だったのはトリビューン紙のローレンス・ギルマン。

〈リズムの新しさは認めよう。しかしメロディとハーモニーは、二番煎じで、陳腐で、無表情で、死んだも同然の代物。おまけにセンチメンタルで鼻持ちならない。〉

音楽評論家のピッツ・サンボーン。

〈意味のない繰り返しが多すぎる。〉

ワールド紙に寄稿した作曲家のディームズ・テイラー。

〈あらゆる欠点の詰まった作品。いわば欠点の見本市。しかし、この新人のメロディは本物である。将来を刮目すべきである。〉

サン紙のギルバート・ガブリエル。

〈形式のない作品。ただし、始まりと終わりは、比類なく美しい。ひょっとするとたいへんな才能の持主かもしれない。〉

音楽評論の重鎮、ジェームズ・ヘンダーソン。

〈この若さでなんという巧みさ。このまま自分の道を進むべきだ。決してアカデミックな音楽を勉強しようと思ったりしてはならない。あえて孤立し、自分の中を掘り進んで行ってもらいたい。〉

この批評はガーシュインの生涯を言い当てている。間もなくガーシュインは「アカデミックなお勉強」を始めて、ならなくてもすんだスランプに陥って悩むことになる。おしまいにニューヨーク・タイムズ紙のオーリン・ダウンズ。

〈すべてが新鮮で、前途有望の塊。〉

なお、ホワイトマンの胸算用はまちがっていた。清算してみると、彼の損失は七千ドルを超えていた。そしてガーシュインは、以後の十年間に、この作品から二十五万ドルの印税を得ることになる。そしてアメリカは、このときは、はっきりとは気付いていなかったけれども、ようやく「真のアメリカ音楽」を持つことができたのだった。

そしてこの「ラプソディ・イン・ブルー」の評判に吸い寄せられて東京帝国大学学生の紙恭輔がアメリカへ留学。七年後の昭和六年、この作品の総譜を抱いて帰国、東京日比谷公会堂で「ラプソディ・イン・ブルー」の日本初演を実現、その噂が今度は大阪から服部良一を東京へ呼び寄せることになる、というところで長い長い余談もようやくここで終わりを告げた。

（第五回「アメリカ音楽とはなにか」了）

道頓堀ジャズ

箱根の山から西について知ることの少ない筆者に（箱根の東についてもそう詳しいわけではないが）、大阪の道頓堀がどんなところかを説明するのはたいそうむずかしい。けれども大阪市中央部、南区の道頓堀川南岸に沿うこの「ミナミ」の歓楽街は、子ども時分の筆者たちにたくさんの愛唱歌を恵んでくれた服部良一の修業の地でもあり、青春の地でもある。そこで大正から昭和にかけての道頓堀について書かないわけには行かないので、資料の山からその土地柄らしきものをなんとか炙り出してみることにしよう。

大坂は運河の町、じつは江戸にしても事情は同じだったが、とにかく、道頓堀川はその運河網の一つ、宮本武蔵と佐々木小次郎の、例の巌流島の決闘があったといわれる慶長十七（一六一二）年、平野《ひらの》郷の成安《せいあん》道頓なる有徳《うとく》人が東と西の横堀川を連結して木津川に通じる運河の開削に着手した。しかし長さ二・四キロの水路を開くのは大仕事、一代で完成するのはむずかしい。道頓の死後、いとこの安井久兵衛道卜《どうぼく》が工事を引き継ぎ、ようやく成って、初めは「南堀」と呼ばれた。できてみれば便利至極、そこで時の大坂藩主（十万石）の松平忠明《ただあき》が道頓の功をたたえて、この運河を「道頓堀」と名付けた。もっとも正確には大坂城は将軍持ちの城であるから、松平忠明は「城を与えられた」のではなく「預かっていた」というべきだが、それはとにかくとして、交通至便というところから、間もなくここに芝居町が成立、いわゆる「道頓堀五座」の櫓が立ち、そこへ「いろは茶屋」と称した芝居茶屋も軒を並べて、芝居町の賑わいに加えて歓楽街気分の溢れる町となった。運河の町大坂というぐらいだから、京都から下り、江戸から上る役者は「舟乗込《ふなのりこみ》」という方法で道頓堀へやってきたし、お客たちもまた船で道頓堀の芝居へ詰めかけてきた。

道頓堀五座の説明をすると長くもなるし、複雑にもなるが、誤解をおそれず明治年間の言い方をすれば、それらは弁天座、朝日座、角座、中座、そして浪花座の五座。

弁天座は竹田の芝居、いわゆるからくり人形芝居と子供のおどけ狂言で評判をとった小屋である。「銭が安うて面白い」竹田のからくり芝居を見なければ大坂へ行ったかいがないといわれるほど人気があった。明治九（一八七六）年に焼失、二年後に再建、その後は初世中村鴈治郎や写実殺陣の尾上卯三郎の歌舞伎がかかった。大正に入ると（すなわち服部良一の少年時代には）山崎長之輔の連鎖劇が評判を呼び、さらに沢田正二郎の新国劇の温床というか、いわば始発駅として日本演劇史に名をとどめることになる。のちに映画館に転向、第二次大戦中、戦災で焼失、昭和三十一（一九五六）年、そのあとへ文楽座が建てられた。

朝日座は、弁天座やその他の小屋と同じように明治九年の道頓堀劇場街の大火（俗に「河竹大火」）で焼失、再建以後は新派劇の中心的な拠点となった。なお、明治四十二（一九〇九）年の、松竹の大阪進出の第一歩はこの劇場の買収から始まる。のちに映画封切館。昭和二十（一九四五）年、空襲のために焼失し、廃座となった。

角座の歴史で特記されるのは宝暦八（一七五八）年の『三十石艠始《さんじつこくよふねのはじまり》』（作者は並木正三）の上演である。作者の発案で、このときからこの小屋に世界で初めて回り舞台というものが設けられ、それはあッという間に各劇場に広まった。明治期の経営者は和田清七。歌舞伎の革新を試みて、市川左團次を起用して翻案劇や新聞小説の脚色物を上演、一時代を築いた。大正以後は松竹の経営、昭和二十年、空襲で焼失した。

中座は、御存じのように、角座などとともに大坂を代表する大劇場だった。〈大正九（一九二〇）年、松竹株式会社の手により改築されて画期的な劇場となり、初世中村鴈治郎を中心に、二世中村梅玉・初世実川延若らで開場、いわゆる中座時代を形成した。昭和七年二〇〇〇人以上を収容する千日前歌舞伎座の出現によって、興業上の王座はそれに譲ったものの、歌舞伎鑑賞にはふさわしい劇場として喜ばれたのであるが二〇年三月の空襲によって焼失した。〉（平凡社『演劇百科大事典』）

浪花座は、全盛期の初世中村鴈治郎の拠点劇場として、道頓堀第一の小屋という評判があった。やはり空襲で焼失。

以上がいわゆる道頓堀五座であるが、服部良一の少年期から青年期にかけての道頓堀をさらによく把握するために、秋田実の『大阪笑話史』（編集工房ノア　一九八四年刊）から「道頓堀」という章の一部を引かせていただく。

〈明治の終わり大正の初めころは大阪が急速に大きく開けつつあった時代で、それに応じて各方面で古きものが消え新しきものがおこり、新陳代謝の現象が激しかったが、芸界一般も決して例外ではなかった。／演劇王国の松竹が、大阪に進出してきたのも、この時代である。／明治三十年代に、すでに松竹は京都の劇団を統一して《ママ》いた。四条の南座、新京極の歌舞伎座、戎谷座《えびす》、西陣の朝日座、岩神座などを傘下に収め、新しい時代の演劇興行の担当者にふさわしい体制をととのえつつあった。／そのころの道頓堀には東から数えて弁天座、朝日座、角座、中座、浪花座と五軒の劇場があったが、みなその経営者は違っていた。／経営者も違っていたし、それぞれ経営法も違っていた。弁天座は自分では興行をしないで劇場を貸していた。朝日座は新派の本拠地で、ひところは高田実、河合武雄、喜多村緑郎などの第一流が常打ちをしていたが、このころには、いなくなっていた。角座と浪花座は明治三十七年に火事で焼けて再建できないままの状態で、両座とも興行の意欲を失っているといってもよかった。／……こんな状態のときに、松竹が京都から道頓堀に進出してきたのである。そして、道頓堀の五座をその傘下に収めると共に、新しい演劇と興行法を作り出したのである。／先代の鴈治郎一座と提携して、中座を本拠としたのもこの時である。／新派にしても、朝日座を根拠地としていた新派と、京都を根拠地としていた従来の松竹傘下の新派とを合同させ、時代にふさわしい強力劇団にした。／……こんなふうにして道頓堀の五座が松竹の興行企画によってそろって劇場を開けるようになったのは、明治四十二年の春からである。〉

これをちがう角度からみれば、松竹は、道頓堀の大劇場をすべて直営とし、関西の歌舞伎俳優を全員その翼下に収めたのである（ただし初世鴈治郎や延若とは提携契約）。さらに関東まで視野に入れると、新派俳優を全部、東京の歌舞伎俳優の七割近く、また東京の劇場の大部分を入手し、日本の劇界をほとんど支配したのだった。

服部良一にとっては、彼が十六歳で例の出雲屋少年音楽隊に入隊した年、すなわち大正十二（一九二三）年の五月、松竹が大阪松竹座を始めたのが大きかった。ここには常設のオーケストラがあったからだ。そして出雲屋少年音楽隊の教師を、たとえば原田潤（松竹座オーケストラ初代指揮者、ピアノ）、アダム・コバチ（セルビア人、ソプラノ・サックス）、平茂夫（バンジョー）、水野渚（フルート）、ドブリニン（ロシア人、トランペット）など、松竹座オーケストラのメンバーが兼ねていたのである。原田潤のあとを継いで指揮者を務めた松本四郎については、服部良一に強烈な思い出があって、そのころの服部良一はすでに大阪放送局（ＪＯＢＫ）の大阪フィルハーモニック・オーケストラの一員で、例のエマニュエル・メッテル先生について楽理を勉強していたが、

〈……ぼくも時々、……映画の伴奏や松竹座でのスペシャル・ショーにエキストラとして出演した。『アルルの女』や『シェヘラザーデ』などでフルートを受け持ったことを覚えている。……これが内職のはじまりであり、ジャズ界へ転向する一つのキッカケにもなった。／一回のエキストラで十円くれた。コーヒーが十銭、ライスカレーが十五銭時代の十円である。一週間も内職がつづこうものなら、ＢＫの月給（六十円、井上注）と同等かそれ以上になってしまう。こたえられなかった。／そのころの道頓堀松竹座の指揮者は、松本四郎氏。／……氏は明治三十三（一九〇〇）年生まれの、東京音楽学校卒という容姿端麗な楽長であった。『籠の鳥』で大ヒットを飛ばした帝キネの女王、沢蘭子の御主人である。彼女が楽屋に訪ねてくると、楽隊仲間は大騒ぎしたものだ。明眸《めいぼう》皓歯《こうし》を絵に描いたような、近代的な美貌の女優で、ぼくなどは、そんな女性を妻にもつ松本さんをうらやましく思い、早くそのような楽長になりたいと念じたものである。／松竹座で思い出した。少し話はもどるが、大正十

四（一九二五）年の五月に『日露交歓交響管弦楽演奏会』というのが松竹座で公演されたことがある。ぼくの出雲屋少年音楽隊時代だ。／道頓堀の松竹座は、当時、関西音楽界のメッカの感があった。／松竹の後援で、ロシアの一流のオーケストラ奏者が三十三名招かれ、日本人奏者七十数名と共演するという、日本交響楽史上、最初のビッグ・イベントであった。しかも、指揮者は日本人で、山田耕筰と近衛秀麿である。／ぼくは、松竹座の天井桟敷で驚きのまなこを見開いて、日本人が指揮する、ロシア人と日本人合同の大交響楽に聴き入ったものである。曲目は、チャイコフスキーの『悲愴』、その他であった。／この日の感動は、ぼくの音楽人生の中でも特記すべきものである。〉

服部良一の自叙伝『ぼくの音楽人生』（日本文芸社）の、このページを読み返すたびに、筆者は「劇場街という装置」の持つ不思議な働きにほとんど感動してしまう。松竹座オーケストラの若き指揮者松本四郎、その妻の澤蘭子、そして日露合同の大交響楽団を指揮する近衛秀麿。この三人のその後の運命を知るわたしたちとしては、このページを簡単に読み過ごせないのだ。

澤蘭子という名前を御存じの読者は、もうそう多くはないと思うけれども、戦後の大映や新東宝にもよく出ていた女優である。筆者などは小さいころはなぜだか年増好みであったからすっかり夢中になった。

明治三十六（一九〇三）年に仙台で生まれ、十六歳で宝塚音楽歌劇学校に入り、大正十（一九二一）年、十八歳の春から夏にかけて、宝塚少女歌劇公演に二作つづけて主演して、一躍スターになった。しかしその年に、今回話題の大阪松竹座の楽長松本四郎と恋愛事件をおこして退団、女児を出産してから松竹蒲田に入社した。その後、帝国キネマ芦屋に転じて、大正十三年に『籠の鳥』（脚本佃血秋、監督松本英一）で大スターになった。筆者が生まれる十数年も前の作品であるから、もちろん観ているわけがないが、資料によって推察するとこんな映画のようである。

ここに裕福な商家の娘（扮するのは当然ながら澤蘭子）がいる。彼女は、夏に避暑地で知り合った青年に恋心を抱くが、両親は有能な番頭と結婚させようと強引に話をすすめていた。つまり彼女は籠の鳥同様の身の上。思いあまった娘は生家を飛び出して青年のもとを訪ねるが、相手は不在。そこで彼女は夜道をさすらった末に絶望して自殺する。

今からみれば、たしかに〈他愛のない新派調の悲恋物〉(『日本映画俳優全集・女優編』キネマ旬報増刊)であるが、他愛のない物語の底に、当時の新しい思想、すなわち民本主義と女性解放の主張が(たとえ「お手軽に」であろうと)盛り込まれていることを認めなければならないだろう。そうでなければそんなにヒットするはずがない。さらに、この悲恋の商家の娘を演じるのが澤蘭子であるというところにもう一つ大きな仕掛けがあるのではないか。澤蘭子は松本四郎との恋を宝塚側から徹底的に妨害され、大阪の旅館に閉じ込められて、

「せっかく築き上げつつある宝塚のイメージをぶちこわす気か」

「お腹の子を下ろせ」

「男と別れろ」

「病気ということでしばらく休演せよ」

「その代わりに復帰後のスターの地位は約束する」

と責め立てられた。現場を見たわけではないが、おそらくそんなことだったろうと推察する。つまり澤蘭子は宝塚の籠の鳥だったのだ。しかし彼女は鳥籠を蹴破って己が恋を全うした。その女優が映画では籠から出られずに自滅する女性を演じる。これが「他愛のない」物語に深い奥行きとある種のアイロニーを与えたのだ。

加えて、そのころ「逢いたさ見たさに怖さを忘れ暗い夜道をただ一人」という歌詞の「籠の鳥」(千野かほる作詩、鳥取春陽作曲)が流行っていた。全国の上映館では、弁士がヴァイオリンを伴奏に悲痛な声でこの唄を歌っていただろう。

思想性、勝者が敗者を演じるというアイロニー、そして話題性、当たる要素はたしかに揃っていたのである。

こうして、撮影日数四日半、製作費用三百五十円という低予算の拙速映画『籠の鳥』は、九週間続映、四百万円の収益という大正期映画の新記録を樹立する。その主演女優が夫を訪ねて松竹座の楽屋へやってくるのを見た服部良一が、「そんな女性を妻にもつ松本さんをうらや

ましく思い、早くそのような楽長になりたいと念じた」としても不思議はないのだ。余談になるが、宝塚少女歌劇を「将来、侮《あなど》れない敵になる」とみていた松竹は、宝塚と事を構えた澤蘭子を入社させる一方、松本四郎を長く松竹座の楽長に据えておいた。

この澤蘭子という女優は調べれば調べるほどおもしろい人物で、そのうちにきちんと書いてみようと思うが、彼女はやがて美濃部進（のちのスター岡譲二）という無名俳優に恋をして松本四郎と別れ、昭和十二（一九三七）年にはその美濃部進とも別れて、演技と声楽を勉強するためにハリウッドに向かう。ところが同じ船に、指揮者としてアメリカに招かれた近衛秀麿が乗り合わせていた。彼女は今度はこの子爵指揮者と恋に落ちて、ハリウッドで同棲生活に入る。そしてこの後も彼女には文字通り波乱万丈の後半生が待ち受けているのであるが、それはとにかく、十二年前の道頓堀の松竹座が、すでに澤蘭子と松本四郎と近衛秀麿を揃えていたとは、やはり劇場街というものは不思議でおもしろい。

（第六回　つづく）

道頓堀ジャズ（つづき）

今回は、小学から中学にかけての、正確には、ぼくたちが服部良一を狂ったように歌っていた昭和二十二、三、四年ごろの、わが町の音楽的財産目録を、突然、点検したくなったので、その時分のことを思い出すことにすると、まず、その地理的位置は山形県南部の、四方を千八百から二千メートル級の山々に囲まれた、直径二十五キロの小さな盆地。米の単作地帯で中心は米沢市だが、ぼくはその米沢から北へ三里の人口六千の町で生まれ、中学二年までそこで育った。いきなり結論めいたことを言うと、音楽的環境は、今とちがってすこぶる貧しかった。もっともそのころの日本の田舎はどこであれ音楽的には五十歩百歩、わが町だけがとくにひどかったわけではないだろう。

足踏みオルガンはかなり普及していたようだが、ぼくの知るかぎり、ピアノを個人的に所有している例は皆無、町にピアノは小学と中学とが兼用している音楽室に一台、あっただけだった。グランドピアノで塗りが大いに剝げていた。そのピアノを弾く人も十数人、中では、音楽室主任の斎藤という男《おとこ》先生が飛び抜けて上手だった。いつも陸軍の将校服で学校へ出てこられていたのは退役将校だったからだろうか、機嫌のいいときに、「トルコ行進曲」「月の光」「別れの曲」「舞踏への勧誘」「エリーゼのために」といった、今なら、『ホームコンサート全集』の内の『珠玉のピアノ名曲集』に収められていそうな曲をずいぶんたくさん弾いてくださった。先生の手の動きの素早いのにはいつも目をお盆にして驚いていたもので、音楽を聞いたというよりは手品か魔術でも見ていたという印象がある。

もちろん、生《ナマ》の音楽を聞く機会は他にないわけではなく、町で唯一の芝居小屋へ六週間に一度ぐらい回ってくる「ワンツーパンチと彼の青空楽団」という一座を楽しみにしていた。威勢のいい芸名にはふさわしからぬ蒼い顔のしょぼくれたおじさんがバンドマスターで、アコーデオンを弾き、ときにはハモニカを吹きながら司会をしていた。奥さんもアコーデオンを弾いて歌をうたった。ぼくたちと同じ年ぐらいの女の子がハモニカを吹いてはうたい、彼女のお姉さんもタンバリンかなんか鳴らしながらうたっていた。ほかにギターのお兄さんが二人、以上六人の楽団兼劇団だった。

曲目は歌謡曲が主で、ときには「テル・ミー」「ティティナ」「キャラバン」「月光価千金」など、昭和初期に流行った曲もやってくれた。女の子のハモニカはとても上手で、さっきの斎藤先生も、

「あんな年で、カルメン前奏曲を独奏するんだから、じつに大したものだ」

と感心していた。

中でもぼくたちを仰天させたのは、彼女がハモニカを二本、重ねて持ち、上のを吹いたり下のを鳴らしたりして巧みに使いこなしていることで、感心のあまり、斎藤先生に、

「一本ばかり吹いているとこわれるから、ときどき予備のものも吹くわけですか」

と訊いたぐらいである。

「上のはピアノでいえば黒い鍵盤のようなものなんだよ。それで、下のはピアノの白い鍵盤に相当するわけだ。

つまり二本あれば、理論的には、どんな曲でも吹けるんだね」

感心の行き止まりまで感心したぼくたちは、さっそく夜中になると頭の黒い鼠に化け、三ヵ月がかりで少しずつ米櫃《こめびつ》の米をちょろまかし、それがめでたく一斗《いっと》に達したところで、東京へ米売りに出かけた。家には「社会科の自由研究で、友だちと最上川の水源を突き止めてくる」と嘘を言った。駅長の子も仲間だったから切符も手に入れることができた。後楽園球場で野球を観てから神田でハモニカを買った。小学六年の夏の、一泊三日（二泊とも車中泊）の大冒険。楽器店で「二本、二本」と、みんなで叫んだが、どうしても分かってもらえず、ピアノの白い鍵盤に当たるフツーのハモニカだけ買って帰った。苦労して手に入れたハモニカだから大切にしたし、朝から晩まで吹き暮らした。

半年もしないうちに、メロディはもちろん、ワンツーパンチや彼のお嬢さんがするように、ザッザッとか、ンザンザとか、ンザッザンザッザとかいう具合に自由自在にベースを入れることもできるようになり、一年もたつともうリード奏法やトレモロ奏法やオクターブ奏法を会得していた。

ご存じのように、日本のハモニカは複音式である。息を吹き込んだり息を吸ったりするたびにリードが二枚いっしょに鳴る仕掛けになっている。そこでハモニカの底の方をちょっと手前に引いて、そう、ちょうどビール瓶の口に唇を当ててボーッと鳴らすときのような要領で吹くと、上側のリードだけ鳴って、単音ハモニカそっくりの音色になる。これがリード奏法で、偉そうな名前のわりには大したことのない吹き方である。けれども、「赤とんぼ」「夕焼け小焼け」「叱られて」「愛しのクレメンタイン」など、抒情味の勝った曲をこの伝でやると、むやみやたらにいい感じが出るのである。吹きながら泣きたくなるぐらい。

息を吹いたり吸ったりしながら、舌を細かく忙しくレロレロレロレロと震わせると、音もレロレロレロレロ気味に震えて、つまりこれがトレモロ奏法だ。これまた名前負けのつまらん奏法だ。たいてい曲の途中で舌がひきつり、もつれてしまう。ごまかしのトレモロ奏法として、吹きながら早口で「クタ、クタ、クタ、クタ」と実際に発語するやり方もある。これでも充分に音がレロレロレロレロするからおもしろい。

大したことがあったのはオクターブ奏法だった。これはグワッと大口を開いてハモニカをがぶりとくわえ込むのである。そうして舌で真ん中の穴を押さえておいて、舌の両端から吹き、そして吸う。すると、たとえば上のドと下のドが同時に鳴って、なんだか二人で吹いているように聞こえる。これは舌の幅の調節がむずかしい。ちなみに、ハモニカ奏法の極致を分散和音奏法といい、簡単に説明すると、舌の右端で上のドを鳴らしながら、舌の幅を狭めたり拡げたりして、左端で下の方のドミソドミソを吹くやり方である。これができれば一人前の演奏者ということになるが、この基礎になるのがオクターブ奏法だから、死物狂いで練習した。そのせいで唇の両端が切れて赤い疵となってのこり、まるで猫式の髭でも生えたように見えた。

もとより服部メロディをよく吹いた。ぼくらのハモニカ熱がもっとも灼熱したのは昭和二十三（一九四八）年であるが、この年はぼくたち服部ファンにとってピカピカ黄金時代であり、そしてまたぼくたちハモニカ少年にとって憂鬱な年でもあった。ピカピカで憂鬱とはずいぶん紛らわしい言い方だが、それが実感だった。

まず、なぜ服部ファンにとって黄金時代だったのか、論より証拠、この年の服部良一の作品陣容を見ていただこう。

「胸の振子《ふりこ》」　霧島昇
「東京ブギウギ」　笠置シヅ子
「夢去りぬ」　霧島昇
「ヘイヘイ・ブギー」　笠置シヅ子
「アデュー上海」　渡辺はま子
「ジャングル・ブギー」　笠置シヅ子
「東京の屋根の下」　灰田勝彦

もしもだれかに「日本歌謡曲ベストテンを挙げよ」と命じられたら、四分の一秒たりともためらうことなく、ぼくはこの年の服部作品の中から「夢去りぬ」「胸の振子」「東京の屋根の下」の三曲を選ぶだろう。そのころ、家の事情は最悪最低の状態にあって、今ならたぶん、

「こんな家じゃあ、もうやってらんないな」と呟いて飛び出していただろうが、それでもこの年がピカピカ輝いていたのは、これら服部ソングがあったからだ。中でも「胸の振子」と「東京の屋根の下」はすばらしい。どんないやなことがあっても、このうちのどちらかを歌うと不思議に気持ちが鎮まって、そればかりか生きているのがなんだか楽しくなってくる。生きているということに感謝したくなる。これは今でもそうだ。

当たっているかどうかはとにかく、音楽の魅力は、〈一つの状態から次の状態への「変わり目」にあり、その「変わり方」にある〉と、ぼくは考える。完璧なまでに美しいメロディが行儀正しく流れている。まことに結構なことであると思う。でも、それはそれだけのことでしかない。旋律が連綴《れんてい》し、呼応して和音が連結する。その連綴や連結の一瞬々々、瞬間々々での「変わり目」の「変わり方」、それがなにより大事であって、変わり目、変わり方が壺にはまっていると、ウーンと唸ったまま呆然自失状態になってしまうわけだ。「胸の振子」や「東京の屋根の下」には、それがある、それもたっぷりとふんだんに。

「胸の振子」を、今のぼくは服部ソングの最高位に据えているが、そのころは「東京の屋根の下」が上だった。灰田勝彦が霧島昇より好きだったということも原因していたと思う。「東京の屋根の下」の詞は佐伯孝夫、一番の歌詞はこうだ。

東京の　屋根の下に住む
若い僕等は　しあわせもの
日比谷は　恋のプロムナード
上野は　花のアベック
なんにも　なくてもよい
口笛吹いて　ゆこうよ
希望の街　憧れの都
二人の夢の　東京

ところで、C調複音ハモニカを一本しか持っていないぼくたちをうんと憂鬱にしたのは、二小節目「やねのしたにすむ」の「た」、六小節目「こいのプロムナード」

の「ロ」、そして十四小節目「あこがれのみやこ」の「の」、この三つの音だった。三つとも、ぼくらのハモニカにはないのである。しかも三ヵ所とも、馬鹿にいいところなのだ。いずれも旋律連綴の要所、大事な変わり目にある音なのだ。抜かして吹くと、せっかくのすばらしいメロディに穴があき、ひどく間の抜けたものになる。そこでこの曲を吹くたびに憂鬱になり、青空楽団のお嬢さんのように、二本重ねて吹きたいものだと切に願った。

「願えば叶う」という西諺があるけれども、あれはなかなか侮《あなど》れないことわざである。一年後、中学三年の秋、願い通りにCと♯Cの二本のハモニカを重ねて持ってこの曲を吹くことができることになった。というのは外でもない、事業に手を出して失敗した母が借金の穴埋めに家屋（屋敷というほど大きくはなかった）や山林を売り払い、そのおかげをもって一家は離散。仙台のカトリック系養護施設に収容されたぼくは、「ウイリアムテル序曲」や「天国と地獄」や「闘牛士《トレアドル》のマーチ」などをレパートリィにして、NHKの仙台中央放送局などにも出演していた施設の本格的なハモニカバンドの一員になることができたのだ。バンドは♯C調ハモニカを二十本以上も常備していた。

そのバンドで、ぼくは生まれて初めて、まな板よりも大きなバス・ハモニカだの、飛び魚よりも長いコード・ハモニカだの、河豚《ふぐ》そっくりの格好をした、ずんぐり型の重音ハモニカだのを見た。

バンドの指揮者は、一人は日本人修道士の先生で、もう一人は月一回、東京から教えに来てくださるプロの演奏家だった。お二人はいずれも佐藤秀雄の高弟。佐藤秀雄は宮田東峰と並び称された複音ハモニカ奏者の元祖である。

ぼくたちのハモニカバンドはしばしば進駐軍キャンプへ慰問に行った。もっとも慰問は表向きの看板、狙いは寄付金募集とキャンプ内の映画館であちら物の新作を観ること、それから将校クラブの食堂で立派な食事にありつくこと。あるとき、先生にねだって、服部ソングの傑作の一つ、「銀座カンカン娘」（昭和二十四年）を編曲してもらい、GIたちの前で演奏してみたところ、恐ろしくなるぐらい受けた。

「服部良一はアメリカ人にも受けた」

みんなで大喜びしたが、服部良一は大正期の日本ジャズの本場、道頓堀で修業したのだし、師と仰いだのはガーシュインだから、アメリカ人に受けるのは当然だった。

青空楽団のハモニカ少女に憧れたのがきっかけで（というか運の尽きで）、小学六年から高校卒業まで、カラスの啼かぬ日はあってもハモニカを吹かない日はないというぐらい、この小さな楽器に熱中したが、それがよかったかどうか。あの熱意をピアノに注いでいたらと思わないでもない。オルガンでもアコーデオンでもよかった。なにしろ、ハモニカを吹きながらでは服部ソングが歌えないから困るのだ。しかし、ハモニカには隠れた美点もあって、ご存じかどうか、ハモニカを吹いた後で煙草を吸うとこれがじつにうまい。煙草の煙がまるで甘露の滴のように甘く変わるのである。

（第七回「道頓堀ジャズ」了）

大光明戯院

日本の大衆音楽のすぐれた書き手、服部良一（一九〇七―九三）の熱狂的なファンの一人であるとひそかに自負している筆者は、同時に中国近代文学の出発点となった小説をいくつも書いた魯迅（一八八一―一九三六）の熱烈な読者の一人でもある。こういう人間にとっては、服部良一と魯迅の共通点が見つかったりすると、鬼の首でも取ったように有頂天になってしまう。服部良一や魯迅に興味のない読者には迷惑な話であるが、しばらくの間、筆者を有頂天にさせた発見におつきあいいただければ仕合せこれに過ぎるものはない。

昭和十九（一九四四）年六月、敵性音楽の匂いの強い、当時、流行った言葉で云えば「優柔不断な」歌をつくって、つづけざまに発売禁止処分をくっていた服部良一は、陸軍報道班員に徴用され、上海陸軍報道部に入った。〈上海地区の文化工作を音楽を通じて行なうことが、ぼくに与えられた任務〉（服部良一『ぼくの音楽人生』一九九三年・日本文芸社）だった。

すでに敗色は濃厚だった。当時、ラジオ放送に出てよく喋っていたせいで「有名人」だった海軍報道部長の栗原悦蔵大佐でさえ、たとえば、社団法人日本文学報国会の機関紙「文学報国」での正宗白鳥との対談で、こんなふうに云っているぐらいだった。

〈……今や不幸のドン底、我々は非常に責任を感じて居ります、誰が悪いといふ譯ではない、我々が皆悪いのです。例へば飛行機が少ないといっても、出來るやうに一生懸命注文すれば宜かった。出來るやうな國家態勢にすれば宜かった、さう私は人のことではないと思って居ります。これは我々が全部責任を負はなければならんもんだと思って居ります。それで今後我々はどうするのかといふと、どんなことがあっても勝たねばならぬが、これは必ず出來るのです、大丈夫なんです、どういふ方法だらうと言はれるとちよつと困るけれども、つまり必ずこれをひっくり返してやるといふ一つの計畫の下に、統帥部は勿論、さうしてまた政府當局はその統帥部の要求に從ってこれを何とか實現しよう、その要求は今度國民にいろいろの形になって、生産の要求なり、輸送の要求なり、或は労務動員の問題なり、あらゆる面に於てこれが現はれる譯です。又、これに對して前線の將兵が全く體當りをするやうな氣持で參りますならば、つまり計畫といふものはさう杜撰な計畫をして居る譯ではなく、到底不可能なやうな計畫をして居る譯でなく、いろいろの前提があるけれども、凡て可能の範圍の計畫をして居るので、その範圍内に於てやっつけるといふことを計畫して居る。

從って結論的に言ふならば今となってはお互に信頼し合ってさうして各々その與へられた仕事に全力を擧げて、必死の努力をする、あとは神様任せといった所まで行きますれば……〉(昭和十九年九月一日号)

日本文学報国会には、当時、作家のほとんどが加わっていた。その会の機関誌に掲載されるのだから、軍報道の総元締めである栗原大佐は、自分の談話を読んだ作家たちが周囲へどういう情報に加工して流すか容易に想像できたはずで、そこで彼は全知全能をあげて日本文学報国会の小説部会部長である正宗白鳥と対したにちがいない。にもかかわらずこの談話の程度の低さといったらどうだろう。しどろもどろの弁解の末、とうとう神様まで持ち出す始末、対談相手の白鳥は、たぶん呆れたのだろうと思うが、無言で押し通している。この程度の人たちに当時の日本人はどうして自己の運命を預ける気になったのか――いくら当時の国民を、天皇は生神様、日本は神の国という大きな枠組みが強力に抑えつけていたにしても――考えてみれば恐ろしい話で、白鳥にならって絶句するしかなく、この時点で和平工作を積極的に進めてくれていれば空襲もオキナワもヒロシマもナガサキもなくてすんだのにと改めて天を仰いで嘆かざるを得ないが、それはとにかく服部良一が上海の陸軍報道部へ配属されたころの戦況はそんな有様だった。

さて、上海での服部良一の仕事ぶりであるが、

〈……早速、高見順、高野三三男、佐伯孝夫の諸氏（いずれも当時、上海配属の報道班員。井上注）をスタッフに、渡辺はま子、服部富子（良一の実妹、宝塚少女歌劇を経て人気歌手になっていた。井上注）出演による音楽会を大光明戯院で開催した。

大光明戯院は、共同租界の上海競馬場前にあり、グランド・シアターとも呼ばれていた。この音楽会は現地人にも大好評で、

「この調子で、文化工作を進めてください」

と、中川中尉（中川牧三、オペラの本場イタリアで学んだ戦前の名テノール歌手。戦後の名テナー五十嵐喜芳の先生でもある。当時、服部たち報道班員の指導担当将校をしていた。井上注）や報道部幹部に激励された。〉（前掲書）

このくだりを読んだとき、「大光明戯院」という漢字の列が電光のように私を打ったのである。時期は十年ばかりズレるけれど、この上海第一の劇場であるこの大光明戯院にわが敬愛する魯迅も通っていたのだ！

これが私の発見した事実である。もっともこうやって書いてみると、別に大した発見ではないじゃないかという気がしてきたが、このまま先をつづけることにしよう。

ところで魯迅は二十世紀の新しい大衆芸術である映画に大きな期待を寄せていた……というのはだいぶ形式ばった言い方で、なによりもまず彼は大の映画好きであった。しかし映画館は、彼には危険この上ない場所でもあって、彼の命を狙う蔣介石（一八八七―一九七五）の国民党政府の特務機関にしてみれば映画館の暗闇と人込みぐらい暗殺に好都合な場所はないのである。

なぜ魯迅は同じ中国人から狙われなければならなかっ

たか。私の戯曲『シャンハイムーン』（『井上ひさし全芝居』その五所収　新潮社）では、こうである。

〈魯迅　……日本人は、自分たちがされたら怒り出すようなことを中国に仕掛けてきている。そこでわたしとしては、日本は中国から出て行くべしと、非力ながらも論陣を張っているわけです。ところがそこが蔣介石とその国民党政府のお気に召さない。彼等は日本とはできるだけ事を構えまいとしている。日本と戦う前に国内の共産軍を叩き潰したい。それでわたしのように、反日だの、排日だの、抗日だのと唱えている人間が邪魔になる。〉（一場）

〈アナウンサー（男声）　午後七時の上海商業放送ニュースをお伝えします。昨日午後から今日未明までのあいだに、上海の各地区で五十名もの不穏な反政府主義者が逮捕されました。国民党政府の基本方針は、「なによりもまず中華民国国内のアカの残党を討ち滅ぼして国内完全統一をなしとげること。外の敵と戦うのはそのあとでよい」としております。このたびの逮捕者はいずれも、「国民党政府はアカ、すなわち共産軍と力を合わせて、まず外の敵と当たれ」と唱え、政府方針からははなはだしく逸脱していました。〉（二場）

つまり魯迅は、外から泥棒が入り込んでいるのに、家の中で喧嘩をしている兄弟があるものか、兄弟で力を合わせてなによりまず泥棒を追い出せと唱え、いわゆる国共合作論に近い立場をとっていた。一方、蔣介石の方は、泥的が入ろうがどうしようが、家の中で共産主義を信奉する奴がいるのは不届き千万、まずそいつを改宗させてから泥的を追い出しても遅くはないという主義。そこで蔣介石には、若者たちに国共合作を説いている魯迅が邪魔で仕方がなかったのである。

彼の首に、日本円にして三万円の懸賞金がかけられた。これは当時の内閣総理大臣の年俸の三年分に相当する大金である。特務員も警察も、また上海のゴロツキどもやギャングも一緒になって血眼で彼を追っていた。だが彼は映画館通いをやめようとしなかった。なぜか。

魯迅が映画を愛した理由を推測するに、まず映画そのものが好きだったことが第一。次に、映画は民衆のための学校として有効ではないかと考えたことが第二。なにしろ当時の中国の文盲率は九〇パーセント、つまり十人のうち九人までが文字が読めない。そこで魯迅は上海の若い画家たちに日本の版画技術の習得を勧めていた。ふたたび『シャンハイムーン』から引用する。

〈魯迅　……その同胞たちに文字を、書物を近づけたい。そのためには絵のたくさん入った、おもしろくて質のよい本がもっと出版されなければならない。この国の牛耳を執《と》っている連中は自由自在に文字を操る。文字を操ることで文盲の同胞を喰《く》いものにしている。孔子がこう書いているからこうしなさい、孟子がああ申しているからああしなさい、といったやり方でね。（略）連中の操る文字を役立たずにするには、同胞諸君も負けずに文字を使うことだ。そのための絵の入った書物、そしてそのための版画技術の勉強なのです。〉（二場）

だが、魯迅は版画よりも映画の方が理想により近いと気づいて、その語法を学ぶために足しげく映画館へ通ったのではないかと思われる。当時の上海は、いわば中国のハリウッド、その気になれば映画がつくれないことはなかった。

第三の、そして最大の理由はこうである。映画館のスクリーンは、じつは彼にとって「束の間の亡命地」だったのではないか。

暗殺者たちが懐中に忍ばせているピストルから、また全身を喰い荒らしつつあった様ざまな病気から逃れるために、気候がよくて安全なところへ亡命するのが一番いい。彼の周囲はそう考え、亡命の準備を進めていた。金策のめども立った。国民党内部にもひそかに彼の身を案ずる青年将校たちが多くいて、出国の便宜を計らってくれることになった。受け入れてくれるところもある。当時、魯迅はノーベル文学賞の最有力候補に擬《ぎ》せられていたから、彼に好意的な国が少なくなかったのだ。とくに、モスクワ、ベルリン、ロンドン、そしてニューヨークの四つの都市が熱心だった。他に長崎や鎌倉が候補地になっていた。

反日文学者の亡命先が日本の長崎や鎌倉というのは一見奇妙にみえるけれど、じつは当時、世界でもっとも熱心に魯迅を読んでいたのが日本人だった。改造社などはのちに七巻の『大魯迅全集』を出版したくらいである。それに日本は若き日の彼の留学地でもあった。知己も少なくない。また、蔣介石を敵とする大日本帝国は、預かっても損はないと考えるはずである。反日文学者ではあっても「敵の敵は味方」というわけだ。蔣介石との交渉に彼をうまく使う手があるかもしれぬ。

当て推量ではあるが、魯迅は日本への亡命を望んでいたと思う。というのも彼が玉露で大福餅をたべるのをなにより好んでいたからだ。日本の魚料理も大好物である。だいたい彼は日本語を自在に駆使することができる。読む、聞く、話すはむろんのこと、じつに巧みに日本文を綴った。

実際、彼は日本語を重宝していたようである。妻の許広平にも「外国語を勉強するなら、まず日本語を学びなさい」と勧めた。日本は翻訳大国である。西欧の重要な著作のほとんどが日本語になっている。したがって日本語を会得すれば西欧の遺産に接近できる。だから日本語を学びなさいと説いたのだった。

しかし結局のところ、魯迅は日本へも、また他の土地へも行くことなく、上海に骨を埋《うず》めた。おそらく彼はこう考えたのだ、「暗殺者に怯えてはいけない。怯えを見せれば見せるほど、暗殺者が増長する」と。そして魯迅は、束の間の亡命地を映画館のスクリーンに求めた。その証拠に、彼がとくに好んだのは観光映画や各地ロケをふんだんに盛り込んだ劇映画だった。

さて、魯迅が広州の中山大学文学系教授の職を捨てて上海に入ったのは一九二七（昭和二）年の十月三日である。以後その死までの九年間を、東洋のパリと称され、アジアの娼婦と異名をとり、冒険家の天国とも呼ばれた上海で半地下潜行生活を送ることになるが、この大都会で、彼がどんな劇場に行き、どういう映画を観たか、飯倉照平責任編集の「日記」（学研版『魯迅全集』巻十八、十九）から拾い上げてみよう。

一九二七年十月は、以下の三本。

七日に、百新〔星〕戯院。米フォックス社『Shirley

Mason in Surlytop』
翌八日も百新〔星〕戯院。ロシア革命を扱った米PDC社『ヴォルガの船唄』（監督セシル・B・デミル）
二十五日、上海演芸館（「歌舞伎座」とも呼ばれていた）。日本の探偵映画でマキノ御室『影』（監督曾根純三）
十一月は一本。
五日、オデオン大戯園。米ユニヴァーサル社『浮気は禁物』（監督ウォルター・エドワード）
十二月は観ていない。翌一九二八年の一月は三本。
二十日、明星戯院で、米ファースト・インターナショナル社『海鷹』（監督フランク・ロイド）
二十一日は、日記に、〈晩、映画を見る、同行者六人。夜、雨。〉とあるだけで、劇場名も題名も不明である。
二十二日は、〈……（妻）広平と民〔明〕星戯院に行き、映画「精神病院」を見る。〉と書かれているが、どういう映画か不明。
……のちに服部良一が活躍することになる大光明戯院へ、魯迅が映画を観に出かけて行くのはだいぶ先のことになるが、そのときが来るまで、次回も魯迅の日記を追いかけてみようと思う。いずれにもせよ、魯迅は上海で「下等華人」になったのだった。下等華人とはこういう意味だ。
〈……（戯院の）階上席には白人と金持が坐っており、階下席には中等および下等の「華冑《かちゅう》」（貴族の末裔のこと。ここでは、中華の華とひっかけて、中国人の末裔の意味に使っている。むろん自虐の皮肉）が並んでいる。スクリーンには白人兵たちの戦争、白人旦那の金儲《かねもう》け、白人令嬢の結婚、白人英雄の探険が現れて、観客を感服させ、羨望《せんぼう》させ、恐怖させ、自分にはとてもできないと思わせる。だが、白人英雄がアフリカ探険をするときには、つねに黒色の忠僕が道案内をし、労役をおこない、命がけで働き、身代りとなって死んで、主人を無事に家に帰らせる。彼が二回目の探険の準備をするときになって、忠僕は二度と得ることができず、死者を想い出して、顔をさっとくもらせると、スクリーンに彼の記憶にある黒色の顔が現れる。黄色い顔の観客もたいてい微光の中で、顔をさっとくもらせる。彼らは感動させられたのである。〉（学研版『魯迅全集』巻七『准風月談』所収「映画の教訓」）

白人の主人が顔をさっとくもらせると、黄色い顔の観客も顔をさっとくもらせる。つまり黄色い顔の持主たちは、黒色の忠僕にではなく、白人の主人に同化しつつ、感動しているのだ。これはなんだかおかしな話ではないか。ここに映画のマヤカシがある。そう云いながらも、彼は映画館の暗闇を好んだ。

（第八回　つづく）

（初出「ｔｈｅ座」第20号　一九九二年二月、第21号　一九九二年九月、第22号　一九九二年十一月、第23号　一九九三年三月、第25号　一九九三年九月、第26号　一九九四年四月、第27号　一九九四年五月、第30号　一九九五年四月）

（編集部注＝明らかな誤植・誤記以外は原文のままとしました）

第Ⅱ章

物語と笑い・方法序説

聞き手・扇田昭彦

一　小説家と劇作家のはざまで

扇田　井上さんは、作家の中でも既成の枠組みで規定することが難しい方だと思います。ジャーナリズムの上でも、小説家なのか劇作家なのか分からないといわれてきました。大衆文学に属すると普通に言われますけれど、大衆文学から外れた部分も多い。劇作家としては、一九六〇年代から出てきた小劇場派と重なる部分があって、井上さん自身、テアトル・エコーという小劇場を拠点とする劇団から登場しましたが、いわゆるアングラ・小劇場の流れには属さない。新劇的な要素もあるけれども、全くの新劇の劇作家じゃない。どうやっても押え方が難しい人だという気がします。しかしその押え方の難しさが、井上さんの魅力を支えるとも思うのです。ご自分ではどう思っておられるのか、そのへんから伺いたいのですが……。

井上　正体がどうもはっきりしないというので損をしているような気がしないでもありません。「新劇はどこへ行くのか」といったような特集があれば、あいつは新劇じゃないというので洩れてしまいますし、「アングラ小劇場を担った人びと」といったような特集でも無視されますし、「これからの演劇はどう展開すべきか」というような特集があれば、あ、あいつはベストセラーを出している小説家、演劇人ではないと閉め出しを喰いますし、非常に悲しい……などというのは勿論、冗談で、このように正体が判然としなくなった第一の原因は、ぼくが小説家や劇作家である前に、小説を読むのが好きな人間、戯曲を読むのが好きな人間だということにあると思います。読むうちに欲が出て、こんな小説があればいいのにな、こんな芝居が見たいなと太いことを考え出す。そればかりか自分が読みたい小説はこういうのだ、見たい芝居はこういうのだ、とついつい書いてしまったのが運の尽きで、原稿用紙地獄にまんまと、嵌り込んでしまいました。でもこの地獄は辛いことも多いけれど、たのしい愉快なことも多い。地獄に嵌ってよかったと思っています。

もうひとつ、レッテルを貼られることへの恐怖もありますね。ある特定の傾向に属する書き手の一人だというふうに自分も思い、世界からも思われて、そのレッテルに忠実に作品を書いていくという行き方が怖いのです。大企業に就職したときの安心感みたいなのはあるかもしれませんが、それだけにまた未来《さき》が決まり切っているようなやる瀬なさを感じてしまいますし、なんだかゲリラ的な動きが出来なくなるような気もしますし、ぼくには悪戯小僧みたいな部分があるのだとおもいます。才能のちがい、ジャンルのちがいを無視していえば、ま、モーツアルト的というのが理想なのではないでしょうか。悪戯小僧が次々に悪さを仕出かしながら遁走《とんそう》しつづける。悪さとはむろん作品のことですが、愉快な作品を次々に提出しながら尻尾はつかまれることなしに勝手に生きつづけたいと願っていますので、それが規定しにくさになっているのかもしれません。それから世間の方々の買いかぶりもあると思いますよ。修道僧的生活を強いられる小説家の仕事と、大道の香具師《やし》じみた芝居の仕事を併行してやっていますので、「あいつはなんだかわけのわからん怪しいやつだ」と実力以上に妙に評価してくださっているところもあるような気がします。ただし近頃はわりあい単純な作家じゃないかと思うようになりましたが。(笑)

一九二〇年代のブロードウェイのヒットソングに「ルック・フォー・ザ・シルバー・ライニング」というのがありましてね、歌の大意は「真っ黒な雲が空を覆っても落胆してはいけない、その黒い雲にも、きっとどこか太陽の光を受けて輝くところがある」……、つまり物事には必ず明るい面があるから、悪いところばかり見て落ち込むことなしに頑張ろう、というのですが、この歌をまじめに信じているところがあります。あまりにも単純なので迷彩でごまかしているのかもしれません。

私生活でもいろんなことがありましたし、この先どれだけ仕事が出来るか、自分でも限界が分かってきもしましたし、単純に面白けりゃいいじゃないかと居直る勇気が少し出てきたような気がしています。これからは旗幟《きし》鮮明に「大衆――」というところにこだわって仕事がしたいと思いますね。

失敗も作家の個性

扇田　井上さんのように、小説と戯曲を完全に両輪にしている人は、案外少ないんじゃないかと思います。泉鏡花、岸田國士、久保田万太郎、三島由紀夫といった人たちがいますが、現役の作家では、ある時期までの安部公房さんと、それから筒井康隆さんを除くと、比較的珍しいんじゃないかと思うんです。

劇作家の想像力と小説家の想像力というのは、重なるようでずいぶん違う部分があるのではないかと思うんです。井上さんは初期からずっと両立させてこられた。これはどういうことなんでしょうか。

井上　ぼくの場合は「物語を物語る」のが目的で仕事をしているわけですから簡単に両立しますよ。とにかくおもしろい物語をどう創り上げるかに精力を注ぎます。同時に自分の中で出来上がりつつある物語が小説の形式をとったり、劇の体裁をとったりする。それが案外、自然に行われます。傾向としては、小説という形式で小説のことを、劇という体裁で劇のことを考えるのが大好きですから、表現がややトリッキーになり勝ちですね。性格が単純な分だけ原稿用紙に向かうと技巧をこらしたりして、トリッキーになった分だけトロッキーみたいに失脚する（笑）というのが、五年に一ぺんぐらい起こるんです。

『パズル』にせよ、『花よりタンゴ』にせよ、妙な自

信を持って、よし、このへんでイッパツ決めてやろうという野心を起こすと、芝居の神様にポカンと頭をやられること二回。(笑)

とにかく小説と芝居の二本立てには、ぼくの中で全く矛盾はないんですね。小説書いてますと、自然に芝居にしか出来ない題材、方法を思いついたりします。芝居をやっていると小説という形式の自由さ、そのありがたさにつくづく思い当たります。この両者は、ぼくの内部で健康な緊張関係を保って、まあなんとかうまく行っていると思います。

小説と芝居の違いは、たとえばこういうことなんじゃないでしょうか。小説を買う読者は、その小説を店頭でチラッと読むことができるわけですね。なんなら全部読んでもいい。ところが芝居、それも創作劇の場合は、信用で買ってもらうというところがある。まだ何にも出来てないのに、切符を発売したりして、これはもう一種の詐欺です。(笑) 観客は、何かの株でも買い付けるみたいに大事な時間とお金を投資する。実体のまだはっきりしないものにお金と時間をかけてくれるわけです。このようにこちらを信用してくださったお客さんに見事お返しした時の爽快な気分が何ともいえないんですね。極端なことをいうと芝居は作り手にとってもお客さんにとっても博奕ですね。小説は、雑誌に載るにしろ、本になるにしろ、もう出来上がっていて、読者はそれをちゃんと吟味できるから、これは堅い取り引きです。(笑) 博奕みたいな部分をたくさん持っている芝居と、商業契約の常識がきちっと通用する小説。どっちも面白いのです。

小説にはいろいろ逃げ道があるんです。評判にならなくても「分かってないやつが多過ぎる」とかなんとか言ってればいいんですけど、芝居はちゃんと答えが出ます。

小説の場合はどんなに失敗しても、一生懸命やって失敗する限り、その書き手の良さは充分出るんですね。愛読者はその失敗もちゃんと愉しんでくれる。ずーっと失敗ばかりしてると見放されますけど、失敗も面白いという読者は結構多いんですね。小説の失敗部分といえど、やはりその作家の個性の発揮ですからつまらないわけはないんです。ところが芝居の場合は、これはどんな作家でも同じですけど、好きな作家なら失敗も愉しいという個人的な読み方は許されないんですね。一人で見てるわけじゃなくて、少なくとも数百人で見てますから、たとえばどんなに井上某の作品が好きでも、失敗は許すという観客でも、その一夜かぎりの共同体の一員になるとじつに厳しくなるんです。つまり共同体として完全に生きられなかったという無念さが、芝居小屋の観客の胸に残ります。だから非常に厳しい答えが返ってきます。小説では、ああ失敗したと思っても、読者から失敗もときには面白いですよという答えが返ってきますけど、芝居ではそういうことはないですね。

そうして、まことに因果なことに芝居のそういう厳しさも好きですし、小説のそういう暢気な、豊かなところも好きですし、ぼくは相当欲が深い。

内に抱えた二項対立

扇田　小説家が戯曲を書く例を見ると、あるパターンがあるように思うんですね。非常に芝居に興味を持って、一生懸命やるんですけれども、ある時点で急にいやになってしまう。演劇界の体質自体に耐えられなくなったりする。あれほど芝居に熱中していた三島由紀夫でさえ、晩年には、芝居から手を引くようになっていますね。でも井上さんの場合は、そのパターンがどうも通用しないというか、違うような気がしますね。

井上　さっきも言いましたが、演劇は博奕の一種ですから失敗すれば、「次で取り戻そう」と思いますし、成功すると「またひと勝負」と思いますし、なかなか縁が切れません。

強がりを言っているみたいに聞こえるでしょうが、芝居で五年に一ぺんぐらい失敗するのは、ぼくには大事ですね。芝居が当たって、小説もそれなりに売れてくると、ちょっと夜郎自大になってくる。そうして、自分は何者かであるみたいなことを少し意識し始める頃に、うまい具合に失敗する。これは不思議ですねえ。罰を下す装置が芝居小屋のどこに組み込まれているのか分かりませんけど、必ず手痛い制裁を受ける。そして困ったことに制裁を受けるのが好きなんです。（笑）ジャン・クリストフにでもなって大河小説を生きてるような気がする。失敗から這い上がる、そういうのが好きなんじゃないでしょうか。（笑）

扇田　井上さんについてレッテルが貼りにくい理由のひとつは、井上さんの作品の中に、一つのキーワードでは切りにくい、相反する二つのものが同時に存在しているからだと思うんですね。井上さんは、一般的には喜劇の作家と言われるけれども、喜劇的じゃない、悲劇に傾くような部分もかなりあるし、おふざけかと思えば非常に敬虔だし、ふざけ散らしていながら非常に生真面目だし、要するに和解しない対立要素がいつもある。両義性というか、二律背反というか、対立する要素をそのままにして非常に積極的に生きていらっしゃる。それが創作の大きな原動力になってるんじゃないか。だからそれが芝居をやる場合には非常に効果的に働いていているんじゃないかなという気がするんですが、ご自分では、内に抱えた二項対立をどう扱っているんでしょうか。

井上　あい矛盾する対立要素をうまく使いこなしてるつもりでしたけど、今回の離婚なんか見ますと、どうでしょうか。そんなにうまく行ってるとは思えません。（笑）ただし、心のうちに対立要素を育てるのは、構造をつくる一番単純な方法なんじゃないでしょうか。あることをより客観的にするために、あるいは構造体として自立させるために、それと反対のものを対抗させるというのは、どんな物書きでもやることだと思うんですけど、それをちょっとしつこくやってるんでしょうかねえ。ぼくの芝居は、それがないとちょっと成立しないところがありますし、人の生活の中で対立する大事なものを取り出してきて、それを生と死で統一するという構造をついとってしまうんですね。

扇田さんはご存じだと思いますけれども、ぼくは生命の輝きを死の世界にちょっと足を踏み入れたところから書くと成功するんです。照射し合う中からドラマを取り出すという方法論があると思います。一つだけではちょっと足りない。構造体としては危なっかしい。

二　ナンセンスな笑いと有償の笑い

扇田　井上さんの作品を論じる時にまず第一に出てくるのは、「笑い」だと思います。しかし井上さんの笑いにはいろいろな要素があって、一筋縄ではいかない。一方には、ナンセンスな笑いへの傾斜があって、特に初期の作品には言葉遊びとか、意味よりも音の遊びを重視する狂躁的な笑いが多かったと思うんです。同時に井上さんの中にしっかりとあるのは、意味のある笑い、有償の笑いというか、批判的な笑い、社会を矯正するための笑いで、これは明らかにナンセンスとは違う方角に向かう笑いだと思うんですね。さっき言った二律背反ということで言うと、片方に傾く時期もあるし、もう一方に強く傾く時期もある。そういう二つの笑いについては、どういうふうにお考えになっているんでしょうか。

井上　初期のナンセンスでハッピイなところへ戻りたいと思うんですけど、歳のせいですか、なかなか無邪気に戻れないところもあるんです。ただ最近は、ナンセンスな笑いでも、意味のある笑いでも、読者や観客と、笑い終った瞬間に、一緒に生きてるという、つまり共生の笑い、それが理想です。

いやなのは、中途半端な社会風刺の笑いですね。不調な時にはそれが出ます。そうすると、初期を除いてずーっと不調という感じですが。(笑) 調子の悪い時は笑わせる仕掛けが中途半端で、お座なりの穿《うが》ちで、人の職業的なところを笑ったりするようなところに落ち着く、そういう時は非常にみじめですね。

小説の場合、それぞれの書き手によって基本的に大事にするものは違っていると思いますけど、私は、笑うことによって全部読み通すというエネルギーというか、原動力を読者に得てほしい。笑ってるうちに全部読み終ったというのが理想ですね。ですから、小説の笑いは基本サービス料金みたいなところがありますね。(笑) 笑いなしに、長い作品を読んでいただいてはいけないのだという強迫観念がありますね。

真面目なものを真面目に書きたいという気持はありますけれども、書き始めると、どうしたら読者の頬をゆるめてさしあげることができるだろうかしらと、注意がそっちへ自然にそれてしまう。笑わせたい。笑ってもらいたいということの欲求、これはもう年来の宿患ですねえ。

いつかビートたけしがラジオで聴取者の青年に、「いま地震が来たらどうする」って訊いていた。すると、その青年がじつに大した出来物で「笑ってごまかします」とすごいことを言いました。（笑）これですね。ぼくにも笑ってごまかしてしまうという覚悟がありまず。テーマとか、文学性とか、なにか七面倒なことを言われる前に笑ってごまかし、そこへ相手の気が行かないようにする、そういう傾きが強くありますね。

とにかく三枚の原稿にさえも何か笑いを持ち込めないかとムダな抵抗をしている。そうしないと仕事をしている気がしない。たとえば何でも自慢しないと気がすまない人間がいますよね。「おれはクビになったんだけどさ、おれのかわりに総額三億円のコンピュータ・システムが入ったんだぞ」なんて自慢するのがいますが、それと同じですね。首が飛んでも笑わせてみせるわと思いつめている特異体質者なんです。

ディケンズの小説に、そういう人物が多いんじゃないでしょうか。父親が監獄にいて、そこから学校へ通ったりなんかしている子。そのままだとみじめですから、カラ元気つけて健気《けなげ》に生きている。そういう小説に、ディケンズで初めてぶつかったんです。『デイヴィッド・カッパフィールド』を読んだときは、「おお、自分がすでにここにいる」と思ったぐらいです。高校時代ですけど。『ジャン・クリストフ』みたいにはいかない。（笑）

扇田　なるほど、やっぱりディケンズですか。

井上　ジャン・クリストフ的な生き方に憧れていたのですが、当然ムリでした。（笑）笑ってごまかすし、健気に生きるカッパフィールドがぼくの理想像でした。

扇田　以前、七〇年代の中頃でしたか、井上さんが書いておられましたけど、エドワード・リアのナンセンス詩にふれながら、ああいう言葉遊びをやっていくと、ある時点で本当に狂気に近づいてしまう、その先は非常に荒寥としてしまうと。自分はそれをやってきたけれども、これでは行き詰まってしまうんじゃないか、もう少し別の方法を考えるということをお書きになったことがあると思うんです。その頃から井上さんの作品に、社会的な批評を持った笑いがどんどん増えていったという気がするんです。

それは、作家の行き方、成長としてはよく分かるんですけれども、最近の作品を見ると、有償の笑いというか、批評的な笑い、つまり真面目な笑いがあまりに強くなってきて、前のような、意味を痛快に無化してしまうようなばかばかしい笑いが減ってきたような気がするんですが。

井上　家庭生活の幸不幸と関係があるのでしょうかしらん。（笑）商売で言語遊戯を行うのは、もともと矛盾しているわけです。商売となれば遊戯ではあり得ないのですから。お金のために、自分が最も好きな遊びのひとつを締切に迫られてやっているということ。気が滅入りますよ。それから言葉遊びをするときは、中学生用の辞書を使うんですが（収容語数二、三万というのが手頃なのです。日本語を、とりあえず俯瞰できますので）、そのとき、「ああ、自分はこの小さな辞書の内部で一生を終ってしまうのだな」と思ったりして気が滅入ります。

それから、一人の書き手が持っている言葉遊びの基本的パターンは、わりと少ないんです。ぼくの場合ですと、音で意味をすこしずつずらして、音のリレーをしていくうちに、とんでもない違う意味が出てくることがあります。簡単にいえば語路合せということになりますが、どうも手法はそれぐらいしかないんですね。

それから、小説でも戯曲でも、基本的な構造が出来あがると、人物をパーッと配置していきますね。そうすると、勇ましいおばあさんとか、頭のいい生意気な子供とか、ちょっとお姉さんぶった同級生の女の子とか、世故《せこ》いのにドジな小父さんとか、乱暴だが気のいい小母さんとか、どこかでお目にかかった人物がゾロゾロ出てくる。自分の好きな、そして自分が書ける人物って、どうも決まっているみたいですね。つまり意外に数の少ない道具で仕事をしているような気がして気の滅入ることもあります。

若い時分、デビュー仕立ての頃は、物語をつくる材料も、それから言葉も無尽蔵にありそうに思われて、それこそ先行きはバラ色——と見えたのに、じつはそうじゃなかったというのが一番こたえますね。

『日本人のへそ』を書いて、『表裏源内蛙合戦』書いて次に『十一ぴきのネコ』書いて、『道元の冒険』——。書いてる時はぜんぜん違うもの書いてるつもりなんですけど、読み返してみると、基本となる劇構造はやっぱり同じなんですね。そこで、『パズル』や『花よりタンゴ』のように、よし、自分の基本構造から外れてやろうと思うと、やっぱり失敗しますね。それでも、これからも生きていくわけですから、違う基本構造があるはずだ、ちがうパターンを二つ三つ作れるはずだとささやかに希望を持ってやっているところです。

ただ、やはり年齢とは恐ろしいもので、『ブンとフン』書いた頃の、ただただ書いているのが面白いという至福はもう訪れてこないでしょうね。それから三百枚を三日で書き上げるという滅茶苦茶な筆力、これも戻ってきませんね。(笑) 乗って書き出したとき注意しなくちゃいけないのは、いま、乗ってやっていることが前にやったことの二番煎じではないかという点検ですね。恐ろしいのは、つまり自己模倣なのです。牧場に放たれた牛のように自分を考えるときがあります。こんな広いところの草は一生かかっても食い切れないだろうと思っているうちに、意外にも草が残り少なになっていて、あっちのほうにちょぼちょぼ、こっちのほうにちょぼちょぼ生えているのを心細く食ってるような気がします。つまり書くべきことは、ほとんど書いてしまった、このあとどうしたらいいのだろう。なにか書くことが残っているだろうかという漠たる不安を感じるわけです。それはぼくの個人の限界じゃなくて、小説なら小説の持ってるジャンルの限界でもあるような気がします。小説が市民のための新しい教養、あるいは娯楽として登場して最初の百年間ぐらいで、基本的なものは全部出て、ぼくら後発の一団は何か草のなくなった牧場で、ちょぼちょぼまた生えてきた草を食べているという感じはあります。もの書き個人として感じる荒寥感、これを小説ジャンルそのものについても感じるときがあるのです。

もちろん小説に未来がないなどと言おうとしているわけでもなく、だいたい、そんなことは信じたくありません。ただ、小説に対する考え方をちょっと変えないと、……たとえばマンネリズムの素晴らしさというものにも一度戻らないとますます痩せていくと思いますね。

マンネリズムというのは、これは昔当たったからもう一度やってみるというんじゃなくて、当たったのが百年前だったらそれから百年も経ってますから、われわれの意識も変わってるし、そういう過去の物語の祖型みたいなものを、いまの同時代の人々に縫い直して提供出来れば、また話は別だという気がします。あればばかばかしいとか、あれは古いとか、あれは大衆小説だとか、そういうことを考えながら草を求めてうろついても、草はないんじゃないでしょうか。

三　物語の力と普遍性

扇田　いまの小説の行き詰まりを打開するために、いろいろな策が語られているわけですね。方法論の論議が盛んですし、物語論もくり返し登場する。しかしいま伺っていると、井上さんは圧倒的に物語派ですね。

井上　人間は、物語でものを考えて整理していく動物じゃないかとぼくは思っているんです。

アメリカの精神分析医の記録を、一生懸命読んだ時期がありますが、そのとき感動したのは、精神的な危機に陥った人びとが立ち直るのは物語の力によってである、と知ったときです。患者は自分の問題を精神分析医の前で――この場合、精神分析医はきっと読者の役目を担っていると思いますけれども――語ってるうちに、それまで整理がつきかねていた人生のさまざまな部分がだんだんある因果関係を持ってきて、あ、あの事件はこの事件の伏線だった、というふうに、患者が自分の半生を物語として客観的に語り終えた時にだいたい心の病いがよくなるんですね。

そういうふうに、人間の基本的な生き方は、どうも物語で言った方がはやいときがありますし、物語に乗っからない生き方などどうもなさそうだという気がするんです。そういう意味で物語を信じている。物語の力によって人間は個体差を超えて普遍性を獲得することができるのではないか。物語の鋳型を最初から想定して、そこへ自分の体験などを、ムリやり押し込むとダメですけど、自分が体験したこととか、自分の頭の中にあるいろんな書きたいものを、うまく初めと終りをくっつけて一つの作品に仕上げた時、忽然と浮かび上がるのは、人間が発生と同時に持っている基本的な人間の条件の物語です。それが出て来てこそいい作品である、というふうに思うんです。もちろん小説では、読者への働きかけはすべて言葉によってなされるほかありませんので、言葉に対する作家の態度が重要になります。「物語」だけでは問題は片付きません。がしかし、言語への態度と同様に物語への態度も重要だと思うのです。「文學界」に短篇を書くために、料理の本をいま一生懸命読んでいるところですが、たくさんの板前さんの聞き書きを要約すると、彼等の時間論は次の数十語にまとめられるとおもいます。「まず準備の段階、時はゆっくりと経過する、やがてお客が入ってくる。徐々に時間の密度が濃くなってくる（忙しくなるわけ）、そしてお客さんに料理を出す十分前ぐらいから体力と気力を盛大につかう」とまあ、このような普遍性がある。などというとなんだか勿体ぶっていますが、何のことはない、例の「はじめチョロチョロ、中《なか》パッパ、赤子泣いても蓋とるな」というやつで、この時間の使い方にはなんだか普遍性があるんです。それは芝居もそうですし、小説の物語の経過もそうですね。ゆっくり始まって、途中からぐーっと速くなってくる。アメリカのミュージカルも、ご存じのように、ゆっくり始まりながら、後半になればなるほど劇の時間の流れは速くなって行きます。五十年間、生きた人間の一生を五百枚で書くとしますと、一年を十枚ずつに割り振ると失敗します。その人が三十五歳に達したとき枚数は四百枚を突破している。それで残りの十五年間のためにはもう百枚しか残されていない。この「はじめチョロチョロ、中《なか》パッパ……」式の物語の時間経過律はどんなものにもあてはまる黄金律みたいなものですけど、こんなことをちっとも知らなくともいい作品を書く人は人類の遺産としてそういうものをちゃんと受け継いでいるんじゃないかと思うんです。
とまあ右のような意味もこめたうえで物語を信じてます。だれだかの金言に「暑さをどうしのいだらいいかをバリ島人に教えたがるエスキモー人がかならずいるものだ」というのがありまして、まあ、ぼくもそのエスキモー人のお仲間かもしれません。ですからあまりあてにはならないところがありますが……。

扇田　いま言われたことに繋げて言いますと、井上さんの小説でも芝居でも、だいたいが主人公の一代記か半生記という形をとりますよね。これは初期からずっとそうだと思うんです。

井上　ええ。

扇田　それはやっぱり、病者が治癒するために自分の半生を語っていくとか、そういうことと関係ありますか。どうして井上さんの作品は必ず一代記になるのかな、といつも思うんですけどね。

井上　小説でも絵でも、芝居でも、音楽でも、詩でも、実人生よりは絶対短いわけですね。この間若い作家――小林恭二さんですか――が書いていた小説に、おそらく一人の読者が一生かかっても読めない小説を書いた人物が出てきます。非常に面白い設定で感心したんですが、あれは、芸術作品あるいは人工物は実人生よりは必ず短い、という真理の逆用だと思うんですね。さて、この「芸術作品、あるいは人工物は、実人生よりは必ず短い」ということを極端に追いつめると「一代記」や「半生記」になります。何十年かを三時間に縮める。本当は十分でやれれば一番面白いわけですね。そういうふうに時間をぐんぐん圧縮してくると、あるときは液体に変わって、おもしろいことがおこるんです。
それから人間は自分の一生しか生きられないんですけれども、自分の気に入ってる人、気になってる人を、半年ぐらいかかって生きてみる、生きたつもりになってみる。漱石にはなれない。しょうがないから漱石全集をたよりに漱石の一生を追体験する。その追体験の残りかすが作品なんじゃないでしょうか。
それから、世の中とずれてる人が好きなんですね。

少しずれてる、そういう人ばっかり選んでいる。漱石は例外ですが。

カトリックという装置

扇田　伝記劇という形をとる場合でも、だいたい主人公が受難者みたいな形になる場合が、井上さんの作品ではかなり多いと思うんですね。私はかつて井上さんの伝記劇をキリスト受難劇の道化的変奏曲と書いたことがあるんですが、これはどうしてなんですか。

井上　これはカトリック教育のせいです。復活祭が近くなりますと、十字架の道行という勤行をやります。壁に十四枚でしたか十六枚でしたか、キリストが十字架を背負い丘の上で盗賊たちと共に処刑されるまでの絵が掲げてあって、信者はその絵の前を、キリストと同じように道行しながら、キリストの体験を、自分たちでも再体験しようというなかなか手のこんだ勤行です。ロザリオを唱えながら、ちゃんとやると四十五分ぐらいかかるんですが、ぼくら一番速い記録で五分なんていうのがありました。(笑)

中学三年生、家庭事情のせいで自分がどういう運命になるか分からないという非常に不安な状態から、養護施設へ入った瞬間、ここはもうそれなりに安定しているわけですね。よっぽど悪いことをしない限り放り出されることもありませんし。

ほっとしたところへ、いろんな道具立てで、音楽あり、色も豊富ですし、匂いもついてますからね。香炉とか、それから修道院の修道士が食べてる食事の匂い──帝国ホテルの食堂なんかに入ったときのような、パンを焼く匂いとか、バターの匂い。五官を満足させる装置の中へぽんと入ったわけですね。それでカトリックが急速にぼくの中に染み込んできたんですけど、なかでも十字架の道行がすごく好きだったんですね。

実人生における母親は、生きていくためにいろんなことをして、そのたんびにこっちは恥ずかしいと思ったり、可哀そうになったり、頼りに思ったり、不安になったりしてるわけですけど、カトリック教会のマリアさんていうのは悠々たるもんですからね。御堂の片隅にただ立ってにこにこしてるだけですから。いろんな意味でほっと安心したんですね。その中で、他の人のために死んでいく三十二歳の人の最期を、繰り返し繰り返し、復活祭の前一ヵ月ぐらい、毎日毎日、日に三度ぐらいやるわけですね。しかもそれが終ると復活祭でものすごいご馳走が出ます。近くの米軍キャンプに招待されて酒池肉林さわぎも待っている。酒池肉林は勿論もののたとえですが。頃は春休みですしね、非常にいい雰囲気なんです。人類の仕合せのために従容と死んでいく。ぼくらはそんな勇気ないですから、大した人がいるもんだなと思ってね。

それと、やっぱりその頃読んだディケンズの小説とか、『ジャン・クリストフ』とか、ドストエフスキーとか、みんな長い小説で、人生とはなにかがいろいろ詰まった小説ばっかりですからね。だいたいぼくの教養はあのへんどまりなんです。(笑)それからあと映画ですね。

とにもかくにもカトリックというすごい装置の中へスポーンと入り込んだ時の安堵感と至福感。十字架の道行という勤行は、ぼくにはその象徴のようなもので……。それと、さっき言いましたように、耳からくる、目からくる、鼻からくる、それから口からもきますからね。(笑)

それから、修道士たちを見ていると、たとえばカナダの名家の息子さんが修道士でいる。歌のうまい、オルガンをぼくらに教えてくれた修道士の先生は、カナダの音楽大学の元教授。こういった先生方がみんなキリストの一生とかぶってくるんですね。自分のためにではなくて、世の不幸をなくすために自分の一生を捧げる小キリストが周りにいっぱいいるわけです。キリストやたら漬けっていう感じ。(笑)それはいまでも大きいんじゃないでしょうか。自分以外の者のために、自分の持ち時間を捧げる人に対する尊敬といいますか、憧れといいますか。

でも、その人たちにとってみれば、それが実は一番いい生き方なんで、そんなにありがたがることもないというふうに時には思いますけど、でもやっぱり根底には、そういう生き方に対する尊敬、それがぼくの芝居なり小説の中なりにある。『吉里吉里人』はその代表みたいなものです。あれはバカな主人公ですから、あらわれ方は違いますが。

暮らしは低く、志は高く

扇田　そうすると、井上さん自身にとって、カトリックの信仰というのはどうなんですか。いわゆるカトリック作家に井上さんを入れていいんでしょうか。

井上　「暮らしは低く、志は高く」という修道士たちの生き方に少しは影響を受けていると思います。なるべく背広を着ないとか——表面的ですけど。あんまりいい格好出来ないとか。その金をどっかに寄付すれば立派なんですけど、わりとしなかったりなんかして、そのへんがいいかげんなんですけど……。（笑）「暮らしは低く、志は高く」は、相当影響ありますね。

それは山形の田舎の儒教的な生き方と似てるんですね。それを家憲に掲げてるうちもありますし、その隣りに、「親切第一」とか、「絶対ひとの保証判は押さないこと」とか、矛盾したようなことも書いてありますが。（笑）

昔、修道士に向かって「先生、ほんとに天国っていうのを信じてるんですか」と、子供ですからズバッと訊いたら、すごくテレたように笑いましてね、「分かりません」て言ったんですね。ただその修道士の話では、自分は死ぬのが非常に怖かったので、死ぬ瞬間までに、自分の頭の中に、ぼく流に表現しますと、キンキラキンの天国を意志の力で築いて、死ぬ瞬間に、そこへ帰るんだというふうにしたいと思った。死んでから荒寥たる虚無の世界、荒野の世界に行くんだと思うのと、これからうんと愉しいキンキラキンの天国へ行くんだと思って死ぬのでは、ずいぶん違いがあると思う。だから自分は一生かかって、愉しいところに行くんだというふうに準備するために、こういう生活に入ったんだと教えてくれた修道士がいたんですね。

その人はこの間亡くなりましたけど、やっぱり大したもんでした。かつて面倒見た子供たちを集めて、私はこれから死ぬためにカナダへ戻ります、もうお会い出来ません、とにこにこして言われた。いまは修道士もダブルのカシミヤの背広なぞ召して、カッコいいんですけど、帽子振ってタラップのぼって、それから三ヵ月で亡くなられてしまわれた。

内心はどうか知りませんけれども、ぼくらと一晩明かした時は、ほんとに愉しそうでした。また愉しそうにしていなければ合わないでしょうけど。死ぬ間際に「あれ?」なんて思っちゃうと、それまでの難行苦行がすべてムダになってしまいますから。でも、意志の力、想像力で天国を築いていくという事業を一生かかってやる人も立派だなと思って、感動しましたよ。

扇田　前に、井上さんは、自分にとって宗教とは人であると書いたことがありますね。その言い方は分かるんですが、井上さん自身の中に、神とか来世は、厳然とあるんですか。

井上　来世は——なさそうな気がします。最近、来世があるという説がずいぶん世界的に広まってるようですけど、どうもないんじゃないかと思います。思いますと言っても、何の根拠もありません。(笑)そうして来世を信じない点で、ぼくはカトリック者としては落第ですね。

ただ、自分の中に、自分を律してるものはありますね。真面目にとか、出来るだけ怠けずにとか、貧乏性みたいなところがありますね。よし、休もう、なんて言って、二日休むと落ち着かなくなります。

扇田　来世はともかく、神はどうですか。

井上　神は自分の心の中にありますね。これはやれないとか、これをやったらぼくの作品が変わってしまうとか。もし作家として幅をひろげ経験を深めようとするならやってはいけないようなことでもやったほうがいいと思うんですけどね。その勇気はないですね。

扇田　日本にはカトリックの作家と言われる人は何人もいますが、井上さんとは作品も行き方もずいぶん違う場合が多いような気がするんです。イデオロギー的にも、井上さんは保守派ではなくて革新派です。カトリック作家の場合、作品の最後には人間を超えたある大きなものが顕現してくるという構造をとる作品が多いと思うんですが、井上さんの場合、必ずしもそうはならない。やはり、最終的には人……。

井上　そうですね。

扇田　受難者的であっても、神が立ち上がってくるというふうにはなってない。そのへんはどうなんでしょうか。

井上　窮極的には人類を信じてるというのはちょっとオーバーですね。人間はやっぱり素晴らしいと思ってるんじゃないでしょうか。それで、自分で原因をつくりながら不幸になっていくのが人間の性《さが》ですけど、私の場合は、最後は人間に救われる局面がずいぶんあるんですね。

人類の歴史そのものが、一つのある巨大な生物の一生で、一人一人が細胞で、その細胞は二週間ぐらいでどんどん死んで、垢になってなくなっちゃうんですけれども、次の細胞が出てくる。人類はきっといつか完全に終ると思いますけど、それは何億年先か何十億年先か分かりませんが、その一部分として人間を信じている。大きな生物体としての人類というものを考えていると、それがガンになったり、自然治癒したり、でもやっぱりだんだん老いていって、固くなって、やがて死んでしまう。これは完全にそうなると思います。思いますけど、その年数は途方もなく大きいので考える必要はない……。ですから、そういう人類という巨大な生物のある一部分として、人間を信じていますし、どんな人でも、結局そこから抜けられないんじゃないかと思います。そうでないと、物語の効用はなくなってしまいます。

読者を信じる。自分のために書くのが始まりでしたけど、自分が喜ぶより、やっぱり読者なり観客なりが喜んでくださったほうが、これは何千倍も嬉しいですから。そういう存在を信じてる限り、人間を信じるのを止めたら、小説も芝居も書く必要ないと思うんですね。

ですから、芝居小屋、劇場に入ると、もういい芝居だったら、どんな人でも、無言の合唱隊《コロス》の一員となって、舞台の上の俳優たちと共同で芝居を作っていくわけですから、そういうことを信じない限り、芝居をやってもしようがないと思うんです。たとえば読者から、これを誤解してほしい、観客からこれをくそみそに貶《けな》してもらいたいと思って書いてる作家というのがいたら素晴らしいけど、数は少ないと思うんです。やっぱり読んでもらいたい。そういうことがある限り、読者、観客を信じて書いてると思うんです。ですから、「人間を信じてない」と言いながら、「五千部刷ってよー」なんて言ってる作家はあんまり信用しないですね。（笑）やっぱり繋がり合える部分を持ち合うということが、作品を提供し、提供されるという契約の根底にあるのですから、人間の気持が通じ合えるというのを信じた上での創作活動だろうと思うんですね。楽観主義者のことを「ドーナツの輪を眺める人」というらしいですが、ぼくは典型的な「ドーナツの輪を眺める人」です。ついでに申しますと、悲観主義者のことを「ドーナツの穴を眺める人」というらしいですよ。

四　言葉に対する不信感

扇田　井上さんの作品について見ますと、言葉を素材にしたり、言葉自体を主題にしている作品が多いと思うんですね。心の病気とか身体の病気を描く人は多いけれども、言葉の病人を井上さんほど多く描く人はいません。井上さんの場合は、言葉の病人、それも吃音症だけじゃなくて、とんでもない言葉の病人がたくさん出てくる。『馬喰八十八伝』みたいに、殿様さえ言葉の病気になったりする。なぜこんなに言葉に情熱を注がれるのか。

井上　そうですね。ある日、作家の心にこれは自分にとって重要なことで、ひょっとしたらほかの人にとっても相当な関心事ではなかろうかということがパッと点《とも》りますね。いろんな表現の方法がありますから、それを絵に描いてもいいでしょうし、映画に撮ってもいいでしょうし、またもっと別のことでやってもいい。しかしそれを小説で表現する場合は、当然のことながら言葉で伝えるしか方法はないんですね。

　そうしますと、根本的なことなんですけど、現実の世界には、たとえば否定というのはないと思うんですね。「きょうは雲が出ていない」という言い方をしますと、現実の世界は「雲が出ていない」ということはないんですね。何と言ったらいいんでしょうか――太陽と地球の表面がただ向かい合ってるとか。とにかく人間は言葉で否定する方法を発明したわけですね。「雨が止まない」とか。雨は別に止もうと思って降ってるわけじゃないし、単にある自然の法則で循環してるだけですよね。その中へ人間が入り込んできて、言葉で否定する方法を考えたのです。

「家の前に財布と犬の糞が落ちていた」と言ったとしますと財布は落ちている、犬の糞も落ちている。しかし「財布と犬の糞」の「と」は落っこってないわけですね。つまりそれは人間が発明した整理の方法ですね。

ですから、ある根本的なことを伝える場合に、言葉で伝えるしかないんですけれども、その言葉は人間が発明したものなので、現実にない否定とか、落ちてないものを落っこってるようにしちゃったりする。接続詞なんて現実の世界にないですからね。間投詞もないんじゃないでしょうかね。もちろん副詞も。名詞と動詞ぐらいしかないんじゃないでしょうか。嘘をつく、それから大袈裟にしていく、飾っていくというのは、本来言葉が持っている危ない部分だと思うんですけれども、それである基本的なことを伝えていく時に、言葉そのものをちょっと疑ってかかるところがありますね。しかしその他に方法がないんですね。

芝居の場合は、ちょっと事情が違うっていうのがこの頃分かってきたんです。それは自分で演出してみてやっと分かったんですけど、いままで絶対自分の台詞は削らないとか、削られるとすごい不愉快な顔をしたりしていたんですけれども、実際毎日稽古場で立ち会っていくと、もうそんな言葉は要らないっていうことがたくさんありますね。三行ぐらいの台詞を、役者さんが顔の動き一つで表現しちゃったりなんかするんで、それを削ったりする。つまり作者の言葉も、演出家の演出も、全部役者さんの体の中に一たん封じ込めて、そこで役者さんの個性によってもう一度違う形で翻訳されて、お客さんの前に現われる——そんな関係が、演出して分かったんで、一概にはちょっと言えないんですけど、言葉は次善の方法だというのがあるんですね。何かすぐ嘘ついちゃうという——それはぼくの作風がそうだからかもしれないんですけど。ですから信用出来ないんで、一つのことには一つの言葉しかないなんてぜんぜん考えないわけですね。言葉とかなり親密な関係が結べれば、それが出来るんですけど……。

だから、周りをいろんなもので埋めていって、本当に表現したいことは抜かしておいて、近似値の言葉を出来るだけたくさん並べて、そこから読者が抜けてる部分を補うみたいな……。それは、きっと言葉を本気で信頼してないせいじゃないかと思うんですね。

それから、文法を勉強したりなんかするのも、言葉に対してもひとつ何か信用し切れない——不実な愛人を持ってる男の気持といいますか。（笑）しかしその愛人がいないと困るんですけど、百パーセント信用してなくて、探偵を放ったり、尾行させたりなんかしてる、そういう関係なのかもしれないですね。

言葉が、その発語者から受け取る短い距離の間に、何か変わりゃあしないか——変わったらまた面白いだろうと思いますが——そういう不信感というのが根本にあるんじゃないでしょうかね。ですから、ぼくが紋切り型が好きなのはそのせいなんですね。「これで決まった」なんていう表現はないですもの。そのためにはいろいろ紋切り型をやって、短篇のおしまいは必ず風景へちょっと戻るとか、ただ戻るとちょっとつまんないから、ここでちょっと細工するとかね。

そういう言葉を並べる形に人間は心血を注いできて、それが紋切り型になってくるわけですけど、紋切り型をちょっと工夫して多用するというのも、言葉そのものに対する不信感で、言葉が団体を組んである表現になった時、援用するとか、何かそういうところがありそうですね。

というのは、言葉でうまく伝わった経験があまりないんじゃないでしょうか。ラブレターも書きましたし、それなりに昔女の子を口説いてもぜんぜん伝わんなくて、「あなたいい人ね」なんて言われて終り。（笑）言葉の力で、相手の心臓をピシッと突き刺したことがないという、そういう足掻きが出てるんじゃないでしょうか、自己診断しますと。

扇田　言葉の病《やまい》がたくさん出てくるというのは、井上さん自身が作品やエッセイにもお書きになってますけど、少年時代から大学にかけて、実際に吃音症になったという実際の体験と関係あるんでしょうかね。

井上　あると思います。どうして言葉でこれだけ恥かかなきゃいけないのかと恨めしく思うことばかり起こりましたもの。電話がこわい、女性がこわい、いろんな恐怖症があるでしょうが、原因はコトバを笑われるところにありました。そこで言葉を征服しようなんて不遜な気持を持った時期があったんじゃないでしょうか。それもごく最近まで。言葉と書き手が密接交際するという幸せな関係はじつは見果てぬ夢で、実人生ではどっちかが過剰だったりするんじゃないでしょうか。そこに言葉の芸術の意味がありそうな気がしますね。理想的で親和的な関係を自分と原稿用紙の間に結べる人は作家にならないような気がします。自分は言葉でちゃんと表現出来てないとか、あるいは逆に言葉っていうのはすごいとか、言葉との関係をよくもわるくも崩した人でないと言葉で仕事をすることを人はやらないんじゃないかと思います。

扇田　井上さんの作品を見ますと、自分と社会・世界との関わり方、関係を根本で規定するのが言葉というか、言葉の病気をはじめとする言葉の状態を通して出てくることが多い。それがほかの作家に比べて多いような気がするんですけどね。

井上　登場人物の名前つける時なんか、それはありますね。『青葉繁れる』を書いた時に、名前がいつまで経っても決まらなくて、最後は電話帳投げたりなんかして、ムリやり決めた記憶があります。まあ最近はそうでもないんですけど、土地の名前は漢字でないとダメだとかね。名前をつけるっていうのは整理していくことですから、納得の行くまでいじりまわしますが、しかしそれはぼくだけじゃなくて、いろんな作家みんなそうだと思います。

逆に、「彼は」とか、もっと実験的なのは「あなたは」みたいな二人称小説にしちゃうとか、固有名詞をつけて世界を分かりやすくしていくという普通の方向と逆になる小説の方法もありますけど、ぼくはどうもそれは実りが薄いという感じがするんです。

漱石がやっぱりすごいなと思うのは、綽名だけで小説作っちゃいますからね、『坊っちゃん』みたいに。固有名詞っていうのはそんなに出てこなくて、みんな綽名でね。『坊っちゃん』は、登場人物を綽名で整理したという点で、ものすごい実験だと思うんです。そういうことが可能だというところが、やっぱり小説のすごいところですね。あれは普通の現実生活では絶対出来ないですものね。

さっき言いましたように、作品世界というのは実際の人生よりは絶対小さくなるわけですから。で、それに、本当のことがいっぱいあれば、それはやがて実際の人生を超えていきますけれども、最初の形としては、始まりがあって終りがあるというのはどうしようもないんで、それを整理するために、いろんな手で抽象化したり、整理したりっていうのはどんな作家もやると思いますね。ただぼくの場合、度が過ぎてるというところはあるかもしれません。

小説を普遍化する努力を

扇田　さっき、ジャンルとしての小説には、いま草があまり生えていないという状況論が出ましたけれども、それをちょっと言い換えて、いわゆる純文学の不振といわれることについてはどうでしょうか。

井上　純文学ですか。……うーん、よく分かりませんね。これは人によってさまざまでしょうが、ぼくは「純文学を読もう」だの、「純文学がどうした」だのと言う機会がまるでないのです。つまりぼくの中に純文学というものが存在しないので、コトバもないのです。純文学のかわりにあるのは大江健三郎の小説、丸谷才一の評論といったもの。そういうわけですから純文学とか、大衆小説とかの前に、小説として自立しろというのが一番手前にあるんですね、とにかく面白く――面白くというのは誤解を招く言葉ですけど、生き生きと読んだかどうか、それが根本です。

最初に戻りますけれども、新劇とか、大衆演劇、商業演劇、軽演劇、小劇場演劇とか、小さな、専門的なところで寄りかかっていくとらくでしょうけれども、まあはっきり言うと、それはご勝手にっていう感じですね。それだったら、もっと受けたいとか、もっと客が入んないとおかしいとか、もっと売れないとおかしいということをおっしゃってはいけません。やっぱり自分のために書くと同時に、自分が面白いと思ったことを、ほかの人にも面白いと思ってもらうというのがぼくの場合は嬉しいわけです。自分がすごく生き生きして書いたところを、読者に生き生きして読んでもらえれば、それはいい小説であって、自分がどんなに苦労しても、読者が途中で投げ出すようなものは、それは読者の質にもよりますけど、文学雑誌の読者というのは相当訓練されてるはずですしね。本当に面白いものがあったら、ざわざわ、ざわざわしてくると思うんですね。

ですから、三波春夫になっちゃうんですね、お客様は神様（笑）特に芝居はそうですね。これは誰かが言ったことで、ぼくが言ったんじゃないっていうことで、まずぼくの名誉を確保しておきたいんですけど、「お客一人一人はばかである。ところが劇場に坐ると、どうしてああ叡知の固まりになるのか」と。芝居の場合は完全にそうですね。

それから、小説の場合も、自分でつまんないなと思った小説が売れたためしはありません。書きたくて書きたくて仕方がなかった小説とか、この仕掛けは読者が喜ぶぞとか、何かそういう読者に対する挑戦、逆に言うとサービスといいますか、そういうのがきちっと出来ていると、それはやっぱり売れますし、評判はどうでもいいんですけど――まあ売れるということは評判がいいということになりますけど、そのへんははっきりしてるんじゃないでしょうか。

それと、純文学の一つのパターンとしては、自分の思いついたこと、書き手が思いついたこと、それを言葉で表現する際に、全体をひっくるめて、普遍性を持ってないケースが多いような気がします。本当に普遍性があれば、人間共通の問題が入っていれば、絶対読者は喜んで読んで、感動したり、感心したり、笑ったりするはずなんですね。普遍化する努力、普遍性を抽出する努力、それはすごいエネルギーですけれども、それが足りないんじゃないかと思います。

大衆小説の場合、逆に頭から、人間はこうだとか、最初からイージーな普遍化をしてしまって、投げ出す場合もあります。まあそういう作家はいないと思いますけど、「これは後世に残る」とかそういうのを聞くと、すごいぼく感心しちゃうんですね。同時代の人に受けないで、どうして後世に残るのか。まあそういう稀有な天才もいますけど、それは全世界合わせて三十年に一人ぐらい出ればいいほうで、あとは、やっぱり同時代の人が感動して——感動したっていうのは人間だから感動したと思うんですね。そうすると、後世の人も人間である限り、人間はこうなんだとか、人間てこういうことがあるよねとか、前の世代の人が感動した部分に次々に感動していくわけですね。いまはおれのが分かるわけないというのはすごい自信だなって感心するんですけど。やはり同時代に向けて書いていくしかないんじゃないでしょうか。どういう因果か、同じ時代に生きているわけですから、その一緒に生きている人たちの一番大きな問題を、あるいは小さくても妙に気にかかる問題をきちっと書くこと。ほんとにきちっと自分の問題が書いてあったら、みんな放っとかないですよ。読むなって言っても読みますよ。そのへんがずれてるんじゃないでしょうか。

それから、常に自分を最良の読者にしておくというのが、一番大事じゃないでしょうか。ほかの小説も一生懸命読んだり、ほかのジャンルも一生懸命読んだり、テレビを見たり、映画も見たり、芝居見たり、絵を見たりして、出来れば日本で一万人のうちに入るぐらいの、最良の観客、読者として自分を養成しておくというのが大事だと思うんですね。で、その自分を読者の代表にする。それで自分に向けて書いていく。そうすると、思いがけないことを書いたりして、自分で「フフフ」と夜中に笑ったりして。(笑)そういうのが多い小説というのは、出来がいいですね。分かり切った、こうなってこうなってと、それをごまかしていくというような、自分がびっくりしないものは読者もびっくりしない。自分に不意打ちをかけるというのが一番大事じゃないかと思うんです。

ですから、この手はバレてるよというのを、ぐんぐん、ぐんぐん、読者としての自分に逆らって、必死になってふくらませていくことで道が開ける場合もありますし、自分の作品の最良の読者の一人が自分であるという自信を支えにコツコツ書きついで行くときもあります。

そのためには、読者としての鍛錬というのが大事だと思いますし、やっぱりいい書き手っていうのはいい読者ですもの。書評をいろんな作家が書きますけど、やっぱりいい作家はきちっと読んできちっと書いています。ま、当然といえば当然ですが。

扇田 最後に、これから、どういう方向で、どういう作品を書いていかれるかというような、心積もりがあったら聞かせていただきたいんですが……。

井上 だんだん自分の手の内も分かってきましたから、難しいんですけど、自分がびっくりするような小説とか芝居を書きたいですね。そうしたら絶対読者もびっくりして下さると思う。ですから、まず自分をびっくりさせて、自分を笑わせる。

というのは、自分に誠実にということですね。あまり自分もびっくりしないようなやつを、いろんな関係でムリやり世の中に出すというのは、いけないと思います。それは結局自分に対する誠実、読者に対する誠実さになるんじゃないかと思うんです。

結局は、やっぱり大衆作家ですね、常に。常に誰か読む人がいるわけですから。自分のために書いてもあんまり面白くないんですね、ぼくは。そんなら日記書いていればいいわけですから、「日録」っていうのを。（笑）

ある事件があってから、ずーっと日記みたいなものをつけてますけど、面白くないですよ、ぜんぜん。面白く書くつもりもありませんしね。ただ、ずーっと書いてるうちに、これを作品にして、こういうふうにしたらびっくりするなとか、そういうのは出てきますけど、自分だけに読ませるんなら、普通に書きますし、そのほうが苦労が少ない。書き手が読者だっていうところがミソなんじゃないでしょうか。作家というのは、実は書く人じゃなくて、同時に読み取っていくという、矛盾した存在だっていうところが面白いと思うんです。

ぼく自身、今度の離婚さわぎの中で実にばかばかしいことを言ってるんですよ。東北で一番いい中学というのは、盛岡中学なんですね、いまは盛岡一高ですけど。啄木が出たり、賢治が出たり、米内光政とか、金田一京助とか野村胡堂とかきら星のごとく出た東北一の中学校、いま高校ですね。それでぼくの別れた妻の好子さんの相手西舘さんという人も、盛岡一高出てるんです。家庭の都合で大学に行かなかったらしいんです。で、お二人の密通現場でのぼくの第一声は、「ニシ、お前は宮澤賢治や石川啄木に恥ずかしいと思わないのか!」(笑)そう言って怒鳴るわけですよ。そうすると、一日ぐらい経ってから、変なこと言ったなと反省しまして、そういうことの連続でした。のたうち回って苦しんではいたんですけど、その局面局面で実にアホなことを言ってるわけです。自分でびっくりしますね。学校のせいにしちゃいけないわけですよ。こういうアホなことを口走っているうちは自分にもまだ可能性があるかなと安堵しました。そういうばかなこと言って怒鳴ってるうちは可能性がある。(笑)相手のニシさんという人も、切羽詰まってたんですけど、それ聞いて吹き出した。つまりこれは笑ってごまかすっていうのに復讐されてるんだな、どうしてこういう厳しい時に厳しい言葉で決められないんだろう、と。(笑)ニシさんに学校は関係ないですよって言われて、お互いに笑っちゃったりなんかして、そこからもうダメですね。修羅場がチャリ場になっちゃうんですから。(笑)とまあ、そういう切実なる滑稽小説をできるだけたくさん書いてみたいと思っているところです。

扇田　どうもありがとうございました。

(「文学界」一九八六年十二月号)

「昭和庶民伝」三部作を書き上げた井上ひさしに聞く

聞き手・扇田昭彦

こまつ座によって上演された井上ひさし氏の「昭和庶民伝」三部作が完結した。一九八五年九月初演の第一作『きらめく星座――昭和オデオン堂物語』（八七年九月再演）から、八七年十月初演の第二作『闇に咲く花――愛敬稲荷神社物語』、同年十一月初演の第三作『雪やこんこん――湯の花劇場物語』まで、三年がかりの意欲作である。

井上氏の連作劇には、すでに『藪原検校』『雨』『小林一茶』の、評価の高いいわゆる「江戸三部作」があるが、昭和十年代から二十年代にかけての庶民を描くこの新連作劇は、個人史をふくめて作者の深く熱い思いがたっぷりこもった井上戯曲の新しい代表作となった。

だが、この三部作は、かなりの波乱のうちに執筆され、上演された。第一に、こまつ座を主宰していた井上ひさし・好子夫妻の離婚。好子座長にかわり、長女の都座長が誕生した。

第二に、はじめは、第二作として発表された『花よりタンゴ――銀座ラッキーダンスホール物語』（八六年九月初演）が、ラインナップからはずされ、新作の『闇に咲く花』にとってかわられたこと。

第三に、作者の遅筆のため、『闇に咲く花』と『雪やこんこん』の初日がともに数日遅れ、マスコミなどの批判を浴びたこと。

こうしたさまざまな面をふくめ、井上ひさし氏にインタビューし、「昭和庶民伝」三部作を語ってもらった。

〝芝居はやはりいいなあ〟と

扇田　念願の三部作を書き終えて、いまどんな心境ですか。

井上　疲れた、という一言につきますね。自分の個人史ともからむ作品で、雲にとざされたというか、鍋をかぶったような重い気持ちでいたんです。でも、初日が遅れたというゴタゴタもありましたが、なんとか三本書き終えた時は、ほっとして、〝芝居はもういやだ〟という思いが、〝芝居はやはりいいなあ〟という気持ちに変わって、またやり直そうとおもっているところです。

扇田　『花よりタンゴ』が第二部から外れるなど、構想にも途中から変化があったようですね。

井上　第一作の『きらめく星座』は出来ていますから、これでいいとして、去年の『花よりタンゴ』が、舞台はともかく、戯曲としては、とても弱いんですね。そのため、今年二本書き下ろしになったのが頭痛のたねでした。はじめから、二本目が勝負だとは思っていたんです。百点満点でなくてもいい、これならお客様に見て頂きたいと思うような作品ができたら、三本目はすぐに出来るだろうと思っていました。昭和二十二年（『花よりタンゴ』も、『闇に咲く花』も、昭和二十二年が舞台）という年は、物資にしろ、人の心にしろ、戦争の影響が一番出てきた年なんですが、この年に対するぼくの感じかたは、ひとつしかない。ところが、失敗したにせよ、この時代の雰囲気のとらえかたを、ぼくは『花よりタンゴ』で一度やってしまったんですね。そのため、『闇に咲く花』が書きにくくなってしまった。

『闇に咲く花』の稽古を始めた時は、台本は百二十枚できていたんです。でも、本読みを聞いて、これは書き直さなければならないと分かり、役者さんたちに〝申し訳ないが、もう一度やらしてほしい〟と断って、百二十枚を破り捨て、稽古初日にはじめから書き始めたんです。

『花よりタンゴ』の教訓はいっぱいあります。中でも最大の教訓は不十分なままで幕をあけては、絶対いけないということです。いったん幕をあけると、悪いなりに形ができてしまうんですね。

実をいうと、『闇に咲く花』は、初日に間に合うように幕をあけようと思えば、なんとかあけられないこともなかったんです。『花よりタンゴ』の教訓がなかったら、あけていたと思います。でも、もう少し、きちっと稽古をしなければ駄目だということで、延ばしたんです。

『雪やこんこん』書ける自信

扇田　初日を延ばさなければならなかったことについては、どうお考えですか。

井上　批判されることがわかっていながら、延ばすことについては、割りと気楽でした。期日通りでつまらないものをお見せするよりも、遅れてもいいもののほうが、お客さまは絶対、喜んでくださると、去年の体験から、ぼくなりに分かっていましたから。ほとんど抵抗なく、延ばそうと（笑）。歌舞伎でも、初日がなかなか出なくて、初日の出る時に櫓の上で太鼓たたいたりしましたし、ブロードウェイでもウエストエンドでも、初日が出るぞ、と言いながら、初日を延ばしたりします。『コーラスライン』なんか半年は延びたんじゃないですか。しかも初日は自信のある個所を十五分だけ公開した。まあ、この場合は、台本が出来なくて延ばすんじゃなくて、違う理由で延ばしているんですが、台本の直しで延びることも多い。芝居の初日が延びることをものすごくいけないことだと思うのは（もちろん、いけないことですが）よそう、あまり神経質になるのはやめよう、とにかく大事なのは中身なんだ、というふうに、こまつ座は変わってきちゃったんですね。ですから、一日延ばすと三百万円くらい損をする大変なことなんですが、そこがこまつ座の駄目な、シビアでないところで（ぼくの性格の反映です）、割りと平気で延ばしました。

そこで、三作目の『雪やこんこん』をどうしようか、ということになったんですが、これは絶対に書ける自信がぼくはありました。こまつ座の内部には、〝もうここで、やめよう。二十日やそこらでさらに一作書けるはずがない〟という意見がありました。理性的には、そう考えて当然なんですが、ぼくは〝プロットが出来るまで待ってほしい〞といって、一週間、時間をもらいました。そして、〝これは、いける〞と。というのも、この作品の台詞の文体はもう頭のなかにあって、決まっていたからです。台詞の文体作りは時間がかかります。台詞でお客さんの心に入っていくわけですから。でも、この作品の文体は決まっていたから、プロットが出来れば、すぐかかれた。これはぼくの戯曲のスピード記録だと思います。たしか十八日間で書きあげました。

最初の一行目から、これこそぼくの書きたかった芝居だと分かりましたね。だから、絶対、一日十枚以上書かないこと、なんて決めまして（笑）。そうしないと、筆が滑ってしまうんですね。

扇田 追い込まれているわけですから、普通の作家ならどんどん書いてしまうと思うんですが……。

井上 作品が命令するんですね。と言うと大げさですが、急いで書くと、せっかくの題材が駄目になってしまうように思えたものですから。これも台本《ホン》が出来てから、まるまる十日間、稽古期間をとって、（初日を遅らせて）幕をあけました。こういう決断が出来たのも、こまつ座の制作スタッフが、いい意味で若かったからだと思いますね。世故にたけたスタッフだったら、あたふたと幕をあけていただろうと思います。

扇田 今度の三部作と「江戸三部作」との違いについては。

井上 「江戸三部作」は、江戸期の芝居が何作か出来たから、そう名づけたまでで、自然発生的な三部作でした。今回は人工的なんですね（笑）、その分だけ無理が出たようです。

扇田 でも、そううたうだけ、意気込みも大きかったのではありませんか。

井上 ええ、まあ。でも、その意気込みも、実際に始めると、もうなかったですね。だれに命令されているのか、わからなくなってしまって、ただ書いていたという印象ですね（笑）。

扇田 この三部作は、井上さんの個人史と重なるところも相当多いようですね。

子ども心に分からなかったこと

井上 『きらめく星座』は、私戯曲なんですね。

ぼくの家は薬屋でした。田舎（山形県小松町、現・川西町）でしたから、薬のほかに本、文房具、レコードも売っていて、文化的万屋風にやっていました。昭和十四年におやじが死んで、その遺言でおふくろは勉強して、女として山形県で初めての薬種業の免許をとり、薬局を始めました。ところが、始めたとたんに、統制が出まして、四軒の薬屋は二軒にしなさい、ということになり、女所帯のおふくろの店が整理の対象になった。子どもには訳の分からない統制を受けた不安な気持ちは、いまだに骨身にしみています。それが書きたかったんです。みんなで身を寄せあって必死になって生きながらも、結局、バラバラになっていかざるをえない姿。ぼくの家の場合は、戦争が終わってから、バラバラになっていったんですが、『きらめく星座』に漂っている雰囲気は、ぼくの家にあったものです。それを素直に作品に書きました。

『花よりタンゴ』は、昭和二十年八月十五日から朝鮮戦争が始まる前くらいまでの五年間の、世の中が変わって、可能性がいっぱいあるように思えた時代を書きたかったんですが、なんだかそこに行けなかったですね。

『闇に咲く花』でも、それを書きたかった。子ども心にも分からなかったのは、戦争中に大威張りしていた神主さんや和尚さん、町の工場の旦那たちが、戦後も依然として、人々の日常の中心になっていたことです。それを作品に移しかえ、とくに神主さんに絞りこんで書いたのが、『闇に咲く花』なんです。ただ、私戯曲でなくなった分だけ、本として徹底さを欠いたな、と思っています。

扇田 三作目の『雪やこんこん』は、この連作のなかでも、とくに優れた作品だと思いますが、大衆演劇の一座をすばらしい趣向で描いたこの作品の背景には、井上さんのどんな個人史があるんですか。

井上 旅芝居の楽屋は、ずうっと長いこと、どうしても書きたかったんです。ぼくの町には一軒しかない映画館というか、芝居小屋がありまして、土日は映画をやるんですが、月曜から金曜くらいまで、座員五、六人くらいのせこい一座がよく来ていました。ぼくたちはそれが楽しみで、毎日のように行っては、開場前から入り込んで、幕の向こうをのぞきこんだりしていました。一座の同世代の女の子に、みんなほれちゃったりして（笑）。お金のかわりにお客が舞台にカボチャを投げて、芝居が中断したり。芝居の嫌いな子は、ほとんどいなかったんじゃないでしょうか。映画より好きでしたね。だから、（東京で大学時代に）アルバイトをやるときも、自然に浅草のフランス座に行ったんです。

当時は、新興のストリップやストリップ剣劇に押されて、大衆演劇が駄目になりかかっていたころでした。

ストリップというのは、客席から見るならとにかく、裏で働いている分には、面白くもなんともないものでしたね。ストリッパーにも、芸人として、いや味な人がすくなくなかった。そのストリップ小屋に、そえものとして、四十分くらいの芝居がありました。渥美清さんみたいに元気な人もいましたが、あちこちを回ってきて、肩身が狭そうにしている人たちが多かった。

小さいころ、町の芝居小屋で幕をまくって見たような人たちが、そこにいた訳です。谷幹一さんに連れられ、レコード係りをしながら、一ヵ月ほど旅芝居について回ったこともあります。そのころから、旅芝居にいっぱい出てくる名台詞をノートにとることをはじめたんです。

『雪やこんこん』には、そういう大衆演劇の名台詞がたくさん入っています。『雪やこんこん』の舞台は昭和二十九年ですが、このころは、一時は七百くらいあった一座が五十くらいに減るといった具合に、減少に過速度がつき始めたころですね。ぼくが浅草にいたころは、一座を解散した元座長らが、コメディアンとして使ってほしいと、毎日のように支配人のところにきていたようです。

見果てぬ夢

扇田　『雪やこんこん』は、時代のなかでの芝居そのものの命運を描いていますが、この作品を通して、井上さんが一番言いたかったことは、なんでしょうか。

井上　生意気なようですが、日本の場合、お客さんにもっと芝居が好きになってもらいたい、ということですね。私たち芝居をやる人間が、芝居を見たいというお客さんの気持ちに水をさしているきらいもありますが、日本の文化のひとつとして、同時代の人たちが、こんな車の新車が出たというのを話題にするのと同じように、こういう芝居が出ているということに、関心を持ってもらいたい。自分たちの共通財産のひとつとして芝居を見てほしい。そうでないと、何も変わらないと思うんです。芝居がもっと人々の心に入ってほしい。書いていて、そういう願いはありましたね。

人々がそういうふうに芝居を見ようとすると、いまの土地問題とか、住居の問題とか、世の中を、やはり変えていかなくては駄目なんですね。芝居を見てから家に帰ると、十二時近くなるというのでは、芝居を見てほしいとも言えませんから。芝居を見てほしいというためには、政治の面で解決しなければいけないことが一杯あって、全部がひっかかってくる訳です。ですから、見果てぬ夢なんですが、芝居を人々の暮らしのなかへ、という願いは、書きながら、ありましたね。

ぼくやこまつ座だけではなくて、今の芝居には、たとえば野球の選手について、あいつは何割打ったとみんなが喜ぶような、それぐらいの値打ちは絶対ある、と思うんです。そういう、基本的な願いが、三部作の最後に出てきたと思っています。

（「テアトロ」一九八八年一月号）

渋谷を変えた劇場でダークな喜劇の実験

聞き手・扇田昭彦

扇田　井上さんの作品が初めてパルコ劇場（当時は西武劇場）で上演されたのは五月舎と西武劇場との提携公演『藪原検校』（一九七三年）でした。この時は「井上作品シリーズ」として二本連続して上演されたのですが、どういういきさつだったんですか。

井上　これは五月舎のプロデューサー、本田延三郎さんと西武劇場との付き合いから生まれた企画だと思いますす。こんなところでやれるのは幸せだなと思って毎日、劇場に通ったのを思い出します。すごい劇場ができたという印象がありました。

扇田　『藪原検校』は、井上さんが五月舎と初めて組んだ公演でしたし、演出家の木村光一さんとの初めての出会いでもあった。いろいろな意味で画期的な公演でしたね。

井上　そうです。僕はそれまではずっと二百か三百席の小さな劇場で作品を上演していましたから、初めて大きなところで自分のセリフが届くかどうか随分と心配して、結局「語り」を付けたんですね。ギターと語り手で新形式の義太夫にした（笑）。あとは例によって歌を入れて、東北出身のマイナスを背負った人間が江戸に出てきて、どう生きていくかという僕のパターンが出たわけです（笑）。

扇田　ギターを弾いたのは井上さんのお兄さんの井上滋さんで、作曲もなさった。

井上　ギターを津軽三味線みたいに弾けないかと頼んだんです。東北の人間ですから、そこはうまくいったかもしれませんね。とにかくお客さんの反応がすごかったですよ。

扇田　グロテスクでダークな世界にびっくりしました。特に主人公が三段斬りという残酷な刑を受けるシーンは衝撃的でした。

井上　あの頃はバフチーン（思想家ミハイール・バフチーン）が日本ではやり始めた時期なんです。たまたま彼の著書で、犠牲者がいないと祭りは成立しないという理論を読んだばっかりだったんですね。劇中で塙保己市が主人公の藪原検校を極刑に処するよう進言するあたりはバフチーンですね。それから山口昌男さんを愛読、というより熱読してましたから、バフチーンと山口昌男さんの手の上で踊っていたようなものでした。

扇田　それまでの抱腹絶倒型の喜劇とは異質の作品を書いたのはどうしてですか。

井上　劇作家、作家はみんな同じだと思いますけど、お客さんは面白いと言っているのに、作者はだんだん飽きてくるんです。というか、危険を感じるんです。ちょっと違う方向へ抜け出さないと、先がないんじゃないか。

僕の中には、東北と東京をどうつなぐかというテーマがいつもあるんですね。そこで、目が見えない東北出身の人間が生き馬の目を抜く江戸でどう生きていくかという物語が生まれた。同時に塙保己市という、目は見えないけど、見える人を追い越す能力をもった人物を対照的に配置しました。『藪原検校』では、木村光一先生のキャスティングが素晴らしかった。財津一郎さん、太地喜和子さん、高橋長英さん、小野武彦さん（当時の芸名は黒木進）、みんな素晴らしかった。

劇作家にとっては辛い仕事ですけど、自分の作品を客席で見るのは最高の勉強なんです。自己批判ができますし、いいところがまた見えてきますから。あれでだいぶ教わりましたし、自分の作品もなんとかちゃんとした劇場で通用することがわかって、ほんとうに嬉しかった（笑）。

扇田　その翌年の七四年に西武劇場プロデュースで『天

保十二年のシェイクスピア』が初演されましたが、これはまたとんでもなく(笑)すごい作品で……。

井上 ちょっと肩に力が入り過ぎました。作中にシェイクスピアの戯曲三十七本を全部入れようと思ったんですが、名前しか入ってないものもあります。とにかく作品が長かったですね。演出の出口典雄さんには申し訳ないことをしました。四時間半もあったんです(笑)。長すぎて、家が遠いお客さんが途中でみんな帰ってしまう。

扇田 確かに長かったけれど、あれは面白い作品でした。すごくアナーキーなエネルギーがあふれていました。その次に来るのが七六年初演の五月舎公演『雨』です。これはサスペンス色の強い傑作ですね。井上さんがキャンベラのオーストラリア国立大学で客員教授をしていた時にお書きになった作品です。

井上 キャンベラで暮らしはじめて、当初は英語がわからなかったんですけど、一ヵ月くらいたって、わかり出した頃にこれを書いてたのです。言葉がわからないところに放り出されたことがきっと作品に合ってたんでしょうね。

扇田 言葉とアイデンティティーの問題ですね。それが井上さん自身の体験とかなり重なっていたと?

井上 重なっていましたね。そのあとが、上演中止問題を起こした八三年の『パズル』です。パルコにはほんとうに申し訳ないことをしました。『パズル』は百九十枚ぐらいまで書いても、まだ半分だったんです(笑)。(初日まで)十日もないのにまだ半分で。それで泣く泣く中止にしました。

扇田 これはどういう作品だったんですか?

井上 瓜二つの双子の姉と妹がいて、妹は大スターになって、姉はその付き人をやっている。火事になって妹が死んでしまう。姉は歌の実力があるのに、それまで妹のかげになっていた。そこで妹になりすますことになりますが、ところが実際は、姉が死んで、妹が生き残っていて、殺人事件がらみの、ある途方もない理由から自分をやってるという、なんだかよくわからない(笑)話になったんですね。

扇田 当時の公演のチラシに書いてある話とは全然違い

ますね（笑）。

井上　今もパルコの前を通れなくてこっそり裏を通ります（笑）。三谷幸喜さんの舞台なども見たいんですけど、やっぱりあそこへは行けないんですね。

扇田　七六年の『雨』から八三年に中止になった『パズル』まで、結構間があいてるんですが。

井上　その頃、僕はあまり調子良くなかったと思います、劇作の方では。小説にぐっと傾いた時期だったんじゃないのかな。芝居はごまかしがききません。劇場に行けば、自分の作品が駄作か、ましな作品か、すぐにわかりますから。つまらない芝居のときには、お客さんが「せっかく時間割いて、金払ってんのに」という顔をしている。逆にいい作品だと、お客さんがお母さんみたいになる。我が子を見るような目で「よくやりましたね」とお声をかけてくださる（笑）。でも芝居が面白い。今はちゃんと観てくださるお客さんが増えてるんじゃないでしょうか。それで、今はだんだん芝居に重心がかかってきています。

扇田　井上さんがパルコ劇場で上演した作品はみんな音楽劇ですね。どうして音楽劇が多いのでしょうか。

井上　僕は音楽がやっぱり好きなんですよ。一生懸命書いているうちに突然、歌が聞きたくてしょうがなくなる。というより自分でも歌いたくなる。そこで歌を入れる。単純なんです（笑）。でも、扇田さんが出された統計（扇田昭彦「音楽劇としての井上戯曲」、学燈社発行『國文学』二〇〇三年三月号掲載）を見て愕然としました。僕の書いたシナリオの七三パーセントに歌が入ってるという……。鏡に映った自分の姿を見て、ぎょっとしたような。そんなに多く入ってると思わなかったですね。でも、これは自分の本質に近いので、照れずにやっていこうと思います。

扇田　井上さんの劇作術自体はどんな軌跡をたどったのでしょうか。

井上　以前は、善玉と悪玉がいて、対立が大事だ、セリフ自体も対立していかなきゃいけない、対立がドラマツルギーだと思っていた時期があるんですね。自分の頭の中に善玉と悪玉を作って、善玉に勝たせるために悪玉を武装させて、悪玉が勝ちそうになる最後の時にかろうじて善玉が勝利をおさめるというスタイルが多かったと思うんです。

でも、これは劇作家の頭の中で処理したことをただ観てるだけで、お客さんはいやな感じがするんじゃないかと思いまして。全員が悪玉と善玉を兼ねていて、それが時間と共にどういう風に変わっていくか、自然に「生まれて成る」、生成ドラマツルギーと言うんですかね。そっちへ移ってきた。つまり、善玉と悪玉が対立しているようでいて、実はその悪こそが自分自身だったという、そういうドラマの作り方に変わってきたんですね。

扇田　生成ドラマツルギーになると、歌はどういう役割を果たすのですか？

井上　突然変異していく時にとても役に立つんです（笑）。突然変異をセリフでやるとウソっぽくなるので、そこを歌でやっていく。そうすると、お客さんが納得して、書く方もやる方も楽々と違う人物になれるんですね。だらだらしてるよりもズバッと入っていった方がお客さんも楽しいんです。

扇田　井上さんが関わった時期を含めて、パルコ劇場が果たした役割をどう思われますか。

井上　ものすごい役割を果たしていると思います。劇場によって街が再生すると言いますか、街が創造できると言いますか、その決定的な証拠になりました。

渋谷もいっぺんに若い人が行く街になりましたよね。だから、東京の街を変えたかったら、劇場をずらっと並べるといいですね。そうすると劇場の前の道がロビーみたいになって、スターから無名の俳優から全部来る。それがいい影響になるんですね。そのいい例が「公園通り」です。

あそこは、NHKができた頃に僕らが通ってましたが、その頃は全く西部劇みたいに何もなかった（笑）。ところが、あっという間に変わりましたね。

今、日本は不景気ですけど、アメリカの大恐慌の時にルーズベルト大統領がニューディール政策をやりました。不況の時代に大公共投資をやると同時に、ニューヨークの演劇人にお金をどんどんとつぎ込んだ。それで若い人達がどんどん勉強し始める、映画俳優が演技の勉強にやってきたりして、演劇とか音楽の人達がはじっこで世の中を回し出す。

僕は、今がそのチャンスだと思っているんです。演劇や音楽や美術が街の中に埋め込まれていたら、その街は断然、面白くなる。劇場が街を作る。パルコ劇場を中心にした公園通りの劇場・ホール群はまさにそれを立証したのです。

（扇田昭彦・長谷部浩・パルコ劇場編集『プロデュース！』パルコ劇場刊、二〇〇三年三月）

第Ⅲ章

「the座」前口上集

井上ひさし

一覧

（編集部注＝こまつ座公演回数と「ｔｈｅ座」号数は一致していません。前口上のない号、関連部分を雑誌より転載した号などがあるためで、ここでは著者が執筆した「前口上」「後口上」のみ収録しました）

前口上（第2回公演『日本人のへそ』）

わたしたちはあらゆるものから自由でありたいとねがっています。いま生物学の最前線で流行している術語を借りていえば、わたしたちは精一杯「ゆらぎ」たいとねがっています。ところがどなたもごぞんじのように、このねがいはほとんどかなえられることはありません。それほどまではげしく自由でありたいとねがっているのに、わたしたちは四方八方から束縛されて生きてゆかなければならないのです。そこでわたしたちは、なんとかして「ゆらぎ」の余地をのこしながら、同時に必要な束縛は受け入れて生きようと思います。このことに成功すれば、束縛は協調という言葉にかわるでしょう。つまりよりよく生きるということは、束縛を協調の線に押しとどめておいて、そのうえ各人がそれぞれの個性を生かしながら充分にゆらいでみせることだ、といっていいでしょう。

右にのべたことを肉体で表現してくれるのが、たとえば踊り子なのです。彼女たちの肉体は演出家の指示や作曲家の指定したリズムや振付師が与える身振りによって四方八方から束縛されます。がんじがらみの金縛りというひどい目にあいます。この奴隷のような状態から抜け出すために踊り子は猛稽古をし、ついにはそれらの束縛を自分の肉体のなかに吸い込み、完全に手なづけてしまいます。そして「それらの束縛にもかかわらず、自分の個性をゆらがせてみせる」という大冒険にみごとに成功してみせるのです。彼女はそのとき束縛とうまく協調しています。だからこそ彼女の肉体は充分にゆらいで見えるのです。肉体が、人間が、そして生命が輝くのは、この一瞬です。

わたしたちが踊り子にあこがれるのは、彼女たちが柔かい肉体と、その肉体を自在に操る技術とで、束縛を飼い馴してみせる達人だからです。同時にわたしたちは彼女たちの肉体がやがて衰えてゆき、ついに亡びてしまうことも知っています。生命が「不可逆」であることの哀しみ。それゆえにわたしたちは踊り子たちをいとおしくも思うのです。

右の事情は芝居にもそっくりあてはまります。役者たちもまた作者や演出家や作曲家や装置家や振付師や照明家や衣裳担当者から十重二十重に束縛されています。彼等は果してそれらの束縛と協調して、自分の個性を、持ち味をゆらゆらとゆらがせることができるでしょうか。
――というわけで、演劇文化季刊誌が踊り子を特集したのは、決して面白半分の出来心からではないのです。

第3号（一九八五年一月）

前口上（第4回公演『きらめく星座』）

「なぜ、きみは、演出の仕事をはじめたのかね」と、稽古の途中で自問自答をしてみました。わたしの作品はこれまで大勢の、すぐれた演出家たちとの幸福な出会いにめぐまれています。ですから演出家不信の気持が昂《こう》じてというのではない。それはたしかです。

浅草の小さなストリップ小屋の文芸部や俳優座のスタジオ劇団の演出部で芝居づくりに参加した経験もあります。そこで、演出とはなにかという探求心をおこしたわけでもありません。また、役者さんを怒鳴ったり、彼等に向って灰皿を投げつけたりして、小型の暴君を気取ってみたくなったりしたわけでもありません。暴君気取りがよい芝居を生むなら、こんな簡単な話はありません。もちろんこまつ座の財政をたすけるために演出料を浮かせようと考えたのでもありません。演出料はすでに貰ってしまっています。では女優さんにチヤホヤされたくなったのか。わたしは自作の小説や戯曲のなかでたくさんの恋や愛をつくりだすことができますし、だいたいそっちの方面はどうも七面倒でかなわないという無精な性格をもっています。そういうことは、そういうことの得意なお方におまかせしたい。

と書いてきて、いま、ふと、演出をはじめた動機が、すくなくとも二つあることに気づきました。ひとつはこまつ座に力を貸してくださっている演出部（ふつう「裏方」とよばれていますが）の人たちと一緒に仕事をしたいと思ったこと。もうひとつは、あらゆる面で裏方の頭目である演出家たちが、これほど知力と体力の必要な仕事をなぜ根気よくつづけているのかを知りたいと思ったこと。演出の時代、などと世間は言っていますが、経済的

『きらめく星座』（左より、夏木マリ、すまけい、犬塚弘、大塚明夫。1985年　撮影＝谷古宇正彦）

にもその他の面でも、まったく恵まれることない演出家と演出部スタッフが、なぜこの仕事をやめようとしないのか。「芝居が好きなんだよ」と言ってしまえば話はそこでおしまいですが、しかしなにか深い仔細がありそうだ。その深い仔細については、稽古十日目ぐらいで当りがつきました。くわしく書く余裕はありませんが、それを一行に要約すればこうなります。「それまで与えられた役を演じよう、みごとに演じてやろうと力んでいた俳優たちが、ある日、ひょいとその役を生きはじめる。その瞬間が、なににもまして感動的である」。もっといえばこうです。「俳優が演じるのをやめて、その芝居を生きはじめる瞬間に立ち会うことの至福」。つまり演出家と演出部スタッフとは、演技者が生きてそこにいる者に変身することを、わがことのようによろこぶ無私の人たちであり、無私であるからこそ、これほど辛い仕事もつづけてゆくことができるのです。この芝居から下りた俳優のひとりが「役者がいなければ芝居なんて成立するわけないじゃないですか」と言いました。それはたしかにその通りです。がしかし、稽古場の薄くらがりの中で、きみが演じる者からその芝居を生きる者へ変身する瞬間を、息をひそめてじっと待ちつづける無私の人たちが大勢いることを、一度こっそり横目を使ってたしかめてほしいと思います。

第4号（一九八五年九月）

前口上（第5回公演『國語元年』）

いまカメラで真上から地面を写しているとします。いわゆる俯瞰です。地上一メートルの高さにあるカメラは花や虫の姿をはっきりと捉えているでしょう。いまそのカメラが上昇をはじめました。庭が見えてきます。つづいて家の屋根や小川や公園も見えだしました。つまり視野がひろがってきたのです。けれども、もう花だの虫だのは見えません。さらに高くカメラが昇ると、家が見えなくなるかわりに学校や市役所などの建物が視野に入ってきます。もっと高く昇ると街はただ茶褐色にぼーっとかすんで見えるだけになってしまいます。けれど遠くの山々や大河などが思いのほかあざやかに見えることでしょう。もっとカメラが高く昇ると……。

方言や共通語のことを考えるたびに、ついついこのカメラの高さと地表との関係を頭に浮べてしまいます。つまり共通語は使用範囲がひろがるけれども、こまかい、貴重なニュアンスを伝えにくくするわけです。一方、方言はこまかいことを大事にするかわりに、使用範囲がせまくなります。

どちらがよいだの、エライだのというつもりはありません。またそんなことを云える器量もありません。わたしはただ、ひろく通用する言葉にどうしたら小さな共同体の言葉のもつ濃密な表現力を盛り込めるかと考えている夢想者の一人にすぎません。もっとも夢想者もときには爆発します。両天秤をかけるのがつらくなって、どちらか一方に全体重をかけてしまうのです。わたしは小さな共同体の言葉のもつ濃密な表現力に心を惹かれるようで、たとえば『吉里吉里人』は、その一例でした。これからごらんいただく『國語元年』もこの系譜につながる戯曲です。ただし今度は『吉里吉里人』よりは少しばかり手がこんでいて、東北の方言一本槍ではなく全国の方言をいくつも吹き寄せにしてみました。

ところでこの戯曲で南郷清之輔という文部省官吏が考案する「文明開化語」は、かつて、しゃぼん玉座のために書いた『国語事件殺人辞典』のなかの「簡易日本語」と似ています。べつに材料に困ったわけではありません。よりひろく通用する言葉ということを夢想者が妄想すれば、とどのつまり話はそこへ落ち着いてしまうというだけのことだろうと思います。もっというと、小さな共同体の言葉へ全体重をかけていたのに、気づいてみるとやはりよりひろく通用する言葉へも体重をかけていたようです。一方の極に徹しようとすればするほど、反対側の極がひとりでに浮びあがってくるわけです。古い諺をひっぱり出せば、可愛さあまって憎さが百倍みたいな構造なのです。

つまらない理屈を並べるのはお客様に失礼、この口上はこれで幕にいたします。間もなく本物の幕があがるはずですから。

第5号（一九八六年一月）

前口上（第6回公演『イーハトーボの劇列車』）

これからの人間はこうであるべきだという手本。その見本のひとつが宮澤賢治だという気がしてなりません。必要以上に賢治を持ちあげるのは避けなければなりませんが、どうしてもそんな気がしてならないのです。

賢治は科学者でした。けれども科学が独走するとろくなことにはなりません。そのことはどなたもよくごぞんじです。科学がはしゃぎたてるのをだれかがいましめなければなりません。賢治のなかで、その役目をはたしたのは宗教者としての部分でした。

この関係は逆にしても成り立ちます。宗教だけにこりかたまると独善の権化のようになってしまいます。そこで宗教者としての部分を客観的にみて、かたよったところを改めるために科学的精神を活用するわけです。科学と宗教とは、大雑把にいってしまえば、それぞれ反対の方角を目ざしています。どちらへ行きすぎてもよくない結果がうまれます。ところが賢治のなかでは、このふたつのものがたがいのお目付役をつとめていたように思われます。そしてこのふたつのものの中間に、文学がありました。

　三者のこの関係をわたしは忘れないようにしたいとねがっています。

　それから賢治は、人間は多面体として生きる方がよろしいと説いているようにみえます。野に立つ農夫も四六時中、農夫であってはつまらない。それでは人間として半端である。朝は宗教者、夕べは科学者、夜は芸能者、そういう農夫がいてよいのではないか。賢治はそう考えて羅須地人協会をはじめたのではないか。たぶん、賢治の頭のなかにはバリ島民の生き方が去来していたと思われます。ごぞんじのように、バリ島民は、農夫、芸能者、宗教者の一人三役をこなしています。これに「科学者として」を加えて一人四役。これがよりよい人間のあり方だと彼は信じていたのではないか。ちなみに賢治の時代にも、世界的な規模でバリ島ブームがおきています。海外の情報に敏感な彼のことですから、バリ島民の多面的な生き方について、おおよそは知っていただろうと思われます。

　科学も宗教も労働も芸能もみんな大切なもの。けれどもそれらを、それぞれが手分けして受け持つのではなんにもならない。一人がこの四者を、自分という小宇宙のなかで競い合せることが重要だ。賢治全集に勝手きままな補助線を引いて、彼の思い残したものをわたしなりに受け継ぐならば、右のようなことになるのではないかと思います。あらゆる意味で、できるだけ自給自足せよ。それが成ってはじめて、他と共生できるのだよ。そうしないと、科学が、宗教が、労働が、あるいは芸能が独走して、ひどいことになってしまうよ。賢治がそう云っているような気がしてなりません。

第6号（一九八六年三月）

前口上（第7回公演『泣き虫なまいき石川啄木』）

　嘘つき、甘《あま》ちゃん、借金王、生活破綻者、傍《はた》迷惑、漁色家、お道《ど》化《け》者《もの》、天才気取り、謀叛好き、泣き虫、生意気、ほとんど詐欺師、忘恩の徒、何もしないで日記ばかりつけていた怠け者、盆踊好き、狂言自殺常習者、空中

『泣き虫なまいき石川啄木』（左より、平田満、范文雀、高橋長英。1986年　撮影＝谷古宇正彦）

に楼閣を築く人種の代表的存在、貧乏を売り物にした偽善者、度し難い感傷家などなど、石川啄木という人物は、じつにさまざまな不名誉きわまりない異名の持主です。そして最後に、どなたもこうおっしゃいます。

「たしかに啄木はいくつかの名歌を詠《よ》んだ。だが、その名歌もお涙頂戴式のものが多くて、そのうちにつきあいきれなくなってくる。そうだねえ、啄木というのは、青春の時代のニキビのような存在さ。だれでも一度は啄木ニキビを経験して、あとはそれっきり、まあ、大人には用のない存在だね」

じつは筆者も啄木をニキビのような存在であると考えていた者の一人です。もっと正直に告白すると、こまつ座旗上げの半年ほど前、座長から、「これから書いてみたいとおもう戯曲を、ただちに五本以上、列挙せよ」と、三流大学の国語入試問題みたいなことをいわれ、こちらも安直に、「昭和史を三部作で書く。これで一挙に三本だ。あとの二本は大好きな評伝劇でも書こうか。一葉に興味があるから、まずこれを書くとして、次はだれがいいかなあ。そうだ、数年後に啄木生誕百周年という年がくるはずだから、それにあてこんで啄木でもやるか。どうだ、これで五本は揃ったじゃないか」と、三流興行師もどきに答えたのが実情でした。

さっそく岩波や筑摩の全集を揃え、歌集から詩集へ、詩集から小説へと読み進み、小説の『我等の一団と彼』あたりから面白くなってきました。「啄木の歌はいいが、小説は下手、まるでなってない」などと訳知り顔でいう連中がおりますが、よく読まないからそういう脳天気なことが云えるので、この作品などは啄木が小説を書く才能にも大いに恵まれていたことを立証する第一級の証拠でしょう。評論集には圧倒され、そして日記には完全に打ちのめされました。とくに日記は克明に読みました。

筆者は啄木の実生活の甘さは、彼の周囲に啄木の甘えを許す人びとがいたせいだと考えています。もちろん、これは啄木その人にそれだけの魅力があったからこそ周囲も存分に甘えさせてやったのだと思われますが、明治四十三年後半ごろから一年間のうちに、啄木の周囲から続々と彼を甘えさせていた援軍が引き揚げて行き、たったひとつ東京朝日新聞社だけが残るのみになってしまいます。甘ったれて現実を直視することを怠っていた啄木の目が澄みはじめ、鋭くなって、「実生活の白兵戦」がはっきりと見えてきます。このあたりからの啄木は凄いのひとことに尽きます。ではどう凄いのか。二十一世紀も間近い、このお先真暗な時代に生きる私たちが今直面を強いられている諸問題に、彼は何十年も前に気づいていたのでした。いや、こういう言い方は、啄木にまたひとつ「いい加減な預言者」という異名をたてまつるだけですから避けることにして、もっと端的に申しますと、

「どんな時代の人間も、人間であるかぎり、必ずぶつかるにちがいない実人生の苦しみのかずかずを、すべてはっきりと云い当てて列挙して行ってくれた人」

ということになるでしょうか。彼の歌碑を眺めてただうっとりしているだけでは、われわれもそれこそ実人生の怠け者になってしまいます。彼が云い当ててくれた生きることの苦しさをひとつひとつよく検討し、そのうちのどれかひとつぐらいには解答を出して、この時代を、次に来る者たちへ無事に引き渡す務めがあるような気がします。そこで筆者は今回の芝居を、彼の晩年の三年間

に限定し、そこへなにもかもぶち込むような構造にしつらえました。

第7号（一九八六年六月）

前口上（第8回公演『花よりタンゴ』）

いま、若い人たちのあいだに、「戦時中や戦争直後の苦労話はゴメンだ。あんなもの、苦労話でもなんでもありゃしない。あれは単なる自慢話だ」という声が多いようだと、小田編集長が話してくれました。ある新聞の投書欄では、このことについて、旧人類と新人類との間で、かなり活潑な論争がくりひろげられたともいいます。となると、『きらめく星座』で太平洋戦争直前を、そして今回の『花よりタンゴ』では敗戦直後を題材にしている筆者などは、若い人たちから見れば「自慢話で口に糊している自慢好き」ということになるかもしれません。若い人たちにも自分の小説を読んでもらいたい、そして芝居も観てもらいたいと、欲張ったことを念じている筆者としては、「ぼくが自慢好き？　うわあ困ったな」と思案投げ首。しかし困ったを連発しているだけでは生計が立たぬので、おそるおそる、自分はどうして戦時中や戦争直後のことを戯曲にしはじめたのか、ちょっと点検してみることにしました。

「戦時中や戦争直後に幼少年時代をすごしたので、その時分のことをよく知っている。よく知っていることを書くのが一等いいのだ」という幼稚な理由からはじまって、「われわれは現実というものを作り出すものとは考えず、作り出されたものとして考えてしまう癖がある。つまり現実は、いつも、どこからか起ってきたものと考えたがる。こういう考え方をしているかぎり、責任の所在は常に曖昧になる。戦争責任もしかりであり、この考え方は現在もなお、われわれの十八番である。そこであの大戦争を扱うことが、とりもなおさず現代の問題を扱うことに通じる……」というまわりくどいものまで、少くとも二、三十はなんの苦もなく思いつくことができます。しかしどれも分りきっていてつまらない。筆者は、ない智恵をしぼって、次のような理由を考え出しました。

「演劇の本質は、ギリシャ劇以来、ただひとつしかない。

『花よりタンゴ』（左より、ハナ肇、結城美栄子、松金よね子。1986年　撮影＝谷古宇正彦）

それは大昔から、変ることのない人間の条件を登場人物というたとえを通じてみごとに呈示することである」

　そして人間の条件——たとえば愛、たとえば生病老死——は、大昔であろうが、戦中戦後であろうが、はたまた現在であろうが、これまたちっとも変っていない。という次第で、お若い方がたよ、中年男が苦労話をしようが自慢話をしようが、あまり気にしたまうな、その話の中に人間の条件への真剣な問いかけがなされているかぎり、それはあなた方にとっても切実なことであるはずだから。そういうことになると筆者は、自分の非力を棚に上げつつ、こう願うほかはありません。この『花よりタンゴ』にも、人間の条件への真剣な問いかけがなされておりますようにと。もちろん筆者はそのことを一所懸命心掛けたつもりです。がしかしいくら心掛けても不発の場合が多く、やはり芝居はじつに気ままな生きもののようであります。

第8号（一九八六年十月）

前口上（第10回公演『雨』）

まだ他愛のない軍国少年だった時分、時代のせいもあってむやみに剣術使いに憧れました。私たちの人気の的は猿飛佐助に鞍馬天狗に宮本武蔵でした。なぜこの三人か。理由は判然としています。毎日のように巡回してくる紙芝居の真打が猿飛もの、駄菓子屋の店先甘納豆の当てものの景品が天狗の扮装をした嵐寛寿郎のブロマイド、そして吉川英治の『宮本武蔵』を読んだか、まだ読んでいないかが、すぐ上の世代の少年たちの挨拶がわりのようになっていましたから、それで憧れたのでした。風呂敷で覆面をし（天狗のつもり）、棒切れを二本持って（武蔵のつもり）、薪小屋の屋根からドロンドロンと呪文唱えて飛び下りて（猿飛のつもり）、足を挫いて泣いたりもしました。一人でいっぺんに三段もやろうとするから罰が当ったのだと思います。

ところで小学校（当時は国民学校と呼称されていましたが）の三、四年になると、好みが変ってきます。猿飛と天狗が英雄の座から退きはじめ、みんなの関心が武蔵一人に絞られてきたのです。この理由もはっきりしています。猿飛と天狗は「どういうわけか強い」という没論理型の剣術使いなのですが、武蔵はちがう。武蔵には修業上の苦心などについての話、すなわち芸談があったのでした。

吉川英治による武蔵芸談のうちで最も感動的なのは、誰のする修業かは失念しましたが、麻だか唐きびだか（これも失念）の種子を蒔く話でしょう。とにかく成長の早い植物の種子を蒔いて、その上を跳ぶ。はじめのうちは造作もなく跳べます。がしかし成長するとそうはいかなくなる。それでもその成長に合わせてその上を跳ぶうちに、その植物が人間の背丈を越すほど高々と伸びても、それをどうにか跳び越えることのできる跳躍力が身につく。なんという魅力的な芸談でしょうか。私たちはさっそく裏の畑や学校農園の唐きびの芽の上を跳びはじめたものでした。もっとも梅雨の季節が終りかけて唐きびが私たちの胸よりも高く伸びる頃になると、だれもがこの芸談が結局は名人達人にしか通用しないものであったことに気付いて、いつの間にか跳躍の日課をやめてしまったのでしたが。

このようによくできた芸談は「夢への架け橋」の役を

果します。尊敬すべき名人や達人がいる、私たち素人はみなひとしく彼等に憧れる、そして彼等がどのようにして名人や達人になったかを知りたがる。そのとき彼等から数個の芸談が提示されます。その芸談がおもしろければその分だけ、私たちにも出来そうな気がしてくる。その芸談を伝って行けば彼等の立っているところへ到達できそうに思われてくる。もとよりこれは幻想にしかすぎませんが、しかし幻想であると気がつくまで、私たちの夢を大きく羽搏かせてくれます。これこそ私たちが芸談なるものを愛してやまない第一の理由ではないでしょうか。

第9号（一九八七年三月）

前口上（第13回公演『雪やこんこん』）

紀伊國屋書店のお力添えで実現した「昭和庶民伝三部作一挙上演」、蓋をあけてみると、意外にもというのか、案の定というのか、第二部『闇に咲く花』、第三部のこの『雪やこんこん』、それぞれ初日が延び、お客様はじめ関係者の方にたいそう御迷惑をおかけしてしまいました。心からお詫び申しあげます。

この欄は、ほんとうは大いに気勢を上げ、景気をつけるめでたい頁なのですが、事態が事態なので、気勢を上げるどころではありません。それどころか、お客様にどれほど御迷惑をおかけしたか、出演者の方々にどれほど苦労を強いたか、演出家をはじめとするスタッフにどれほど重荷を背負わせることになったか、そして紀伊國屋書店の看板にどれほど泥を塗ったか、こういったことを考えると、おそろしさのあまり気が遠くなってしまうぐらいです。お詫びしてすむことでは絶対にない、と知っておりますが、もう一度お詫びを申しあげます。

がしかし、「どんなことがあってもお客様を失望させてお帰ししてはならない」、「俳優各位がお客様から気持のいい拍手をいただけるような戯曲を書かねばならない」、「演出家はじめ全スタッフに苦労の仕甲斐のある良い戯曲を提出しなければならない」の、三つの「ねばならない主義」に、この三本の戯曲がどうやら合格点をとったことで、はなはだ不遜ですが、筆者はホッとしています。

『雪やこんこん』（左より、麦草平〈壌晴彦〉、立原千穂、池畑慎之介〈ピーター〉、草薙幸二郎、市原悦子、小野武彦。1987 年　撮影＝谷古宇正彦）

お客様への景物がわりに書きつけておきますと、『きらめく星座』には筆者幼時の家の事情が投影され、いわば私小説的戯曲、また『雪やこんこん』は浅草フランス座につとめたときから続けている大衆演劇名台詞の収集にものをいわせようと企んだ作品。どちらも「好きな課目」ですから満点採《と》れなくては嘘、満点採れなきゃ物書きなんかやめちまえというしかない題材でした。ひきかえ、のたを打ったのは第二部『闇に咲く花』、戦争責任というむずかしい大きな壁に何度も押し返されました。稽古初日、出来ていた百二十枚を出演者の方々の了解のもとにすべて破棄し、また最初から書きだしたあの日のことを思うと今でも胃の腑がおかしくなります。「六十点採れればいい」と居直って書いたのがよかったか、結果はそれに二十点ほど上積みになり、スタッフキャストの捨身の努力のおかげで、舞台を上々吉にまで高めていただきました。筆者の個人史とのからみ合いもあって生涯忘れられない作品となりました。もとより作品をどう評価するかはお客様だけがお持ちの特権、作り手側としては皆様のきびしい審判を待つしかありません。

なおこの第三部には、長谷川伸をはじめとする大衆演劇の作者役者の先達たちによって生み出された名台詞に托しつつ、こまつ座一同の、また新たなる出発への決意がひそかに隠されております。この決意を実現して行くためには皆々様のお力をこそ、お借りしなければなりません。どうかいましばらくこまつ座にお慈悲をお注ぎくださいますよう伏しておねがい申しあげます。

第11号（一九八七年十一月）

前口上（第18回公演『決定版　十一ぴきのネコ』）

いま、あなたが手にしておいでの雑誌の誌名は、ひょっとしたら、『劇場ができるまで』となったかもしれません。この誌名がとても気に入っていたのでした。五年計画ぐらいで死物狂いに働けば、もちろん都心はむりでも、上野か蒲田か亀戸あたりに、客席数が二、三百の、文学座アトリエをもう一ト回り大きくしたぐらいの空間を手に入れることができるかもしれない。そう夢を見ていたので、その誌名にしようと思ったのでした。いうまでもなく、地価高騰という高波が東京を洗う前のことです。

わたしたちのその劇場は、ダイコンやサンマやホンを商う商店街の外れに建つはずでした。外観は倉庫のように地味で、ロビーは図書館をも兼ね、場内はだだっ広い空間、演目にあわせて、舞台がまんなかにつくられたり、端へ寄ったりする式。ロビーは商店街へやってくる生活人に開放しよう、そのかわりときには商店街そのものを劇場ロビーとして使わせてもらおう。そうやって、生活人の日々の暮しにいつも劇場が浸されることで、ひとりでに上演演目《だしもの》もきまってくるのではないか。それでこそ、生活人をばかにしない骨太な演劇が生まれるのではないか。

この国の、「演劇は教養ある人たちのもの」という文化人主義とサヨナラするために、あるいは世の中や人間のあり方を問うこともなく、むしろそれを斜めから見て遊びたわむれるだけの遊び人主義と訣別するためにも、生活人の生活圏へ根をおろしたかったのです。

もとより生活人と安易に妥協はすまい、とも自戒していました。生活人との不用意な野合は、不出来な大衆娯楽をつくりだすだけでしょうから。むずかしいことをやさしく、やさしいことをふかく、ふかいことをおもしろく、おもしろいことをまじめに、まじめなことをゆかいに、そしてゆかいなことはあくまでもゆかいに……という呪文のように長い標語をこしらえたのも、そのころのことでした。

いろんな経緯の末に誌名は「ｔｈｅ座」となり、さらに外では地価が高騰、内では結束がみだれ、そして座付作者の迷いなどがあり、劇場をもつ夢は冥王星よりも遠いところへ去ったようです。今回の特集は、いわば、遠ざかって行った夢への惜別として編まれました。がしかし編集作業が進むにつれて、わたしは「自分は悪い夢をみていたのかもしれない」と思いはじめたのです。まず、この国の、文化を軽くみる病いがすこぶる重篤であることを痛感しました。にもかかわらず必死にその病いと闘っている義人たちもまた多い。そのことにこそ夢を紡ぐべきではないか。

根拠地としての自前の劇場、そういうものがあっても、まっ、邪魔にはならないでしょうが、それよりも義人たちのあいだを根なし草としてひらひらしながら、この貧しい現実を変える関数の一つとして、動きまわることの方がおもしろいのではないか。これがわたしたちの新しい夢です。そういう次第で今回の特集を、この国のあらゆる劇場に集うすべての人びとにつつしんで捧げます。

ついでながら戯曲についてひとこと。原作は馬場のぼるさんの絵本です。二十年ばかり前、ＮＨＫから「テレビ台本に」とたのまれたのが、この絵本とのつきあいのはじまりでした。宇野誠一郎さんのすばらしい挿入歌のおかげで大評判になり、一九七〇（昭和四十五）年、劇団テアトル・エコーのために、そのテレビ台本から戯曲をつくりました。そして今回、その戯曲をもとに全面的に書き改めました。雑なところ、日付を感じさせるところ、日本語として練れていないところはすべて切り捨てました。ごく当たり前な言葉だけで、しかしそれらを注意深く使うことで、笑いと涙、そして詩をつくろうとつとめたつもりです。テーマも捉え直しました。これがこの戯曲の決定稿です。つくり直すたびに絵本からはるかに遠ざかって行くようです。馬場のぼるさん、どうぞお許しを。

最後にくやしまぎれのひとこと。改稿過程からもおわかりのように、原戯曲が成立したころ、まだ『キャッツ』も『ジョーズ』も世にあらわれていませんでした。

第14号（一九八九年九月）

前口上（第19回公演『人間合格』）

太宰治と私の似ている点をあげますと、まず身長が一七三センチで同じ。それから太宰は盲腸をこじらせまして腹膜炎を起こし、非常に痛い目にあっておりますが、今年、私も同じ目にあいました。

それから、歯が非常に悪い。三十歳で入れ歯をして、よく湯豆腐を食べていた。歯医者がこわかったんだろうと思いますが、その点でも私は似ています。もっとも、似ているのは、そこまでですが。

では、太宰とは、どんな人物か。事実だけをとりあげ、それも三人以上の人がいっている特徴を列挙してみますと、次のようなことがわかります。

酒が強くて、いわゆる一升酒。近眼。歩くのが好きな人。太宰病身説というのがありますが、これはウソです。そんなに歩ける人が病気であるはずがない。ただ結核であったことはたしかです。それも、一時おさまっていたんですが、戦後流行作家になって、またぶりかえします。それから、太宰はネコ背です。眉毛が非常に濃い人。泳ぎができません。そして薬が好きで、なおかつ自殺好きという矛盾がある人です。指が細くて長くてきゃしゃだったといいます。

作品の中で自分は醜男で、いつも恥ずかしい思いをしていたなんて書いていますが、大ウソです。いったいに太宰という人は、都合の悪いことは絶対に書かない人なんです。ですから、津島修治という東大の学生が左翼運動にどのていど加担したかも、いっさい謎です。兄さんのことも書きません。書くとするとすごく兄さんによく書く。兄さんが読んでも怒らないように書いています。ですから、このあたりが太宰を解く第一の鍵ではないかと思うのです。

『人間合格』（左より、原康義、中村たつ、風間杜夫、辻萬長。1989年　撮影＝谷古宇正彦）

津島家というのは、明治以前はたいした家ではなかった。ちょっとした地主にすぎない。これが凶作のたびに困った百姓たちに金を貸し、返せない人たちから土地をとりあげ、どんどん大きくなっていった新興大地主です。

そんな家から月百二十円の仕送りを受けている太宰。当時、東北で貧しさゆえに娘さんが遊廓へ身売りされるお金が百二十円。

自分は滅びる階級である。滅ぼされる運命にあると思い、家に反抗しますが、その実、家が大好きな太宰。女にすぐ死にたい、殺してくれという太宰。

現在のわれわれは、最後は太宰の作品に戻って、太宰の仕掛けた罠――うそだかほんとだかわからない、調べれば調べるほどわからなくなるという――そうした罠にわざとはまって、彼の小説と実生活をまるごと享受しながら、彼が理想としていた愛や友情や正義のあり方について考えてみるという方が正しいのかもしれません。

第15号（一九八九年十二月）

前口上（第23回公演『しみじみ日本・乃木大将』）

戦中から戦後にかけて、町にはいまの車ぐらいたくさんの馬がいた。荷物を運ぶのも、田んぼを耕すのも、急病人を医者へ連れていくのも、みんな馬であった。もちろん、車も走っていないではなかったが、わたしたちがふだん知っていた車の種類はただ一種、米沢から日に数回、町にやってくる乗合自動車だけだった。乗用車が走ってきでもしたら大事件で、みんなで車のあとを追いかけて走った。ガソリンの匂いが大好きだったのだ。そのうちにガソリン不足のせいで、自動車が後部に木炭エンジンを背負うようになると、わたしたちの追走も止んだ。

そういう町だったので、夕暮になると、近くの運送屋の馬や農家の馬が小学校の運動場へ一息入れにやってきていた。運動場は、いま見ても広い。草野球なら同時に試合が四つできそうなほど広い。四辺のうちの一辺は木造の体操場で、あとの三辺はポプラ並木、その並木に沿って川が流れていた。体操場の前にわずかに裸土が見えるが、運動場の大半が白詰め草《クローバー》の厚く生えた草地である。馬たちは川の水で一日の汗を流してもらうと、なんだかとてもしあわせそうに白詰め草をたべていた。

どんな馬も首に名札がわりの、大きな、あるいは小さな鈴を下げていた。馬たちが動くたびに鈴がかろやかに鳴る。その馬たちを眼の端に入れながら、飼い主たちは鉈豆煙管《なたまめきせる》でうまそうに一服したり、ときには重苦しい表情で「どうも今年の作柄はうまくない……」などと低い声で話し合ったりしていた。

冬、馬たちは、ときたま用達しに外出する主人を馬橇《ばぞり》に乗せて雪道に出ることもあるが、たいていは土間の隅を丸太で囲った小屋で静かに暮らしていた。三月、橇の上に山と積んだ堆肥《つみごえ》を牽いて、まだ深々と雪の残る田んぼに出るまでは、いわば馬たちの休養の季節なのである。田んぼに撒かれた黒ぐろとした堆肥は弱い陽光を集め、それを強める。そこで堆肥の撒かれた田んぼの雪は、町場や里山の根雪より早く消えてしまうのだ。田んぼの雪が消えると、馬たちは一気に忙しくなる。田んぼの土起し、そして水を入れた田の代掻《しろか》きと休むいとまもない。だから冬の馬たちは、春の力を養うために、冬はおっとりと暮らしていた。

そのころの冬に、町でもっとも持て囃《はや》されていた娯楽は浪曲だった。農家が浪曲師を招いて語らせるのである。もちろん玄人がくるわけはない。たいていが他に職業を持った半玄人で、わたしたちの町の場合は土建屋の主人や使用人が冬期の巡回浪曲師を務めていた。彼らの実力は半玄人といったところ、報酬はもちろん米である。一晩語って米一、二升というのが相場だった。冬の間は土木工事ができないわけだから、これははなはだ理に叶った兼業だった。わたしたちも座敷で語られる赤穂義士銘々伝や乃木大将と辻占売りの少年などの浪曲の名作を土間の隅から聞かせてもらったが、なにかの拍子に馬と目が合うと、彼もまた座敷の浪曲に聞き惚れているかのようだった。この戯曲は乃木大将の伝記であるが、「大将の愛馬たちの物語る……」という趣向で展開する仕掛けになっている。この仕掛けを思いつかせたのは、疑いもなく、馬とともに乃木大将と辻占売りの少年といった浪曲に聞き惚れていたときの、あの光景にちがいない。

第19号（一九九一年九月）

前口上（第24回公演『雪やこんこん』）

すでに五十代も半ばを過ぎてしまった今では、これからどうしたいこうしたいと、大風呂敷をひろげても仕方がありませんが、どうしてもわたしは、中村梅子一座のことが気になるのです。これからご覧いただくのは、その一座の、昭和二十八年暮れ近くの二日間ですが、どうやらこの座長の最後の姿が、あの『化粧』であるらしい。

もっと詳しく申しますと、ここにひとりの女旅役者がいる。生年は、正確なところはわかりませんが、おそらく明治四十年代の初めでしょう。両親はまちがいなく役者です。それもかなり名前のある役者夫婦、旅役者としては超一流だった。とくに父親はすごい。中央の檜舞台に中ぐらいの役で出ていた数年間があったかもしれません。それが、芸の行き詰まりか女出入りかあるいは酒か、いずれにしてもお定まりの筋で都落ち、旅の有力一座で小遣い稼ぎをしているうちに、座長の娘と割ない仲になり、そのままその一座に居ついてしまった。中村梅子はこの二人の間に生まれた一人娘のようです。

父親は、この梅子に徹底した英才教育を施しました。三つ四つのころから舞台に出して、お客の優しさと恐ろしさを教えたのです。こまごました芸の技術は、母親が丹精込めて注ぎ込みました。そのかいあって、梅子を若き女座長に据えた一座は、昭和の初年から十年代前半にかけて、浅草を席巻します。

戦後すぐの演劇ブームでも、彼女の一座は、芸が達者で客を人事にする老舗の一座として人気が高かった。がしかし、そのうちに、映画やストリップに押されて、ほとんどの旅芝居一座が、裸で茨の垣根を潜るような憂き目に遭います。梅子一座は、そのなかでは健闘したと思います。梅子の人柄のよさ、芸にかける気迫、そして、梅子を助ける頭取久米沢勝次の忠義などが、一座を生き残らせました。この『雪やこんこん』は、ちょうどそのころに起こったお話です。『雪やこんこん』のあとの梅子一座がいったいどんな運命に見舞われ、そして、『化粧』の、あの女座長の狂乱に到るのか、作者に残された時間は、そう多くはないが、ぜひとも『雪やこんこん』と『化粧』との間を、数本の「梅子もの」を書いて繋いでみたいと考えております。

遅い筆でいつも近所合壁を悩ませ、いたるところに迷惑を掛け散らしているわたしに、こんな計画を喋々する資格がないのはわかっているのですが、しかし、心のどこかで、「出来の悪い、詰まらぬ作品で間に合ってもだめ」と居直っているところもある。「作者、学者、役者と、者のつくものは、シャーシャーしていないと、いい仕事はできない」というのが、最近のわたしの不届きな座右訓です。どうか梅子ものの続編をご期待くださいますよう、居直ってシャーシャーとお願い申し上げます。では、昭和二十八年暮れの、中村梅子一座の二日間をお楽しみください。

「雪やこんこん」再演号（一九九一年十一月）

前口上（第26回公演『人間合格』）

本日はお忙しいなかをわざわざ劇場までお運びくださいましてありがとうございます。お客様こそわたしどものまことのパトロン、皆様の入場料がこの国の演劇をしっかりとお支えくださっております。皆様の演劇を支援してやろうという熱い想いがわたしどもの心と頭とを温かく充たし、そこで自然に手が胸に行き、ひとりでに頭が下がってしまいます。……最敬礼。ありがとうございました。

さて、これから御覧いただくのは太宰治の評伝劇であります。評伝劇という形式はこまつ座の一手専売のようになっておりますが、それでもこの『人間合格』は、いままでのこまつ座の流儀とだいぶ違うようです。これまでは年譜的事実を徹底的に調べ尽くし、その作業を通して、学者の先生方や専門の研究家の方々にもまだ調べのついていないところを捜し出すという方法をとっていました。そしてそのまだ調べのついていないところを空想力と想像力でがばと押しひろげて芝居にする。それがこまつ座十八番の御家芸でした。

今回のこの太宰治の評伝劇では、右の方法論にもう一つ別の趣向を重ね合わせました。太宰治の小説技法、もっと正確に言えば彼の物語の作り方を応用して書いてみたのです。たとえば、彼は三人を組み合わせるのが好きで、三人の友情物語をたくさん書いています。『道化の華』も『ロマネスク』もこの骨法で書かれています。それから、登場人物がみんなで即興的に嘘をつきながら一つの物語を作って行くという方法、いわばリレー小説も得意にしていました。『ろまん燈籠』や『愛と美について』などでこの骨法が使われています。

紙幅の制限がありますので、例を挙げるのはこれぐらいにしておきますが、太宰治はそれまでにあった様ざまな物語作法をもういちど磨き上げて自分の技法にしてしまった努力の人でもありました。その努力に敬意を表しながら、そしてその物語作りの巧みさにあやかるつもりも多少はあって、今回は彼の伝記的事実を踏まえながら、彼の生涯を彼自身の物語作りの方法で書いたのでした。

もう一つ、若い頃の彼がなぜ社会主義運動にのめり込んで行ったか、そして敗戦直後、人びとが天皇を「天ちゃん」などと言い始めたまさにそのときに、なぜ「いまこそ天皇陛下バンザイ！」を叫ぶべきだと息まいたのか、この劇はその謎を解くためのものでもありました。

もしも天から声がして、「お前に『傑作』という札を三枚くれてやろう。自分の作品のなかから気に入ったものを三作選び出し、それらにこの札を貼るがよかろう」と許しが出れば、わたしはためらうことなくこの作品に三枚のうちの一枚を貼るとおもいますが、しかし、じつはそれをお決めになれるのは身銭を切って劇場に駆けつけて下さったパトロンのお客様方だけです。十分に芝居をお楽しみ下さった上で、厳しく御審判下さいますようお願い申し上げます。

最後になりましたが、初演時に、作者の遅筆という恐ろしい災禍に巻き込まれながらいささかも動ぜず、すばらしい演劇的時空間を創ってくださった演出の鵜山仁さんはじめスタッフキャストの皆さんに深く感謝いたします。もちろん今回もそのときの精鋭がそのままついて下さっております。これらの精鋭にも最敬礼、いつもありがとうございます。

第21号（一九九二年九月）

前口上（第27回公演『日本人のへそ』）

本日もまたお忙しいなかを劇場までお運びくださいましてまことにありがとうございます。心からお礼を申し上げます。

昭和三十年代の後半を境に、ストリップ劇場の公演形態が大きく変わってしまいました。そのころからストリップショーという言い方もなくなり、ヌードショーと称するようになりました。したがってその種類のショーを上演するところもヌード劇場と言うようになりました。なによりも変わったのはその中身です。それまでは「女性の美しさをショーの形式で表現する」というところに重点が置かれていたのですが、ヌードショーはちがいます。これは「女性の花芯を見学するためのショー」です。個人的な好みから言えば、ストリップショーの方がはるかに楽しい。しかし世の中の趣味がすっかり変わってしまい、いまは花芯ショーが全盛です。

この『日本人のへそ』は昭和三十年代前半の浅草のストリップショーを扱っておりますから、ヌードショー全盛の今から見ると、少しばかり分かりにくいところがあるかもしれません。そこで前口上がわりに二三注釈のようなものを申し上げますと、まず一回の興業は二部に分かれていました。第一部は芝居です。ギャグ（笑わせる工夫）のたくさん入った一時間前後の芝居、出演者はだいたい六、七人、口立てではなく、作者が台本を書いていました。つまり毎回、新作という豪華版です。もちろん演出家がいて稽古をつけます。筋は他愛もないものですが、しかし演技的には高度なものがありました。伴淳三郎、森川信、八波むと志、佐山俊二、渥美清、長門勇、谷幹一、関敬六、三波伸介、萩本欽一、坂上二郎といったように、日本の喜劇人の三分の一ぐらいは浅草のストリップ劇場で仕事をしていましたから、程度はすこぶる高い。ちなみにヌードショーの時代になってからは喜劇人は出ていません。ビートたけしは昭和四七年夏に浅草フランス座からデビューしましたが、例外は彼ぐらいなものかもしれません。そのビートたけしにしても喜劇人とは言えないわけで、ここまでをひっくるめて言いますと、ストリップ時代の浅草は喜劇人たちの学校であったわけです。ですからストリップ劇場の芝居はほんとうにおもしろかった。

芝居が終わると、十五分間の休憩をはさんで第二部、一時間半のショーが始まります。景の数はたいてい二十四か五、踊り子の数は二十人前後、わんさの踊り子の群舞があり、新鋭のダンサーの四人踊り《カルテット》あり、中堅の二人踊り《デュエット》あり、スターストリッパーのソロがあり、その他にコントがあり歌がある。これらの要素を構成作家の先生や演出家や振付け師たちが知恵を絞って塩梅よく配列します。振付け師の先生方は近くの国際劇場のＳＫＤ（松竹少女歌劇）からきていましたから、このことからも当時のストリッパーの技術の高さがお分かりいただけると思います。また当時の若い振付け師の中から現代日本のモダンダンスの代表的なダンサーや振付け師が大勢輩出しておりますから、そのころのストリップショーは幾分、前衛的でもあったのです。音楽はもちろん生《なま》です。七人編成の専属楽団があり、専属歌手も一人おりました。

……こうしてみると、ストリップ劇場が現行のヌード劇場とはまるで別のものであったことがお分かりいただけると思います。さて、違いをお分かりいただいたところで開幕です。

こまつ座では二度目の上演になりますが、前に演出をしてくださった栗山民也さんが、江波杏子さんを中心に演技陣に俊材逸材を揃えてもう一度挑戦してくださいました。どうぞお楽しみくださ い。本日はほんとうにありがとうございました。

第22号（一九九二年十一月）

前口上（第28回公演『イーハトーボの劇列車』）

その若すぎた晩年、宮澤賢治は東北砕石工場の技師兼販売普及員をしていましたが、そのときに使った名刺を見たことがあります。名前と住所が漢字とローマ字で刷られているだけの、なんの愛想もない名刺でした。ときに、いま、賢治の名刺を刷るとしたらどんな肩書が付くでしょうか。まず詩人、これは抜かせません。次に童話作家、これもなくては叶わぬもの、宗教家で音楽家、さらに化学者で農業技師で土壌改良家で造園技師といった肩書も必要でしょう。教師で社会運動家という文字を印刷する必要があるかも知れません。

しかしこんなにたくさんの肩書を並べると、名刺が葉書よりも大きくなってしまいますから、たとえば、芸術家、科学者、宗教家の三つに絞り込むことにします。するとなにやら賢治の姿がくっきりと浮かび上がってくるような気がするのですが、どうでしょうか。

芸術家賢治の、熱に浮かされて独りよがりな部分を科学者賢治が冷静に批判する、冷たい理論だけを尊しとして暴走する科学者賢治を宗教家賢治がたしなめる、そして宗教家として教条的、独善的になるところを芸術家賢治の情熱と洞察力とが和らげる。三つの世界観が互いにせめぎ合い、かつ励まし合って出来たのが賢治の作品世界で、これはじつに予言的です。

わたしたちが波乱の二十世紀をなんとか乗り切って、とにもかくにも穏やかに二十一世紀に足を踏み入れるには右の三つの世界観が相争っていてはだめで、それらが一つに融合することが絶対的な条件です。そこでその三つをみごとに融合させている賢治の作品世界が持つ意義はますます大きくなっている。そのことに気付いている人びとが根強い賢治ブームを支えているのではないでしょうか。
『グスコーブドリの伝記』を読み返してみると「このかけがえのない地球」という思いで溢れた作品であることがわかります。『銀河鉄道の夜』を読むと脳死をめぐる生と死の問題が浮かび上がってきます。『注文の多い料理店』には地方分権の思想が、『なめとこ山の熊』には「他を犯さずに生きる世界はないものか」という共生の思想が詰まっています。つまりどんな時代になろうとも人類がぶつかるはずの難問に、賢治がすでに答えのようなものを与えてくれているのです。贔屓の引き倒しの誹りを覚悟で言えば、賢治の作品群はいまや聖書のような役目を果たしつつあるとさえ思うのです。もちろんその前に、賢治のことばが独特で美しく面白いので惹つけられるのではありますが。

　そんなこともあり、また賢治の父親政次郎の役が佐藤慶さんからすまけいさんに渡るということもあって、これを機会に今回は、八場と九場を少し書き替えました。その場の意味はもちろん変えておりませんが、表現はだいぶ変わりました。その書き替えがお客様のお気に召すように願っております。

　最後に、今回もお忙しいなかをやり繰りしてくださった木村光一さんを始めスタッフのみなさん、そしていくつもの厳しい条件を呑んで出演を快諾して下さったキャストのみなさんに心から御礼を申し上げます。

　予鈴が鳴り出しました。間もなく時空間が賢治の生きていた時代に溯って行きます。どうかごゆっくりお楽しみください。

第23号（一九九三年三月）

前口上（第30回公演『シャンハイムーン』）

本日は、はるばる劇場までお運びくださいましてまことにありがとうございます。この芝居に貴重な時間とお金を割《さ》いてくださったお客様にせめてなにかお返しをしたいものだと考えて表紙に「魯迅ノート」と書き付けた古帳面を四、五冊、本棚の奥から引っ張り出してきました。魯迅先生にまつわる取って置きの話や耳寄りな話をお土産がわりに持ってお帰りいただきたいと思い立ったわけであります。

中国で初めて、中国語による近代小説を書いたこの文学者は大変な病気持ちで、そのことについては劇の中でたっぷりと扱いましたが、書き残したことを二、三、付け加えますと、全身に汗疹《あせも》の出る体質（一九三四年七月六日書簡）、右足は神経痛で常に痛んでいた。痔持ちでもあり、また頭痛持ち、頭の痛いときは、よい文章を読んで治したそうです。

さて、背丈はどうかと云うと「少し低い」（金子光晴『どくろ杯』）、もっと云うと「背低くけれども眼光鋭し。自信に充ちたる様子にて卒直に語る」（小川環樹）。ゆったりした低い声で話したという証言はいくつもあります。ではその顔は「蒼顔、髯濃く、歯並び美し」（横光利一『巴里まで』）ということだったらしい。写真を公けにするのが嫌いで、その理由は「顔を知られると、散歩をしたり、料理店に入ったりするのが不便になる」（一九三四年四月一五日書簡）から。もちろん国民党特務部が放つ暗殺者を避ける意味もあったようです。外出の際は山高帽を鼻にかかるほど極端に深くかぶっていました。そしてたいてい風呂敷（赤地に黒い筋の入ったものを愛用）に書物を二、三冊包んで小脇にかかえていました。人力車から落ちて歯を二本折ったり（一九二三年三月二五日）、石段を踏み外して転倒し右膝に怪我をしたり（一九二四年七月二三日）しているのをみると、そそっかしいところもあったかもしれません。

好物に五つあり、一に秋の上海蟹（九月のメスには卵がいっぱい、十月のオスには肉がいっぱい）、二に栗粥、三に魚料理、四に日本の餅菓子、五に山芋（ただし皮を剝いて煮て、牛乳よりもトロッと濃くなったものへ砂糖を加えて食べる）。煙草は大好きでした。とりわけイギリス煙草には目がなかった。何度も禁煙を試みましたが成功しませんでした。お酒はだめ、下戸の中の下戸、とりわけ上海時代後半は一滴も呑みませんでした。ただ疲れたときと憤慨したとき盃に一杯。

賭事はきらい。生涯で一度しか競馬をしていません（一九二四年四月二五日上海租界競馬場）。

仕事は夜中。一本五分《フェン》の安筆（故郷の紹興産のイタチの毛の筆）で集中して一気に書き上げ、二度朗読して推敲を加えるのが習慣でした。印税率は二〇%。手紙はよく書きましたが、最後にその中の一通から。
「文学をやる人は、一に忍耐、二に真面目、三に粘り強さがありさえすればよろしい」（一九三三年一〇月七日書簡）
　この三つの心得をそのまま拝借して一つ一つ仕事を積み上げて行こうと思います。これからもどうぞよろしくお願い申し上げます。

第25号（一九九三年九月）

前口上（第33回公演『雨』）

　十八年前、一九七六年の春、わたしはこの戯曲をキャンベラ市内の、広い松林のなかの政府職員住宅の三階で書いていました。そこで、この戯曲を読み返すたびに、あるいはこの舞台を観るたびに、オーストラリアの首都キャンベラ市の、右も左も緑でいっぱいの風景があざやかによみがえってきます。そして同時に、その美しい風景のなかで呆然、まるで途方に暮れていたことも思い出します。

　御存じかどうか、欧米には〈ライターズ・イン・レジデンス〉という制度があります。日本国にはない制度なのでどうにも翻訳のしようがありませんが、それでもむりやり日本語に直しますと、〈住み込み作家制〉とでもなりましょうか、大学なり地方自治体なり企業なりが、「これは」と思う作家を一定期間、自分のところへ〈客人〉として招待、その間の生活費を払う制度です。「生活は保証するからしばらくうちのメンバーにおなりなさい」というわけ。では、召し抱えられた作家の義務はなにか。それはとにかく「休むこと」、十分に心身を休めて次の作家活動のために充電することです。わたしの場合は、年俸五万ドルの客員教授として、オーストラリア国立大学に住み込むことを許されました。

　給料の外にいくつかの特典が与えられましたが、今でも忘れがたいのは「行列免除」と「芝生横断」の、二つの特典です。

　構内の図書館で、あるいは売店や食堂で、だれもが行列の尻尾について大人しく順番を待ちますが、こちらはお客さまですから、みんなから拍手を送られながら行列の先頭へ送り出される。これが行列免除の特典です。構内には学生が自主経営する映画館がいくつもありましたが、ありがたいことに、そこでもつねに一番いい席に案内されました。

この大学はオーストラリアでただ一つの国立大学、中央政府が気合いを入れて作ったこともあって構内の広さといったらありません。新宿区ほどもあったと思います。そして空地にはびっしりと芝が植えられています。ところが空地といっても、たいていがサッカー場が六面はとれるほども広く、隣りの建物へ行くのに五分も十分もかかる。しかしお客さまには芝生を踏んでもよいという特典があるので、二、三分で行くことができる。この特典もありがたいものでした。

話が決まってからキャンベラ市に行くまで半年以上もありましたから懸命に英語の勉強をしました。けれども、もともと外国語は苦手、ちっとも進歩がない。生活を始めたものの、相手がなにを言っているのやらわからないし、こちらの意志を伝えることもできない。予想はしていたとはいえ、なんだか島流しにでもなったような気分、そこで呆然としていたわけですが、この戯曲を書くには理想的な状況でした。つまりわたしは、この戯曲の主人公、南奥方言の一つである羽前平畠弁のなかへ飛び込んだ拾い屋の徳と同じ問題とぶつかっていたのです。そんなわけで拾い屋の徳がときおり洩らす述懐には、当時のわたしのその「呆然」が反映しているようです。

わたしは英語ができないままで帰ってきましたが、拾い屋の徳の方は平畠弁の達人になりました。「作者より登場人物の方が語学ができるとはなにごとか」というので、作者は拾い屋の徳に残酷な運命を与えていますが、そのへんにも当時のわたしの「呆然」がはたらいているかもしれません。

懐かしさのあまり思わず長口舌をふるってしまいました。執筆当時の作者の状況など、どうでもよいこと、拾い屋の徳がどんな「残酷な運命」に巻き込まれるか、それをどうぞお楽しみください。

第26号（一九九四年四月）

前口上（第32回公演『頭痛肩こり樋口一葉』）

一葉女史樋口夏子の両親の生き方を冷静に眺めれば、これは典型的な社会登攀者、つまり、たいへんな成り上がり者の半生と言っていいでしょう。二人の出身地は大菩薩峠に近い甲斐国山梨郡中萩原村（山梨県塩山市）、すなわち、〈甲府まで五里の道を取りにやりて、やう〳〵鮪《まぐろ》の刺身が口に入《い》る位、……〉（『ゆく雲』）の寒村。父親はその寒村の十石取り百姓の長男、母親の生家も地主格とは言いながら、実体は中農です。

二人の恋は親戚中（とくに母親方の）の猛烈な反対にあい、父親は身重（妊娠八ヵ月）の母親を伴って故郷を捨てて江戸へ出奔します。これが安政四（一八五七）年四月のこと、そのとき父親の則義は二十八歳、そして母親の瀧子は二十四歳でした。当時の常識から言えば二人とも結婚適齢期をはるかに過ぎています。互いに惹かれ合ったのは寺子屋時代、ですから彼等の恋は十年はつづいていたはずで、ここにも二人の強い意志の力が現れています。

江戸に走ってからの二人は、全力をあげて士分の株を買い取ることに努力します。「なんとかして侍になろう」、そして「駆け落ち者の末路が楽しみじゃと茶飲み話にしている郷党の衆を見返してやろう」というわけです。

そのために二人には普通の家庭生活というものはありませんでした。母親は子どもを産むとすぐ乳母奉公に上がりますし、父親の方はわずかな縁故にすがりながら幕府の下級役人の許を転々としながら奉公をして歩きます。

こういった血のにじむような努力が実を結んで、八丁堀同心の株を買うことに成功したのは慶応三（一八六七）年七月のことでした。十年かかってやっとのことで最下級の士分に成り上がることができた。おそろしいぐらいの執念です。ところが、そのわずか三ヵ月後の十月十四日には、時の将軍徳川慶喜が大政を奉還し、すぐ士農工商という身分制度がなくなってしまった。たった三ヵ月間の士分生活だったわけで、これほど皮肉な話もないでしょう。

二人の、とくに母瀧子の成り上がり意識は強烈で、士分になった途端、彼女は自分の過去をすっかり忘れてしまいます。そこで樋口家の法定相続人になった夏子にこんな残酷なことさえ言います。

〈母君は、いと、いたく名をこのみ給ふ質におはしませば、児、賤業をいとなめば、我死すともよし、我をやしなはんとならば、人め（人目）、みぐるしからぬ業をせよとなんの給ふ。〉（『日記』）

元をただせば百姓の出、どんなことをしてでも暮らしの煙を立ててくれればそれでいいんだよと言うのなら、夏子もずいぶん気が楽だったと思いますが、「うちは士分の家柄、つまらない仕事で私を養おうというなら、私は死ぬよ」と圧力をかける。これでは夏子も頭痛持ちにならざるをえない。しかし、こう言った母親の隻言半句が夏子に強い「零落意識」と、それに対抗するための烈しい「上昇志向」を植え付けたことはたしかで、ひょっとしたら夏子の母のこの成り上がり根性が、後世の日本人に一葉の文学を贈ってくれたのかもしれません。これもまた皮肉と言えば皮肉な話です。

第27号（一九九四年五月）

前口上（第35回公演『黙阿彌オペラ』）

いったいどれだけ大勢の方がたに両手を合わせて詫び、平蜘蛛よりも低く這いつくばって御礼を申しあげればよいのか、その数に思いを馳せると、途端に気が遠くなってしまいます。「それなら初日に間に合うように書いたらよかろうに」という内心の声も、もちろん聞こえてくるのでありますが、思うにお客様との約束には二種あって、一つはもちろん期日の約束、もう一つは内容の約束、この二つが同時に守れればなんの障《さわ》りもないが、危機においては、内容でお客様との約束を破ってはならないという方が先になってしまい、もう一つの約束、期日に間に合わせるという方はどこかへ飛んで行ってしまうのです。これが一種の傲慢さからくるものであろうことはよく知っておりますが、それはとにかく、お忙しい中でせっかく切符入手のために貴重な時間を割《さ》いてくださったのに、作者のこの傲慢さによって、そういった労力を踏みにじられてしまったお客様方、数多くの申込みの中から、「こまつ座に使わせてやろう」と劇場を空けて待っ

『黙阿彌オペラ』(左より、溝口舜亮、角野卓造、辻萬長、松熊信義
1995年　撮影＝谷古宇正彦)

ていてくださった好意を、やはり作者の傲慢さによって踏みにじられた紀伊國屋ホールの皆々様に、こころからお詫びを申しあげます。

にもかかわらず、またもや切符をお買い求めくださったお客様方、それでも「提携してやろう」とおっしゃってくださった紀伊國屋ホールの皆々様、これらの方がたの海よりも深い度量に御礼申しあげます。

また、栗山民也さんをはじめ、スタッフの皆々様と八人の俳優にも最敬礼いたします。渋る筆を抱えて立往生していた非力の作者を力強く前へ推してくださったのは、まぎれもなく稽古場から一歩も退《しりぞ》こうとなさらなかったあなた方であります。ほんとうにありがとうございました。そしてこの稽古場の熱意を機敏に掬いあげてくださったシアターコクーンの劇場スタッフの皆様にも感謝いたします。ほんとうにありがとうございました。

さて、河竹新七こと黙阿彌が、弟子たちにポロリと漏らした言葉が二つあります。一つが、「おいらの一生なんざ、平凡すぎて、芝居にもなにもなりゃしねえ」、もう一つが、「御一新なんざ、大がかりな御家騒動にすぎねえのさ」……。

これからご覧いただく『黙阿彌オペラ』はこの二つの言葉を基に、前者には否定的に、後者には肯定的につくられています。とりわけ明治維新の目撃者の一人である黙阿彌が、その維新を御家騒動として捉えていたことに熱く共感いたします。黙阿彌のこの判定は漱石の文明観にも通い合うものがありますが、政治改革から演劇改革まで、あらゆる改革がこの国では常に官製であって、改革はいつもその「拠り所」＝主体を曖昧にしたまま成ってしまうようです。つまり事は常に一種の御家騒動の枠内に収まってしまうわけで、この苦い思いを基盤に据えながら、少しでもおもしろくなるようにと筆を進めましたが、もちろん舞台の出来不出来を裁く力をお持ちなのはお客様だけ。どうぞ存分にお楽しみ下さった上で、忌憚のないご批判を賜りますようお願い申しあげます。

第29号（一九九五年一月）

前口上（第36回公演『たいこどんどん』）

劇作家にとって制作者とはいったいどんな存在なのでしょうか。これを小説家と編集者の関係に置き換えても同じことですが、書き手は頭の中に「なにか書きたいもの」を抱えています。それがなければ作家とはいいません。この「なにか書きたいもの」は、主題の場合もありますし、おもしろい設定のときもあります。書き手がかねてから興味をそそられている歴史上の人物かもしれません。でなければ人間と社会とが織りなす関係……とにかく書き手はふつう書きたいものを抱えてうんうん唸っています。

そこで制作者の最初の仕事は、辛抱強く書き手の話に耳を傾けて自分の問題意識とすり合わせながら、書き手の頭のどこかに引っ掛かっているその「なにか書きたいもの」を上手に外へ引き出すこと。このへんは産婆さんや精神分析医の仕事と似ているかもしれません。引き出し方が悪いと、「なんだ、自分はこの程度のことで唸っていたのか。ばからしい」ということになり、書き手はすっかり意欲を失ってしまいます。ですから制作者は、書き手が書きたがっているものの中から普遍的なものを取り出す洞察力と、それを引き伸ばして大きくし、関係者全員の飯の種にする才覚がいります。もちろん書き手の書きたがっているものに普遍性がない場合は、この時点できっぱりと諦める勇気もいるはずです。

さらに、彼に書かせようと考えている作品が、上演される時期（一年か二年後）においても観客の期待に添うものかどうかを見定める力が要求されます。つまり制作者は数年後の世の中を読む予言者でもなければならないのです。

ここまでできる制作者は稀ですが、さらにもっと大変な仕事が待っています。書き手が細部の構成に入り、いよいよ書き出すときは、制作者は野球にたとえれば捕手、書き手と他に比類のないバッテリーを組まなくてはなりません。書き手が投げる球（つまり細部の工夫や、それに基づく科白など）に正確に、かつ敏感に反応する。書き手はその反応を吸収しながら微調整を繰り返し、完成をめざしてじりじりと書き進めて行くのです。つまり制作者は、西欧でいう「ドラマドクター」の役を務めることになります。そのためには演劇的時空間についてよく理解し、古今東西の戯曲を、書き手以上によく読み込んでいることが必要です。そしてなによりも演劇に賭ける覚悟がいる……もっともこれはほとんど理想論で、ここまで出来る制作者は本当に稀です。そこで日本の書き手たちは、一人で、産婆さん、精神科医、予言者、ドラマドクターなどの諸役を兼務しなければなりません。

この三月十八日に八十七歳で亡くなられた本田延三郎さんは右の諸役をみごとにこなしてくださいました。この『たいこどんどん』を含めて、『藪原検校』『イーハトーボの劇列車』『雨』『小林一茶』など、ぼくの中期作品群のほとんどが本田さんのお手を煩わせてできたもので、おかげで私は、頭の中で燃えていたものをもっともいい形で取り出すことができました。

本田さん、長い間、本当にありがとうございました。

第30号（一九九五年四月）

前口上　スティーヴン・オカザキさんへの手紙

（第37回公演『マンザナ、わが町』）

スティーヴン・オカザキさん、お便りありがとうございました。じつは私の方も映画作家としてのあなたのお仕事を――アカデミー記録映画賞受賞作品をふくめて――NHKの特集番組で知って深い感銘を受けていたところでした。

第二次大戦当時の米国政府は日系米国人にたいして非礼をはたらきました。もちろんあなたの方がよく御存じでしょうが、一九四二（昭和十七）年二月十九日の大統領命令九〇六六号がそれです。この命令によって、米国西海岸に住む日系米国人十一万九千八百三人（その三分の二は二世）が全米十カ所の強制収容所に収容されました。少なくとも二世は米国市民です。その市民から裁判抜きで一切の財産を奪い、一方的に収容所に叩き込む。まったくひどい話です。

けれども私がその日系米国人再配置施設の一つであるマンザナ強制収容所を書こうとしたのは、このときの米国政府のやり方に非を鳴らすためではなく、半分皮肉をまじえて云えば、米国政府を誉めたたえるためでした。

というのは、この『マンザナ、わが町』を発想したのは、一九八八（昭和六十三）年八月、戦時補償法が成立したという記事を読んだときだったからです。もっとくわしく云いますと、レーガン大統領が強制収容にたいして正式に謝罪を行い、米国政府が一人当たり二万ドルの補償金と教育資金十二億五千万ドルを支払うことになったという記事を読んで、この戯曲の幕切れがはっきりと目の前に見えたのです。そして「うーん、米国人は謝り方が上手だな」と感心しました。

人間が謝罪する理由は、次の二つのどちらかです。周囲からわいわい云われていやいや謝るものの、小声でぶつぶつ「おれが悪いんじゃないや。うるさいから謝っているだけさ」と呟き、心の中ではかえって傲然と肩をそびやかしているような謝り方。こういうやつはかならず周囲から軽蔑されます。

もう一つは自分からいさぎよく謝り、償いを申し出るやり方。これは周囲から尊敬され、それまで以上のあつい友情が獲得できるはず。そればかりではなく、自分で

『マンザナ、わが町』（左より、川口敦子、篠崎はるく、松金よね子。1993年　撮影＝谷古宇正彦）

自分の非を認めることにより彼自身の中から、彼の犯した過ちが、そしてそれを抱えていたことによる心の葛藤が、外部に持ち出され、その分だけ彼は浄化され高められます。つまり彼は他人のためにではなく、自分のために謝ったわけです。

もちろん一九八八年の米国政府ならびに米国人が後者の代表であるとは思いません。戦後、辛抱強くつづけられてきたあなた方日系米国人による命がけの名誉回復運動の高まりを無視できず、彼等はしぶしぶ戦時補償法を成立させたのかもしれない。しかし形としては後者の謝り方になると思います。

ところがわが祖国はどうでしょうか。「戦後処理はすべて終わっているはずだ」「これまでもいろいろ経済援助をしてるじゃないか」「あれは自衛のための戦争だった」などと小声でぶつぶつ。そして謝罪せよという声が高くなると、「そんなに云うんなら謝ってもいいが、悪いのは大日本帝国ばかりじゃないんだぜ」と心の中では肩をそびやかしている。残念ながらこれが実情です。スティーヴン・オカザキさん、日本は土足で踏み込んだ国ぐにたいしていまだに正式な謝罪をすませていません。日本人が選んだ日本人の代表がきちんと謝罪していないのです。こんなことで周囲の国ぐにがこの先も私たちの国とまじめに付き合ってくれるでしょうか。そのことが書きたくてこの芝居をつくったのでした。もちろん私も、もっと爽やかな謝り方のできる人間になりたいと願っております。

それではスティーヴン・オカザキさん、ますますいいお仕事をなさって、日本人を励ましてください。日本人の生き方があなた方の誇りになるよう、がんばれる者たちでがんばれるところまでがんばりますから。

第24号改訂版（一九九五年六月）

前口上（第39回公演『父と暮せば』）

昨年の夏、一幕物の『父と暮せば』を書き上げて筆を擱《お》いたまさにそのとき、「この戯曲には二幕目が必要だ」といふ思ひに打ち据へられてしまひました。「戯曲として一幕で立派に完結してるぢやないか。そこへ下手に二幕目を付け加へて失敗でもしたら、いかにもつまらない話ぢやないか」と、さういふ警報が身体いっぱいに鳴り響いておりましたが、どうしても二幕目が書きたい。それで今、その警報を無視して二幕目に取り組み、案の定、難行苦行の毎日を送ってゐるのですが、どうしてさういふ気持になつたのか、それを分析してみやうと思ひます。

まづ、二人の優れた俳優の演技を〈もつと続けざまに観たい〉といふ願ひがありましたが、なによりも大きかつたのは、ヒロシマ・ナガサキで被爆された方がたの数とその中味です。一説には被爆者は六十万人を超へるといふ。そして原爆死没者名簿記載者の累計は、平成六（一九九四）年八月六日現在で、二八万九二一五人（ヒロシマ一八万六九四〇人、ナガサキ一〇万二二七五人）に達しておりますから、被爆者の半数以上の方がたが、いまもなほ辛酸を舐めておいでなのです。「地獄以上の地獄」を五十年間も生き抜いてこられた方がたが大勢ゐらつしやるわけで、その方がたの苦しみを書かずにすますことはできないのではないか。

『父と暮せば』（左より、すまけい、梅沢昌代。1994年　撮影＝谷古宇正彦）

それに、あのときのヒロシマ・ナガサキには、たとへば七万人以上の朝鮮人がおられて、うち三万人（ヒロシマ約二万人、ナガサキ約一万人）が被爆死をとげ、四万人がなんらかの放射能障害に苦しんでおいでだともいふ。さうなると、「日本は唯一の被爆国。だから……」といふ言ひ方は、位置の取り方では、ずいぶんあいまいなものになつてしまひます。

しかもヒロシマ・ナガサキへの原爆投下は、ある意味では大日本帝国のアジア太平洋諸国への「進出」がもたらした結果であるとも云へて、事実、アジア太平洋諸国の人びとの中には、「原爆投下は、日本の侵略や抑圧を受けた国の人間から見たら解放のシンボルです」と言ひ切る人も珍しくはないのです。

「原爆？　あれは日本へくだされた天の鉄鎚、つまり天罰ですね」

と、さう云つた人もおります。こういふ発言が出てくるのも、日本がまだ十全には戦争責任をとつてゐないといふ証左なのではないか。

さらに、今年のフランスと中国の核実験でいつさうはつきりしたことがあります。核の傘の下にある（といふことは間接的には核の所有者でもある）日本人が、核実験反対、核兵器廃絶を唱へる資格を万全に備へてゐるのかどうか。

また、原子力発電所（見方を変へれば、これは核兵器の原料プルトニウムの正統的な工場）の廃棄物の再処理をCOGEMA（フランス核燃料公社）に任せてゐる日本人に、フランスの核実験に反対する正当な資格があるのかどうか。

……つまり無邪気に、かつ暢気に「過ちを繰り返すな」と叫んでも、どうにも埒の明かない次元にわたしたちはゐるらしい。にもかかはらず、わたしたちは、これからも核凍結から核廃絶に至るじつに困難な道を倦まずに歩き続けなければならないのです。そのときに支へになる確かな鍵言葉はなにか。

一幕で登場した福吉美津江さんは木下青年との間に、健吉（すまけい）といふ息子をもうけますが、この健吉氏とすでにない彼の母の美津江（梅沢昌代）、そして彼の前に突然現れた美しい韓国女性（登場せず）の、この三者の数日間のやりとりを通して、その鍵言葉を見つけようと、今、わたくしは必死に机にしがみついてゐるところです。

第31号（一九九五年十月）

前口上（第40回公演『きらめく星座』）

……つくづく考えてみれば、こまつ座はまことに恵まれております。座外の芸術家の皆さんから受けている御恩を書き出したらそれこそ際限がありませんし、俳優の皆さんのお顔を思い浮かべるだけで目頭が熱くなるほどです。ほんとうにありがとうございます。

それよりなにより、こまつ座はお客様に恵まれています。そのときどきの流行に敏感ではありながらも、演劇の本質というものをよく理解している、つまり芯から芝居好きのお客様が何千何万といてくださいます。

その御恩にわたしたちこまつ座はなにをもってお返しすればいいのか。それができなければ、こまつ座など存在に価いしませんが、一つだけはっきりしていることがあって、それはこうです。

「日本の台詞劇確立の過程において小さな、じつに小さな踏み石となりたい」

これができれば、こまつ座に力をかして下さっている芸術家の皆さんに、そしてお客様に、たとえその万分の一であっても御恩返しができるのではないかとひそかに心を定めております。

築地小劇場は、いわば初期の新劇は、新しい演劇を興すにあたって、明らかにドイツとロシアの演劇をお手本にいたしました。もとより一般論は常に危険ですし（とりわけ演劇には例外が多すぎますから）、それにお客様には釈迦に説法という無法をはたらくことになりますが、それでもあえて大雑把なことを申しますと、ドイツとロシアは当時としては演劇後進国でした。後進国の生き方には二つあります。第一が大急ぎで先進国のやり方を真似ること、第二が先進国のやり方に良い意味で反抗することですが、ドイツとロシアは後者の道を選び、先進国のイギリスやフランスなどがいち早く確立していた台詞劇に反抗した。「聞かせる芝居」に、「見せる芝居」をもって果敢に戦いを挑んだのです。そして日本の新劇は、その初期に「見せる芝居」をお手本にしたのでした。この風潮に逆らったのは少し遅れて発足した文学座で、この座の創設者たちは「聞かせる」ことに心血を注ぎました。

もちろん芝居の理想は「聞かせて、見せる」ところにありますから、登り口はどちらでもよろしいのですが、日本の場合は、右の、近代演劇と接触したときの事情もあって、いまだに「見せる」ことに重点がおかれているような気配があります。そこでわたしたちは、「聞かせる」こと、俳優の皆さんの、よく鍛え上げられた「人間の声」が、劇場にいい台詞を（作者の非力もあって、どこもかしこもいい台詞というところまでまだ至っておりませんけれども）響かせること、その一点に力を集めることにしております。

もっと云いますと、日本人は果たして日本語（とくに話し言葉）で冷静に、しっかりと、しかし愉快にたのしく議論や討論ができるのだろうか、いや、それができなければ日本は闇だというのが、わたしたちの選び取った主題です。

　そのために芸術家や俳優の皆さんの手足をずいぶん縛ってしまうこともあるでしょうが、どうかお許しくださいますように。またお客様にはそれが余計な押しつけになることをおそれておりますが、もしそうであれば、この場にガバと平伏してお許しを乞います。　作者敬白

第32号（一九九六年三月）

前口上（第41回公演『頭痛肩こり樋口一葉』）

　この『頭痛肩こり樋口一葉』は仕合せな作品です。木村光一さんの、紙に書かれた文字（二次元）を舞台（三次元）へ立ち上げるときの演出技術のたしかさ、みごとさ。それを助けて、どきりとするような演劇的時空間（四次元）を創り出して下さっている宇野誠一郎さんを始めとするスタッフの方がたの力業。それに加えて、粒よりの女優さん方が上演のたびごとに渾身の演技を披露して下さって、そういったもろもろの力が一体となり、楽しいけれど意味の深い瞬間（それも演劇という表現にしか有り得ない貴重な瞬間）が、毎日、何千何百となく立ち現れるからです。

　そしてなによりも、この作品を「観たい」と仰しゃって下さるお客様が大勢いてくださる。そこでこうやって「一年に一度」、信じられないほど頻繁に、繰り返し上演することができる。「ありがとうございます」を何万回重ねても足りないほど、感謝しております。これはもうわたし個人のものではなく、お客様をふくめて係わった者みんなのものになってしまいました。

　一葉女史樋口夏子は、御存じのように二十四年の一生を通して「貧」と「病」の二文字に付きまとわれていました。もっとも、「貧」の方は、まあ、これは仕方がなかった。なにしろ「明治期最大の流行作家」の尾崎紅葉でさえ、生涯、家を持つことができませんでしたし、あの漱石でさえ借家住いだったのですから、これはやむをえない。問題は「病」です。

　御覧いただければお分かりですが、この作品は、一葉女史が、〈その死の数年前から、自分で自分に戒名を付けていた〉という事実をうんとふくらまして、それを劇の

原動力にしていますが、この「戒名事件」も、おそらく一葉女史の「病」から発しているのでしょう。彼女は自分の命がそう永くないことを知っていた。では彼女は何を武器に死の恐怖と戦っていたのか。

　一葉女史は、己のもっとも「愛するもの」を思い残すことなく劇しく追い求めることで、自分に許されている短い時間を埋め尽くそうとしたのではないでしょうか。彼女の場合はそれが小説という表現形式であって、その成果がおそらく例の「奇蹟の十四ヵ月」だった。

　こんなわけで、死を前にしたときに自分にほんとうに愛するものがあるかどうか。あれば救われ、なければ地獄、ということを一葉女史の生涯はわたしたちに語ってくれているように思われます。

　では、自分には、死の恐怖と戦うときに格好な武器となるものがあるか、なにか「命がけで愛するもの」があるのか。それは小説か、演劇か、家族か、友人たちか、それとも日本語を使って生きている人たちか。この作品が上演されるたびに、わたしはそんなことを考え込んでしまうのです。たしかに仕合せな作品だが、しかしなんだか怖い作品のような気もしてきました。

第33号（一九九六年四月）

前口上（第44回公演『黙阿彌オペラ』）

永いあいだ、戯曲を書いてきて近ごろようやく分かってきたことは、「演劇とは、結局のところ、俳優と観客のためのものである」という簡単な原則でした。いかに立派な劇作家でも、どのように優れた演出家でも、そしてまたどんなに秀でた音楽家や美術家でも、彼はそのまま舞台に立って観客と向かい合うことはできません。彼は俳優の身体に潜り込んで、別に言えば俳優の身体を借りて、観客の前に進み出るしか術《すべ》はないのです。

　そうなると、稽古場がなによりも大事な場となります。まっさらな俳優の身体に、劇作家や演出家たちが科白《せりふ》や動作や感情や思想を書き込む場所は、そこしかないからです。

　ここで話を劇作家に絞りますが、とにかくそういうわけですから、そこは地獄よりも恐ろしいところ。なによりもそこでは科白の質が試されます。いいかげんな科白や、ろくでもない科白は、なぜか俳優の身体に入って行きにくい様子。彼等はそういう下らない、どうでもいい科白に劇しい拒否反応を起こすもののようで、俳優の別名は、「観客がどんな科白を喜ぶか本能的に知る者」のことでありますから、それで当然なのです。ですから、逆に、その科白がよく書けているときは、彼等はどこかでほとんど観客に成り代わっていて、科白をどしどし身体に染み込ませて行くのです。そんなわけで、この芝居を書いているときも、「稽古場は燃えているか」がずいぶん気になっていました。

　話はここで一旦、ある論文に飛びます。今から四十年近く前の「文学」（昭和三十四・一九五九年四月号、岩波書店発行）に、演劇評論家の根村絢子さんが「もっと翻訳劇を」という表題の論文を発表なさいました。以来、新作戯曲に取りかかる前は、頭を空っぽにしてこの論文を読むのがわたしの習慣、というより儀式のようなもので、数数の示唆に富んだ、ほんとうにすばらしい演劇論なのですが、その中に次のような文章があります。

〈ヨーロッパ演劇とは科白劇のことであるという、きわめて初歩的な、と同時にもっとも本質的な認識……〉
〈日本の音楽がヨーロッパ音楽の一環であることは、日本の作曲家、演奏家、音楽批評家そして音楽ファンにとって常識にすぎない。でも、日本の新劇が、ヨーロッパ演劇の一環であることを知っている人は、極めて少い……〉

　右の二つの文章を、うんとせっかちにまとめますと、「新劇も世界演劇の一部をなすものである以上、まず科白劇を大切にすべきである」ということになろうかと思いますが、じつはこれがこの『黙阿彌オペラ』の主題でした。根村さんの論文に導かれて、今度こそ徹底した科白劇を書いてみようと思い立ったのでした。

　この作業は、わたし自身の限界もあって、なかなか困難でしたが、稽古場から送られてくる熱波にはすごいものがありました。科白がどしどし俳優さんたちの身体に染み込んでいる様子なのです。

　こうして「燃える稽古場」に励まされて、どうやらこうやらこの作品を書き上げることができました。そこで作者としては、俳優のみなさんはむろんのこと、そういう稽古場を作り出して下さった演出家はじめスタッフの皆皆様に心から感謝を捧げます。そしていつもわたしどもにお力をかしてくださっている紀伊國屋書店の皆様には、ハハーッと平伏するしかありませんし、また、「まず科白劇を」という貴重な示唆をくださった根村さんにも最敬礼をいたします。

　さて、稽古場が燃えて当然であったかどうか、それを最終的に判断なさるのはお客様方しかありません。そのへんにお気をお止めくださって、どうぞ十分にお楽しみくださいますように。

第35号（一九九七年二月）

あるたとえ話——前口上にかえて——

（第47回公演『マンザナ、わが町』）

いつのころからか、わたしは、

「劇の作家の仕事は、船をつくるのとよく似ている」

と、思うようになりました。

劇作家は、ひとりで船の図面を引き、ひとりで船を造り上げるのです。

　このたとえ話を、もっとふくらますと、演出家は船長で、スタッフ、キャストのみなさんは乗組員ということになります。観客のみなさんは、もちろん乗客です。

　船は、乗客のみなさんを乗せて、なによりもまず、安全な航海をしなければなりません。出港日に予定どおり船を出すことも大事ですが、安全な船を造る方がもっと大事です。もう一つ、船客のみなさんに、それまでになかったような、まったく新しい体験をしていただかなくてはなりません。そのための新造船なのです。

　新しい体験とはなんでしょうか。話はちょっとわき道に逸れますが、わたしは次のような信仰個条を抱いています。

「どんな晩でも少なくとも一人、生まれて初めて芝居というものを観て、そのために人生に対して新しい考え方を持つようになる人が、劇場のどこかに坐っている。その人のために全力をつくせ」

　観客のみなさんが人生に対して新しい考え方を持つに

いたる発見。その発見を実現するための船旅。劇作家はこうした船旅に耐え得るような立派で頑丈な船を造らねばならないのです。

なんという厳しい仕事でしょう。しかしまた、なんとやり甲斐のある仕事でしょう。

そこで、戯曲を書いているあいだ、わたしが見る悪夢はいつも決まっています。港を出て沖合にさしかかった船が、乗組員や乗客のみなさんを乗せたままズブズブと沈んでしまう夢。……こういう船は、もう一度、設計図の段階からやりなおさねばなりません。長い航海ができないばかりか、ちょっとの波にも沈んでしまうような船に、大事な乗組員の方がたや乗客のみなさんをお乗せするわけには行かないからです。

この『マンザナ、わが町』号は、船長である鵜山仁さん、そして乗組員である五人の女優さんと大勢のスタッフのみなさんの献身的な努力によって、初航海に出てから何度となく遠洋を旅しております。船の形には造船方《かた》の力の限界がなんとなく現れて多少の歪みがあり、性能にしてもエンジンが空蒸しをするようなところがないでもなかったのですが、船長と乗組員のみなさんの力がそれらの船自体の欠点をも逆に魅力に変えてくださいました。なによりも、この船が、どんな長い航海にも耐えることのできる頑丈さを備えてきていることに、造船方としては、ただただ感嘆するばかりです。

もう安心してご乗船いただけます。今回もどうか時空を超えた船旅をお楽しみくださいますように。そしてみなさまが、今度の航海でなにか新しい体験をなさることをこころから祈っております。

『マンザナ、わが町』特別増刊号（一九九七年十月）

前口上（第49回公演『父と暮せば』）

毎年、八月が近づくと、「だれがヒロシマとナガサキに原子爆弾を落としたのか」という思いにとらわれてしまいます。もちろん、どなたに聞いても同じ答が返ってきます。

「そんなの決まってら、アメリカ合衆国じゃないか」

たしかにその通り、原爆を投下したのはアメリカ合衆国の戦争指導者層です。これはまちがいない。ひどいやつらです。許せない。

けれども、投下までの事実の経過を正確かつ克明に辿って行くと、びっくりすることに、共犯者が大勢いたのです。

当時の大日本帝国の戦争指導者層のうち、宮廷グループと称される人たちは、昭和二十（一九四五）年の初めにはすでに和平への道を探りはじめていました。事実、彼等はソ連を通して和平交渉を進めようとしていました。

ただし、彼等には、どうしても譲れない条件があった。国体の維持です。天皇の身分についての保証です。明治憲法第一条の「大日本帝国ハ萬世一系ノ天皇之ヲ統治ス」を認めさせる。他のことなら受け入れるが、これだけは譲れない。

もちろん、日本の宮廷グループが戦争を終わらせたがっているということは、ソ連を通じてアメリカの指導者層の耳に入っています。

その年の七月十七日、米、英、ソの首脳による会談が、ドイツのポツダムで開かれますが、じつはその前日、アメリカのニューメキシコ州のアラモゴードの砂漠で核実験が成功していた……。

これで共犯者探しの材料がそろいました。さて、ここからが本論です。

会談の期間中の七月二十六日、会談の決議が日本に通告されます。これが例のポツダム宣言です。連合国側は、ソ連を通して、日本の宮廷グループによる和平への模索とその条件を知っている。ですから、もしも本気で戦争を終結させたいのなら、宣言の中に、天皇の身分を保証する文言が書き込んであってもよさそうなものですが、そのことについてはなにも書かれていなかった。なぜでしょうか。

原爆の悪魔的な威力を武器に、大戦後の世界の経営を有利に進めようとしていたアメリカのトルーマン大統領が、イギリスのチャーチル首相と相談して、天皇の身分の保証についてはふれずにおいたのです。つまり彼等は、もうしばらく戦争をつづけたかった。もっと云えば、日本に原爆を落としたかったのです。その威力をスターリンに見せつけて、ソ連を牽制しようとしたわけです。

　スターリンはスターリンで、日本がこの最後通牒を受け入れないよう祈っていました。その年四月のヤルタ会談の密約で、もしも日本が連合国側からの最後通牒を拒否するようなら、ソ連も日本に宣戦布告をするときまっていたからです。参戦して日本を叩き、日本に勝つ。そして戦果の分け前にあずかろうという計算です。ですからスターリンも、天皇の身分の保証を書き込まないことに賛成した。やはりソ連も戦さをつづけたかったわけです。

　さて、日本政府はどうしたか。天皇の身分についての保証が書かれていないことにこだわって、この宣言を黙殺してしまった。そのことによって、アメリカには原爆を投下する理由ができたのです。

　こうして連合国側の戦争指導者層がそろいもそろってみな共犯者たちだということがわかりました。そればかりではなく、「帝国臣民はみなわが赤子」と唱えていた日本の戦争指導者層もその仲間だったことがわかった。あの人たちがほんとうに大事にしていたのは、わたしたち赤子ではなかった。ということは、大日本帝国も含めて世界中の戦争指導者層が、寄ってたかってヒロシマとナガサキにあの悪魔の申し子を投下したのではないか。

　……こう考えがまとまってからは、わたしは指導者というものを一切、信じないことにしました。目を皿のようにして彼等の一挙手一投足を見張っているようにしたい。そして彼等がいったいなにをやったか、それを、今回は、前田吟さんと春風ひとみさんの仕事を通して見定めたいと願っているのです。

第37号（一九九八年五月）

前口上　宮澤賢治と音楽

（第51回公演『イーハトーボの劇列車』）

　賢治のどの作品をお読みになっても、その行間に、「音楽のようなもの」や「なにか音のようなもの」が豊かに鳴っていることが、どなたにもおわかりになるだろうとおもいます。立教女学院短大の佐藤泰平《たいへい》教授は、母のイチが美しい声の持主で、賢治は〈生を受けてから（厳密には胎内にいたときから）、母・イチのやさしさに満ちた美しいソプラノの花巻弁をいつも耳にしながら育った。イチの言葉はほとんど歌っているように聞えた……〉（『宮沢賢治ハンドブック』新書館）とお書きになっていて、賢治作品で鳴っている音楽はこの母親から譲られたものなのかもしれません。

そういえば妹のトシもオルガンが上手でした。花巻高等女学校の大正二年の、「第三学年級会式次第」を見ると、彼女はオルガン独奏をしています。ふたたび佐藤泰平教授によると、トシはヴァイオリンの弾き手でもあったそうで、賢治はトシの死後も、記憶装置の奏でる妹のオルガンやヴァイオリンの音を聞きながらペンを動かしていたのかもしれません。

賢治の、音楽についての逸話はたくさんのこされていて、これから記すのはそのうちの一つ、花巻農学校時代の教え子のお一人から筆者が直接《じか》に聞いた話です。

賢治は教え子によく、

「日曜に自宅《うち》へ遊びにおいで」

と云ったそうです。遊びに行くと、店の二階の賢治の部屋へ通されて、蓄音器のゼンマイ巻きをさせられた。当時の蓄音器はクランク棒でゼンマイを巻き、それを動力にしてレコード台を回転させる仕掛けでした。賢治は音楽に没頭するために、専任のゼンマイ巻き係が必要だったわけで、それで教え子を遊びにおいでと誘ったのです。

音楽が始まると、賢治は突然、弁士のようになる。

「いま、白樺《しらかば》の林を馬車が軽《かろ》やかに走っている。朝だ。小鳥たちがほがらかに朝の歌をうたっている。おや、向うに西洋の別荘が見えてきた。と、馬車が停《と》まって、なかから下りたのは羽毛帽子の貴婦人だ。羽毛がさわやかな朝風にかすかにそよいでいるよ……」

音楽に合わせて、そのとき頭にうかんだ光景を絶え間なしに言葉にして行く。

「狐に憑《つ》かれた人を見ているようで、しまいには怖くなったものです」

教え子はそう言いながら懐かしそうな目をしていました。

つまり、賢治という人には、音楽が言葉に聞え、言葉が音楽に聞えたらしいのです。とすれば、彼の作品から「音楽のようなもの」や「音のようなもの」が溢れ出して当然です。そこで私はこの劇を、音楽のように聞えるようなものにしなくてはと思いながら書いていました。

第40号（一九九九年二月）

前口上（第52回公演『父と暮せば』）

たとえば、昭和二十（一九四五）年の六月十一日、当時の内務省の警察局長は、陸軍のさる高官が次のように話すのを聞いている。

〈此の際食糧が全国的に不足し、且つ本土は戦場となる、老幼者及び病弱者は皆殺す必要あり。是等《これら》と日本とが心中することは出来ぬ。〉（細川護貞『情報天皇に達せず』）

では、本土決戦とはなにか。

外務省が編纂した『終戦史録』には、こう書いてある。

〈当時、大本営の計画していた作戦は、本土決戦、即ち軍を中央山脈を中心にして山嶽《さんがく》地帯に整備し、総動員法によって全国民を武装して、所謂《いわゆる》焦土戦術、竹槍戦術によってアメリカの上陸軍に抵抗し、最後には陛下を（満洲の）新京（現在の長春）に動座《どうざ》して、大陸（中国）に於いて、ソヴィエトをバックとして、徹底抗戦の挙に出るということであった。〉

当時の日本は、ソヴィエトと不可侵条約を結んでいた。さらに中国大陸には百二十万の帝国陸軍がいる。それらを当てにして、新京へ動座しようというのである。

また、そのころは、国民は天皇の「赤子《せきし》」だといわれていた。天皇が親なら国民はその子どもである。ところが、親は満洲に退《しりぞ》くが、子どもたちは竹槍を持って上陸軍と刺し違えよというのだ。そうするうちにアメリカ軍が玉砕作戦に手を焼いて和平を申し出てくるのではないかという、虫のいい胸算用である。「赤子」とは名ばかりで、戦争指導者層というものは、同胞に対してかくも冷酷である。

そしていま、核保有国に蓄積された核弾頭は五万発といわれる。その核弾頭は平均してヒロシマ型原爆の二十倍の威力を持つ。

ここで少し面倒だが、恐ろしい計算をしてみよう。

そのころ、全国の都市を爆撃して回っていたB―29は一機当たり二十トンの高性能火薬爆弾を積んでいた。ところが、ヒロシマ型原爆はたった一発で、B―29、一〇〇〇機分の爆発力を持っている。すなわち、あの一発に、じつに二万トン分の高性能火薬が詰まっていたのである。ということは、いまの核弾頭はその二十倍の威力というから、高性能火薬にして四十万トンの爆発力を持っているわけで、それが五万発。高性能火薬にして二〇〇〇億トン！

つまり、地球上の人間はそれぞれ一人当たり三トン以上の高性能火薬を割り当てられている！

こんなひどい話は聞いたことがない。

それでいて、核廃絶の動きはのろい上に、核拡散も始まっている。核拡散とは核弾頭の居所がわからなくなることだが、現在の世界の指導者たちも、人間に対して、かくも冷酷なのである。

では、どうすればよいか。

一九八〇年に、イギリスの歴史学者のエドワード・トムソンの言った、次のことばを実行するしかない。

「プロテスト・アンド・サーバイブ（抗議せよ、そして、生き延びよ）」

この名言にもうひとこと、付け加えよう。

「記憶せよ、抗議せよ、そして、生き延びよ」と。

この芝居がお客さまがたの記憶の一部になるなら、ほんとうにありがたい。

the座別冊（一九九九年五月）

自立の夢（第53回公演『頭痛肩こり樋口一葉』）

一葉こと樋口夏子が十一歳で学校をやめさせられてしまったのは、「女の子には教育はいらない」と考える彼女の母親の、当時の世間知《せけんち》によるものでした。

歌塾「萩の舎《はぎのや》」で、一葉のお姉さん弟子にあたる、歌人で小説家の三宅花圃《みやけかほ》の回顧録『思ひ出の人々』には、それから三年後の一葉が次のように語られています。

明治十九年、すなわち一葉十四歳の秋、萩の舎の和歌の月並会でのこと……

〈……出席してみますと、みんなの前におすしを配つてゐる、縮れ毛で少し猫背の見なれぬ若い女の人がをりました。私は、江崎まき子さんと、床の間の前に坐つて、ぺちやくちやお喋りをしてをりましたが、ちやうど私たちの前へ運ばれてきたお皿に、赤壁《せきへき》の賦《ふ》の「清風徐《せいふうおもむ》ろに吹来《ふききた》つて水波《すゐは》起らず」といふ一節が書いてございましたから、二人で声をだして読んでをりますと、若い女の人が、それに続けて、「酒を挙げて客に属《しょく》し、明月の詩を誦し、窈窕《えうてう》の章を歌ふ」と口ずさんでゐるではございませんか。……その人が他ならぬ一葉さんで……一葉さんは、女中ともつかず、内弟子ともつかず、働く人として弟子入りをなすつたやうな様子に見うけられてをりました。〉

学校へも行かずに、十四歳にして、もう「赤壁の賦」を諳んじていたところに、一葉の猛烈な勉強ぶりが見えています。

九年後の明治二十八年、二十三歳の五月二日の『水の上日記』に、一葉はこう書いています。御存じのように一葉に残された日日は、もう二年もないのですが、とにかく彼女はこう書いている。

〈四時頃より野々宮、安井も来る。和歌一巡《うたひとめぐり》おはりて、『源氏もの語』講義をなす。〉

二十三歳にして源氏を講釈するというのですから、これまた一葉の勉強ぶりがしのばれる。いったいなぜ一葉はこんなに勉強をしなければならなかったのでしょうか。

その答えを、筆者はこの芝居の中に書きました。一葉は筆一本で暮らしを立てたかったのです。

「知による自立」

これこそが彼女の悲願でした。

しかし彼女の時代では、これはほとんど暴挙に近かった。文芸評論家の小田切秀雄さんの文章を引きましょう。

〈……明治末年までの間に女性作家としてそういう経済的自立をもちえた者は、晩年のひとときだけの一葉自身と、小説家とはちがう与謝野晶子（小説も書いたが）だけだった……大正期に入って田村俊子らによりいくらか事態は変ってきたが、女性作家がほんとうに経済的に自立しうるようになったのは、昭和期に入ってからだ。〉
（『明治・大正の作家たち』）

ほんの僅かな間だけだったけれども、とにかく一葉は原稿料で生活することができた。与謝野晶子には歌の結社の経済力がありましたから、結局のところ、真の意味の職業的女性作家は明治大正を見渡しても一葉しかいないのです。

　しかも、この経済的自立という悲願を実現しかけたとき、病魔は情け容赦もなく彼女をこの世から連れ去って行ってしまった。

　実現しかかって消えてしまった一葉の、自立の夢。

「もしも彼女がもっと永く生きていたら、近代日本の文学史はどんな風になっていただろうか」と想像するときの切ないような楽しさ。わたしの一葉好きは、このあたりからも来ているらしいのです。

第41号（一九九九年五月）

前口上（第57回公演『黙阿彌オペラ』）

　なにか鹿爪《しかつめ》らしいことを言い立てなければならないのが前口上、その枠からは外れるかもしれませんが、なによりもまず、この文章を、いま、お読みくださっておいでの皆様に心からお礼を申しあげます。お忙しい中をよくお運びくださいました。皆様の御厚意にはきっと俳優の皆さんの素的《すてき》な演技が、そしてすばらしい栗山演出がお応《こた》えするはずです。どうぞおたのしみに。

　さて――ここから少し鹿爪らしくなりますが――この芝居の初演の後に書かれた、演劇評論家の渡辺保《たもつ》さんの『黙阿弥の明治維新』（新潮社刊）を読んで、それまでモヤモヤと胸の内にあった或《あ》る思いが一つの固いものにまとまって数行の文章になって現われるのを実感いたしました。

「わたしたち現代の日本人は、明治以前の文物、思想をきちんと受けついでいないのではないだろうか。端的に言って、黙阿弥は旧《ふる》いのだろうか。いや、そんなはずは……」

　そう考えながら書いていたのですが、『黙阿弥の明治維新』を読み終えた途端、

「……そんなはずは、断じてない。ないどころか黙阿弥はいまも新しい」

　と確信したのでした。彼を旧いとしたのは、じつは明

治以降の日本人たち（むろん私たちを含めて）の精神の弱さや脆《もろ》さや甘さだった。

「いいもの、正しいものは、たいてい西洋にある。黙阿弥に代表される歌舞伎なぞはもう旧い。よくて新しいものは、すべて西洋にある」とだれかが安直に思い込み、ほとんどの日本人がそれに右ならえしてしまった。そしてたった一つ残したのは、じつは最も検討を必要とするはずの神主信仰でした。

もっと平べったく言うと、明治以降の演劇人は先人たちから手渡された財産目録の検討を怠たっていたのです。自然主義演劇が世界の主流だ、それ、そっちへ行こう、心理主義が流行《はやり》だ、表現派だ、不条理劇だ、ミュージカルだ、オペラだ、ナンだカンだと世界の新意匠を直《じか》に受け止めた。もちろん、これはこれで大切な仕事でした。しかしそれを充分に認めた上で言うなら、そういった世界の新意匠を直にではなく、歌舞伎や能狂言という先人たちが造り上げた劇表現を通して、いわばそこまで築き上げられた日本語としての表現を通して受け止めたらよかった。そこで今後は私どもこまつ座がその役目を――果せるほど軽い問題ではありませんが、とにかく、そういったことを意識のどこかに置いて舞台を創ってまいります。どうぞこれからもこまつ座の舞台へお足をお運び下さいますよう、ガバと平伏してお願い申しあげます。

第42号（二〇〇〇年二月）

前口上（第58回公演『連鎖街のひとびと』）

小学校（当時は「国民学校」）の三年生のときのことです。学校に上がる前から、いっしょに遊んでいた佐藤有兵くんがよそに引っ越すことになりました。教室で、お別れ会があったとき、担任の女子先生がおっしゃった。

「有兵くんは、町立病院のお医者さまをしていらっしゃるお父さまのご都合で、こんど大連というところへ行くことになりました。みなさん、お手紙を書いて上げましょうね」

これを聞いたときは、うらやましくて、仕方がありませんでした。

そのころ、大連は東洋一の港として聞こえていました。

その埠頭に五千人を一度に収容できる待合室があるということも、愛読していた子どものための科学雑誌で知っていましたが、これがどうしても理解できない。わたしたちが住んでいた町の人口は六千人でしたから、町のほとんどのひとを一度に収容できる建物があるなんて、とても想像がつきませんでした。

さらに、わたしたちにとって、大連は「特別急行あじあ号」が北へ、そしてヨーロッパへ向けて出発する場所としても有名でした。そのころ国内で、もっとも速かった「つばめ」が時速六十七キロなのに、「あじあ」は八十二キロというからすごい。ちなみに、わたしたちの町を走っていた、奥羽本線の支線の米坂線は時速三十五キロでした。

わたしたちに見送られて、両親に手を引かれた彼は米坂線の最終列車で、その「すばらしい大連」に向けて出発しましたが、もちろん、彼とはそれっきり会っていない。有兵くんは帰ってきませんでした。

治安維持法違反で投獄された河上肇博士の留守を守る妻ひでさんと娘の芳子さんのことを、おととし、戯曲に書きました。これは『貧乏物語』という題の、静かな芝居になりましたが、芳子さんはやがて満鉄社員と結婚して、大連に住むことになります。そして、昭和二十四(一九四九)年の十月九日、やはり当時、東洋一といわれていた満鉄大連医院(現・中長鉄路大連中央鉄路病院)で、肺結核のために亡くなってしまいます。そのときの「香典帳」が手に入ったので、一人一人、当たって行くと、なんとその中に「佐藤有二」という名前があったのです。あの有兵くんのお父さんにちがいない。

昭和二十四年には、すでに、大連の日本人たち(約二十六万人)は母国に引き揚げてきています。とすると、有兵くんはお父さんといっしょに大連にのこったのか。中国側の記録によれば、大連では二千人の日本人が残留していますが、佐藤一家はその中に含まれていたのか。それでは、彼は、ソ連軍の軍政下でどんな生活を送っていたのだろうか。

そんなことを考えているうちに、これからごらんいただく芝居ができてきたのです。ちなみに「連鎖街」というのは、関東庁と満鉄の特別援助によって建設された、世界で最初の組織的な商店街で、これまた大連の名所でした。お店の数は約二百、すべて揃って三階建て。有兵くんは、きっとこの街を歩くのが好きだったはずです。『大連・空白の六百日』（新評論刊）という名著がありますが、著者の富永孝子さんから伺った話では、この商店街に「三船写真館」というのがあって、そこの不良息子が、のちの三船敏郎さんだったとのこと。有兵くんは、ひょっとすると、世界のミフネのお父さんの写真館で記念写真を撮ったりしたかもしれません。

なお、この戯曲は、モリエール『孤客』（辰野隆訳）、モルナール『城館劇場』（鈴木善太郎訳）、ピランデッロ『ヘンリイ四世』（内村直也訳）にその結構を仰ぎ、ギャグ（「高田の馬場」）は浅草で学んだものを用い、そして台詞は、シェイクスピアやラシーヌやチェホフなどの調子を意識して真似たところがあります。これらの世界および日本演劇史のすぐれた先達たちに心から感謝いたします。

そして、同じ量の感謝の気持をご来場のみなさまに捧げます。こまつ座を観においでくださって、ほんとうにありがとうございます。

第43号（二〇〇〇年六月）

前口上（第60回公演『化粧二題』）

いまから十八年前の昭和五十七（一九八二）年、非凡な演出家で、同時にすぐれた制作者でもある木村光一さんが、《六人の作家と六人の女優による六作の一人芝居『母たち』》というすばらしい企画をお立てになりました。その企画に加わって、渡辺美佐子さんのために書いたのが『化粧』です。

その仕立ては、かつて子どもを「捨てた」ことのある大衆演劇の女座長が、自分でもそれと知らぬ間に、出しものの芝居を使って、自分で自分の行為を許し、自分勝手な、都合のいい欺瞞をやっているのを、出演依頼に訪れたテレビ局員が鋭く剔出するというもの。自分のゴマカシを指摘された彼女は、いっとき荒れ狂いますが、やがて自分の薄汚れたところに気づき、自分の本当の姿を発見し、そのことを通して新しい自分を築いて行く。つまり主題は自己発見でした。

そして、この戯曲のミソは、透明な座員を何人も登場させて、それらの座員は観客の想像力によって次第に見えてくるという仕掛けを用いたことでした。

この仕掛けの成否は、ひとえに演出力と演技力にかかっていることは云うまでもありませんが、木村さんの洞察力にあふれた演出と、渡辺さんのみごとな演技によって、その仕掛けは奇蹟的に実現し、この『化粧』は思いがけない（お二人にとっては、当然の）賛辞に包まれました。

この卓抜な舞台に後押しされて、すぐに、二幕仕立ての『化粧』を書きました。これが現在もなお地人会で上演されている『化粧二幕』です。

さて、ここからが説明がむずかしくなるのですが、『化粧二幕』を拝見するたびに、木村演出の力強さに、そして練って練って練り上げた渡辺さんの演技に感心し、唸って帰るのが常――しかし、作者の頭の片隅に住みついている批評家が、次のように厳しく難詰するのも常でした。


「貴様は、女座長の自己発見の瞬間を書こうとしたのではなかったか。二幕劇にするために、女座長を狂女にした途端、自己発見という主題は消えてしまったのではないか」

もちろん、『化粧二幕』は、木村さんや渡辺さん、そして地人会のお力で、一個の作品としてりっぱに完成されております。ひょっとしたらこれからも地人会の手で上演されつづけるかもしれない。それはもちろん作者にとってはありがたく、光栄なことですが、それとは別に、もう一度、自分たちの手で、自己発見劇をつくることができないだろうか。

こうして、『化粧二幕』を原型に戻しながら改訂をほどこし、あらたに、「捨てられた子の立場」から、もう一幕書き加えて、都合二つの自己発見劇にいたしました。それがこの『化粧二題』です。

先行する『化粧』群を創り上げてくださった木村光一さん、渡辺美佐子さん、地人会のみなさんと、今度この新しい企てに参加してくださった鈴木裕美さん、西山水木さん、そして辻萬長さんのみなさんにお礼を申し上げます。そしてもちろん、これから特権的な想像力を駆使して舞台の上の透明座員たちを目に見えるものにしてくださる観客のみなさまにも最敬礼をいたします。

第44号（二〇〇〇年十月）

前口上（第63回公演『闇に咲く花』）

八月十五日がめぐってくるたびに、わたしは関行男《せきゆきお》海軍大尉の言葉を思い出します。

関大尉は、神風《しんぷう》特別攻撃隊「敷島《しきしま》隊」の指揮官として爆装ゼロ戦に乗り込んで米空母に体当りを試み、太平洋戦史上はじめて命中に成功した海軍切っての名パイロットでした。

昭和十九（一九四四）年十月二十四日、フィリピンのマバラカット基地を飛び立つその前日、関大尉は、現地にいた同盟通信社（共同通信社の前身）の小野田 政《ただし》記者にこう洩しました。

「ぼくのような優秀なパイロットを殺すなんて日本もおしまいだよ。やらせてくれるなら、体当りしなくても、五百キロ爆弾を敵の空母に命中させて帰ってきてみせるのだが。……ぼくは明日、天皇陛下のためとか、大日本帝国のために往《い》くのではない、最愛のＫＡ（ケイエィ・妻を意味する海軍隠語）のために往《い》くんだよ」

敷島隊の成功を知った戦争指導部は、他の部隊や陸軍航空隊にもこの安易な攻撃法を採《と》らせました。そして翌年の沖縄作戦のころには、「桜花（人間爆弾）・回天（人間魚雷）・震洋特攻艇などに拡大され、全軍特攻の観を呈した。そして志願制から強制に移行したことや米軍の対策法向上により効果は減じ、戦勢逆転の期待は裏切られた。全期間を通じての特攻戦死者数は約四千四百人、命中率は一六・五％であった」（吉川弘文館『国史大辞典』秦郁彦執筆）

四千四百のなかには、関大尉と同じ思いの若者がじつに大勢いたはずです。彼らの切ない心の内を推し量るとき、たとえば昭和五十九（一九八四）年の金丸信自民党総務会長（当時）の中曽根政府の諮問機関「閣僚の靖国神社参拝問題に関する懇談会」での挨拶などは、まったく空空《そらぞら》しく聞えてしまいます。あとで判ることですが、私腹を肥やして金庫に金の延べ棒を隠していたこの政治屋は、「国のために命をささげた人々に対する閣僚の公式参拝は国民の民族精神の回復のためにも必要だ。この会の設置は大きな前進である」と挨拶しました。

国のために命をささげた人々……？　ちがう。関大尉の遺《のこ》した言葉からもはっきりしているように、あの若者たちは「国のために殺された」のではなかったか。彼らはもっと生きたかったのです。たとえば関大尉は最愛の妻とともに人生の道をもっと遠くまで歩みたかった。そのかけがえのない生を奪っておいて、その上、いまは彼の死まで己の利益のために利用しようとする。汚いね。

あのひとたちが思い残したものをしっかり受け取って、あのひとたちから「おしまいだね」と言われないような世の中をつくる。そしてあのひとたちを静かにしておいてさしあげる。そういう神社を夢見ながら、わたしはこの戯曲を書いたのでした。

第46号（二〇〇一年八月）

前口上（第65回公演『國語元年』）

浅利慶太さんと私とは犬猿の仲……という噂が、主としてスポーツ芸能紙を中心に流れたことがありますが、こういう記事にはどうか眉に唾をつけてお読みいただきたい。少なくとも私は、一度たりとも浅利さんを犬とも猿とも思ったことはない、それどころかじつにりっぱな演劇人であると思っています。日本ではじめて演劇だけできちんと生活を立てるという難事業を成功させた演劇制作者として尊敬の念さえおぼえています。芝居だけで暮らしを立てるというのは、宇宙にロケットを打ち上げるよりはるかにむずかしい大事業ですからね。

現にこの『國語元年』にしても、その最初の閃きは、すなわち、〈明治初期に国語の制定を命じられた文部省官僚がいるとしたら、その官僚はさぞや苦労をしたでしょうね〉という発想の糸口は、じつは浅利さんとの雑談の中でチラと見えていたもの、その意味では、浅利さんはこの作品の遠祖のお一人なのです。

ただし私は、この戯曲を浅利さんの劇団のために書きたいとは思いませんでした。ここからは勝手な推測ですから浅利さんに糸屑ほども責任はありませんが、国語つまり公式言語というものはかならずきびしい強制力をもつはずで、作者としては、その公式言語を国民に押しつけてくる国家権力にたいして対決する姿勢をもたねばならない。そうでないと一個の作品として完成しないと考えた。そのときにひょっとしたら浅利さんと意見が分かれるかもしれない。不毛に近い衝突が起こり得るだろう。ならば前もってその危険から回避しようと考えたのです。戯曲を提出すれば浅利さんは「おもしろいではないですか」と、笑顔で受け入れてくださったかもしれないが、とにかくそのときの私はそう考えたのです。

　昔の話になりますが、昭和十五（一九四〇）年の初夏、太平洋戦争の始まる一年半前、駅前通りにあった私の家の前の電柱に、町役場のおじさんが、「日本人なら贅沢はできないはずだ」という貼紙をはって行きました。それから間もなく、忘れもしない七月七日の朝、その貼紙が剥がされて、今度は立派な立看板が電柱にくくりつけられました。そこには大きな印刷文字で「贅沢は敵だ」と書いてありました。これを「七・七禁令」といいますが、それからのことはどなたもご存じでしょう。

　たとえば、振袖を着て外出すると、どこからか在郷軍人会や婦人会のおじさんおばさんが飛び出してきて、「非国民！」という罵声を浴びせながら袖を切る、パーマ頭の縮れ毛を切る。

　つまり、国家がなにか云うたびにそれが命令になるんですね。言葉も同じこと、上の方の誰かがリストラというと、リストラが正義になり、誰かが構造改革なしに景気回復はありえないと云うと、それがまた法律同様の強制力をもつ。そして国民をさんざん苦しめておいて、いつのまにかそれらの言葉は消えてしまっている。公式言語もこれとよく似ているのです。そしてそのような公式言語の制定を命じられた官僚はどう考え、どうなるのか。その顚末《てんまつ》をあれこれ思案してみたのがこの作品です。

　初演のときの栗山民也さんはデビュー間もないまだ新進の演出家でしたが、深くかつ堅実でありながら抱腹絶倒かつ豪華絢爛な舞台を創り出して、私たちにうれしい衝撃を与えてくださった。それから十六年、栗山さんはこの国を代表する、まことに優れた演出家に成長なさっています。この有能この上ない演出家が初演に勝るとも劣らぬ才能豊かな俳優陣とスタッフ群を率いて、今度はどんな舞台を創ってくださるのか。作者の私も、観客席の皆さまと同じように、わくわくしながら開幕のベルを待っているところです。

第47号（二〇〇二年三月）

前口上（第66回公演『太鼓たたいて笛ふいて』）

　厄介な出来事が続発して、その是非を考えるのにより多くの時間を充《あ》てなければならない世の中になってきましたが、人間の最古の営みの一つである演劇を大切にお思いになって、その貴重な時間を割いて劇場へおいでくださいましたお客様に心から尊敬の念を捧げます。

　林芙美子の小説のいくつかは（―たとえば『吹雪』『雨』『骨』『晩菊』『浮雲』）、戦後の日本文学史にどうしても欠かせない、おもしろくて底の深い小説ですが、ちかごろは、処女作の『放浪記』のほかは、そういったすばらしい作品群がほとんど忘れられています。それがくやしくてならない。その思いがこの劇を書く第一の動機になりました。ちなみに、彼女には『雨』と題した作品が長編と短篇の二編ありますが、感銘を受けたのは昭和二十一年に書かれた短篇の方です。

　林芙美子の〈転向〉もまた、おもしろい思想問題です。日中戦争から太平洋戦争にかけての彼女は軍国主義の宣伝ガールとしてバカに派手な活躍をしました。ところが、戦後の彼女は一転して、いわゆる「反戦小説」をたくさん書きました。そこだけを見ると、なんて調子のいい女だろうということになりますが、しかし、彼女の〈転向〉には一種の凛凛《りり》しい覚悟がありました。宣伝ガール時代の自分の責任を徹底的に追及したところが、その他の月並み作家とはちがいます。わたしたちはだれでも過《あやま》ちを犯しますが、彼女は自分の過ちにはっきりと目を据えながら、戦後はほんとうにいい作品を書きました。その彼女の凛凛しい覚悟を尊いものに思い、こまつ座評伝劇シリーズに登場をねがったのです。

　昨年五月、栗山民也さん演出の『夢の裂け目』（新国立劇場）のたしか初日の晩、大竹しのぶさんが、「わたし

『太鼓たたいて笛ふいて』（左より、阿南健治、大竹しのぶ、梅沢昌代、松本きょうじ、神野三鈴。2002年　撮影＝谷古宇正彦）

もこのような唄入りの芝居を演《や》りたい」とおっしゃってくださったとき、凛凛しい覚悟を演じるのに、この大竹さんほどふさわしい俳優はいないと考えて、「では、林芙美子の評伝劇を、宇野誠一郎さんとモーツアルトの音楽でなさいませんか」と申しあげました。それが大竹さんの事務所のご好意もあって、〈栗山＋大竹〉というすばらしい組合せが意外にも早く実現いたしました。ほんとうにありがたいことです。

さらに、ふところ深く柔らかな梅沢昌代さん、どこまでも真っすぐな神野三鈴さん、目の動きの自在な松本きょうじさん、思い切りのいい演技の阿南健治さん、そして海より広く深い包容力の持ち主の木場勝己さんに集まっていただきました。もちろんピアノはドラマのわかるピアニスト朴勝哲さんです。この充実した座組みも文化庁の支援のおかげです。文化庁をふくめて、みなさんありがとうございます。

本格的かつ魔術的な栗山演出のもとで、みなさんがどんなすばらしい舞台をつくってくださるか、とてもたのしみです。といっても、わたしは稽古を見てすでにその成果を知っておりますが。それからもう一つ、モーツアルト先生のご都合で、ベートーベン先生とチャイコフスキー先生に代わっていただいたことをお詫びして、前口上をおわります。

第48号（二〇〇二年七月）

前口上（第67回公演『雨』）

あるとき、なにかの芝居を観て、だれかの楽屋を訪ねたとき、隣りの楽屋から、びんびんと弓の弦でも弾くような声が聞えてきました。強くて、粘りがあって、こころに響くその声に釣られて思わずその楽屋を覗くと、声の主は辻萬長さんでした。その場で、「うちの芝居に出てくださいませんか」とお願いしたことを覚えています。

三田和代さんのときも事情は同じで、やはりあるとき、テレビでなにかの芝居を観ているうちに、この女優さんは、なんというしなやかで艶《あで》やかな声をお持ちなのだろうと感動して、次の日にはもう出演をお願いしておりました。

じつをいうと、ほかの俳優さんたちの場合もすべて、それぞれがお持ちの声に魅入られて、出演をお願いしたのでした。

というのも、舞台では百の理屈よりも俳優の声が大切と信じているからで、ほんとうに、よく訓練された声ほど美しいものは、この世にそうたくさんはありません。一人でも美しいのに、その声が二人、三人と重なって（この芝居ではなんと二十一人！）大きなうねりとなるのを聞くとき、思わず身震いが出てしまいます。

それにしても俳優とは凄い存在です。

この芝居の台詞の数は約千二百、そこへやはり同じぐらいの数の演出が入ってきます。わが敬愛する木村光一さんは、とても細かい、そして正確な演出をなさいますから、指示の数はもっとずっと多いかもしれません。こんど機会があったら演出助手の保科耕一さんにその数をたしかめておきましょう。さらに照明や舞台美術や音響や音楽や踊りの切っ掛けが何百何千とあって、その上、見えないところでは舞台監督の宮﨑康成さんをはじめ演出部や音響や照明や衣裳や床山などのスタッフが二十人も、すばやく的確に動いており、全部を合わせると、この芝居には少なくとも三万の切っ掛けがあるはずです。

その三万の切っ掛けがすべて俳優のみなさんの体の中に叩き込まれていて（この叩き込みの過程が「稽古」です）その切っ掛けを一個もまちがえずに一から二、二から三へ……そしてついに二万九千九百九十九から三万へと順にこなして行くのが、つまるところは演劇なのですが、それにしてもよくもまあ覚えていられるものだと、いつも感心してしまいます。そしてしまいにこう思うのです。

「人間とは、なんて精巧につくられているのだろう。人間の声はどうしてこんなにすばらしいのだろう。そして観ているわたしも、このすばらしい人間の一員なのだ」

つまり、わたしたちは、舞台を通して人間の声（ことば）の美しさに打たれ、協力し合うときの人間のすばらしさを理解して、人間であることの誇りを持ち直すわけです。

観客のみなさまは、もちろんすでに、この演劇という人間が発明した最古の表現形式のすばらしさをよくご存じです。わたしたちの作品が、その演劇のすばらしさを再確認していただけるような舞台であるように祈って、前口上を終わります。

第49号（二〇〇二年八月）

前口上（第68回公演『人間合格』）

太宰治は、敗戦のあくる年に書いた随想ふうの小説『十五年間』で、次のようにいっています。

〈……私は、やはり、「文化」というものを全然知らない、頭の悪い津軽の百姓でしかないのかも知れない。雪《ゆき》靴《ぐつ》をはいて、雪路を歩いている私の姿は、まさに田舎者そのものである。しかし、私はこれからこそ、この田舎者の要領の悪さ、拙劣さ、のみ込みの鈍さ、単純な疑問でもって、押し通してみたいと思っている。〉

「都会ふうであること」に、なにか特別な値打ちを付けたがっているような近ごろ、右の文章は一服の清涼剤……と書いたところで、芝居をつくる仕事も、それぞれ持ち場持ち場で、単純な疑問を軽く見ないことから始まると気づきました。ふっと疑問が生まれる。たとえそれがどんなに小さな疑問であっても、いちいち立ち止まって、よく考える。そして一つ一つ丁寧に潰しながら前へ進む。これを千回も万回も繰り返して、やっと芝居ができあがるのです。

そういえば、演出の鵜山仁さんは疑問潰しの大家でした。それは稽古場の鵜山さんを見ていれば、すぐ分かる。今回も、鵜山さんの回りをいつも六人の俳優さんが取り囲んでいました。二度の大病をくぐりぬけて無事に稽古場へ還ってきたすまけいさん、ニューヨーク公演帰りの梅沢昌代さん、若くしてすでに妖艶な旗島伸子さん、そして大高洋夫さん、梨本謙次郎さん、松田洋治さんのフロシキ劇場三人組のみなさん、この六人が鵜山さんを取り巻いて静かに疑問潰しの議論をしている。稽古というより命がけの百姓一揆の相談会のように見えるときさえあるのです。

そして、こういう態度から、ゆるぎない自信が生まれてくる景色が見えます。それはどんな危機がこようと、それを生きぬいてみせるという強烈な覚悟です。

〈地方公演の長い旅、よし、たがいに風邪を引くな。毎晩変わる舞台の大きさ、よし、たがいに注意し合おう。紀伊國屋サザンシアターへ戻ってくるころは春になっている、よし、東京の千秋楽に花見に行こう。悪評やら、拍手やら、何もかも、みんなもらって、ひっくるめて、そのまま歩こう。そこに成長がある、そこに発展の路がある。鎖につながれたら、鎖のまま歩く。十字架に張りつけられたら、十字架のまま歩く。牢屋に入れられたら、牢屋を破らず、牢屋のまま歩く……〉

今回も、こまつ座は、このように、演劇に生涯を捧げることを決意した六人の俳優のすばらしい才能に恵まれましたが、このような才能に集《つど》っていただけたのも文化庁のご支援の、そしてもちろん、観客席のみなさまお一人お一人の演劇を愛するお心のおかげです。ありがとうございました。最後に、わたしたち日本人に豊かで広い文学の水平を拓《ひら》いて見せてくださった、今は亡き津島修治さんにも最敬礼。

第50号（二〇〇三年一月）

前口上（第69回公演『兄おとうと』）

日本国憲法は占領軍から、正しくはアメリカから押しつけられたものである——という説があります。でも、わたしはこの説を信じない、とても卑怯な俗説だから。たしかに、いくらかは押しつけられたところもあったでしょう。けれども、戦争直後の日本人、とりわけ当時三十代後半から上の世代には、この新しい憲法は、どこか懐《なつ》かしい古い子守唄のように聞えたはず。なにしろ彼らと彼女たちは、かつて、政府のやり方に不満を持った人びとが日比谷公園で騒ぎ出して、ついには議事堂に火をつけようとしたことや、憲法を守れと叫んで内閣を倒した人びとがいたことや、日本海側のおばさんたちの「米《こめ》よこせ」という血を吐くような声があっという間に全国にひろがったことや、輝やかしい将来を約束された学生たちがその将来を捨てて、働く人たちと肩を組み合って「この国の仕組みを変えよ」と主張しながら獄中で息絶えて行ったこと——そういった直近《ちょっきん》の事件群を、断片としてではあれ頭のどこかに記憶していたにちがいないからです。

そういった歴史の事件群のなかでも、あの大戦争のあとの三十代後半から上の世代の日本人の記憶にまだ鮮明だったのは、東京帝大教授吉野作造の説く「政治は国民を基《もと》とする」という民本《みんぽん》主義だったにちがいない。そして吉野のこの思想を発火点として、大正デモクラシーと呼ばれる新風が和《なご》やかに、しかし粘り強く吹きつづいていた時間もあったっけと思い出した。ですから、占領軍の役割は「日本人よ、ちょっと前の時代を思い出してごらん」と声をかけてくれただけ。いまの憲法は、そのころの日本人が過去の記憶をよびさまして摑み取ったもの。いまの憲法に当時の民間憲法草案からたくさんの事柄《ことがら》が流れ込んでいる事実も、わたしのこの説明を支えてくれるはずです。

吉野作造はわたしたちが通っていた高校の大先輩であり、また、彼の生地、宮城県古川《ふるかわ》市にある吉野作造記念館の名誉館長を仰せつけられてもいるので、この日本デモクラシーの先達《せんだつ》について、なにか書かなくてはと願ってきました。いま、ようやくその機会を得て真実うれしい——とそこまではいいのですが、なにしろ相手は巨大

『兄おとうと』（左より、辻萬長、剣幸、神野三鈴、大鷹明良。2003年
撮影＝谷古宇正彦）

な思想の堅固《けんご》な要塞《ようさい》、生来の遅筆《ちひつ》が渋筆《じゅうひつ》をも併発、たくさんの皆様に迷惑をおかけいたしました。いま机に額をこすりつけて詫《わ》び言《ごと》を呟いているところであります。

今年の紀伊國屋演劇賞個人賞をお受けになってますます働き盛りの辻萬長さん、『國語元年』で、歌のたのしさ美しさをわたしたちに改めて教えてくださった剣幸さん、『太鼓たたいて笛ふいて』で、ひたすら真《ま》っ直《す》ぐでさわやかな演技を観《み》せてくださった神野三鈴さん――そこへ大鷹明良さん、小嶋尚樹さん、そして宮地雅子さんの新鮮かつ練達のお三人が加わって、宇野誠一郎さんの名曲佳曲を芯にしながらどんな舞台を創り上げてくださるのか――演出は作者の短所をたちまち長所に変えてくださる名人の鵜山仁さんですから、わたしは何の心配もしていないのです。そしていつも、わたしたちを支えてくださっている文化庁と紀伊國屋ホール、そしてスタッフの皆様に心から感謝いたします。もちろん、和田誠さんの絵と観客席のお客様がたに千回も万回も拍手を贈ります。皆様、ありがとうございます。

機会がおありでしたら、ぜひ、吉野作造記念館へお運びくださいますように。

第51号（二〇〇三年五月）

前口上（第70回公演『頭痛肩こり樋口一葉』）

イギリスにサマセット・モーム（Somerset Maugham 一八七四―一九六五）という小説家がいて、『人間の絆』や『月と六ペンス』をはじめ、たくさんの作品を書いて世界中に熱心な読者を持っていたことは、みなさまもよくご存じでしょう。モームの小説は日本でもよく読まれていました。昭和三十年代の初めに全三十一巻にも及ぶ全集が新潮社から出たことからも、その人気のほどがわかりますし、この全集が、切《せつ》なくなるくらい古本の値が下っている現在でも、一揃《ひとそろ》い十二、三万円もしているところを見ると、まだまだ読者が大勢いるにちがいないのですが、それはとにかく、彼は十五歳から「戯曲のようなもの」を書きはじめました。イプセンの『人形の家』のイギリス初演（一八八九年）の成功に大いに刺激されたらしいのです。そして近代劇の本流だった思想劇や問題劇を何作か書いたあと、少数のインテリ観客を相手にする文学的戯曲から、芝居好きの観客が大勢やってくる劇場のための喜劇へ大転回をしてしまいました。その動機は？　彼はのちに次のように書いています。

《……わたしは貧乏だった。できることなら、屋根裏部屋でパンの皮を噛って暮したくはなかった。金は、それがなければ他の五感がうまく働《はたら》かせない第六感みたいなものだ、と気がついていた。》（菅泰男訳『要約すると』）

ある意味では、彼はシェイクスピアを祖とする大衆劇の正当な嫡子《ちゃくし》になろうと志したのでもありました。彼はこの大転回にみごと成功して何本もの大当たり芝居を書きますが、五十をすぎて、自分からあっさりと劇作家の看板を下《おろ》してしまいます。では、その動機は？

「芝居は若者の仕事だからさ」

わたしは、通俗のようでいてその志は高く、おもしろい上に深いモームの作品の愛読者の一人ですが、彼のこの言葉にだけは賛成できません。たしかに芝居は体力の要《い》る仕事ですから、体力と根気が枯れてきたら引退すべきでしょう。しかし詩や歌と並んで人間最古の表現型式である演劇には、いくつもの、すばらしい美点がありま す。

許された紙幅に制限があるので、ここではその美点を一つだけ書けば、どんな古い作品も、それがきちんと人間を描いているなら、上演される時点で、現代劇として蘇《よみが》えってくること。ギリシャ悲劇であろうとシェイクスピア劇であろうとモーム喜劇であろうと、それを上演するのが現在《いま》ならば、最新作になってしまう。あたり前のように見えて、じつはこれが芝居のふしぎなところです。

この『頭痛肩こり樋口一葉』は二十年近く前の作品ですが、多少みどころがあると見えて、今回が十演目、大塚道子さん、新橋耐子さん、有森也実さんのお三人はこの作品に前にも出演してくださっている。そして久世星佳さん、椿真由美さん、佐古真弓さんのお三人は今度が初めて。でも、そういうことは、じつはあまり関係がないのではないか。もちろん何度もご出演くださったお三人に深く感謝しつつ申し上げるのですが、すべての芝居は、上演のたびごとに最新作に生れ変わります。それはお客様が常に新しいからです。初めてご覧になる方にはむろん新しい。二度三度とご覧になっている方も、さまざまな人生の経験をなさって以前とはまたちがう新しい存在になっておいでです。芸術はみんなそうではないかという反論は当然予想されますが、何百もの方がたが、毎度、新しい存在として客席においでになるところが他とはちがう。——と、回りくどいことを書き連らねた動機は？

お客様方にお礼を申し上げたかった。それだけです。本日はありがとうございます。

第52号（二〇〇三年五月）

前口上（第72回公演『太鼓たたいて笛ふいて』）

御来場の皆さま。いつもいつも私たちの仕事にお気をお配りくださいまして、ほんとうにありがとうございます。「お客さまを失望させて帰すな、いつも良質の芝居を」これを合言葉に、今回もまた溢れるばかりの自信のもとに、この『太鼓たたいて笛ふいて』をお届けいたします。

いま、「溢れるばかりの自信」と申しましたが、もちろんこまつ座が勝手に自信を持っているわけではありません。むしろこまつ座は一種の「空《くう》」です。その空なるところへ、優しくて面白くてしなやかで何が何やら分からないくらい変幻自在な大竹しのぶさん、天使に見え悪魔にも見える広い間口の木場勝己さん、したたかで可愛く油断大敵で純真な梅沢昌代さん、鈍いようでいてじつは鋭い松本きょうじさん、体の中にお日さまを飼っているような阿南健治さん、生の哀しみをまっすぐにあらわす神野三鈴さん、こういった豊かな才能の持主たちがどっと雪崩《なだれ》込んできてくださいました。さらにそこへ、宇野誠一郎さんはじめ、ベートーヴェン先生、チャイコフスキー氏などの音楽界の重鎮たちと、演劇界の秀れたスタッフのみなさんが駈けつけてくださった上、それらすべての力を栗山民也さんが独特の魔法を駆使してみごとに取りまとめてくださるという仕組み、それがその空なる場所でりっぱに成立、そしてその成立そのものが私たちこまつ座の自信になったという意味で、そう申し上げたのでした。

ところで初演時に、「林芙美子はこんなに、りっぱな人間だったのかな」という批評がありました。これにはたぶん、たとえば芙美子の告別式で葬儀委員長をつとめた川端康成の、あの名高い挨拶あたりが影響しているかもしれません。川端康成はこう挨拶したのです。

「故人は自分の文学的生命を保つため、他に対して、時にはひどいこともしたのでありますが、しかし、後二、三時間もすれば、故人は灰となつてしまひます。死は一切の罪悪を消滅させますから、どうかこの際、故人を許して貰ひたいと思ひます」

たしかに芙美子は、後進の女流作家に意地悪をしたり、同輩の女流作家(とくに吉屋信子や平林たい子)に無意味な対抗意識を持ち過ぎました。けれども、告別式が行なわれている芙美子邸の外には、焼香を待つ市井の人たちが何百人も行列をしていたという事実の方が大事なのではないか。霊柩車が家を出たときは大勢の人たちに囲まれて、前へも後へも動けなかったともいいますが、つまり芙美子は、文壇の鼻摘み者にして市井の人気者だったわけです。いや、芙美子は最初から最後まで市井の一員だった。だから一種特別の集まりだった文壇では摩擦ばかり引き起こしていたのではないか。
日中戦争のとき、芙美子はこう書きました。
〈……戦ひはここまで来てゐるのですから、それこそ、泥をつかんでも、祖國の土は厳粛に守らなければならないと思ひます。私達の民族が、支那兵に雑役に使はれることを考へてみて下さい。考へただけでも吐気が来そうです。〉（『戦線』昭和十三年　朝日新聞社刊）
軍国日本の方が「支那人」を雑役に使おうとしていたというのが史実ですが、しかし、市井の人たちも芙美子もそうは思っていなかった。それが事情が一転して敗戦後は、
〈……日本は戦争に敗けたけれども、国民は案外悲しがつてはゐない。正当な戦争でなかつたせゐだと思ふ。国民自身のハートからわきこぼれるやむにやまれぬ戦争と違つたせゐかも知れない。〉（「船橋の魚」昭和二十一年二月）とエッセイに書く。この思いもじつは市井の人たちと同じものでした。もちろん、芙美子はモノを書く人間ですから、右の二つの引用文のあいだに痛烈な反省があったのでしたが。
この反省を含めた二つの時代の移り変りを、そして市井の人びとの無邪気さと屈託のなさが作り出す愉快で深刻な悲喜劇を、大竹しのぶさんはじめ俳優さんたちの一挙手一投足から、栗山民也さんの創る舞台の隅々から感じ取っていただけるなら、空なる場所の住人の一人として、これほどうれしいことはありません。

第54号（二〇〇四年三月）

前口上（第73回公演『父と暮せば』）

敗戦直前の日本では、二〇〇万人の朝鮮人が日本各地で働いていましたが、たとえば長崎には、〈約六万人の朝鮮人……そのうちの約二万人は「徴用」によるものであった。これらの朝鮮人は、県下各地の炭鉱や三菱その他の軍需工場や土方《どかた》作業で酷使《こくし》され、あるいは、トンネル掘り、防空壕《ぼうくうごう》づくり、埋め立て工事などの土方仕事に従事していた。……長崎での朝鮮人被爆者数や死亡者数については、正確なところはわからないが、直接被爆者

数は一万数千人、死亡者数は三千人から四千人と推定されている。〉（長崎総合科学大学長崎平和文化研究所編『新版ナガサキ―1945年8月9日』岩波ジュニア新書）

朝鮮人のほかにも、中国人、イギリス人、オーストラリア人、ニュージーランド人、アメリカ人、インドネシア人、マレーシア人、そしてオランダ人が広島と長崎で被爆しています。

そのへんの事情を、長崎捕虜収容所に配属されて、被爆もなさった学徒兵の田島治太夫さんの口述による手記（『長崎の証言・第八集』一九七六年刊）から見てみると、捕虜の数は四百八十名で主にインドネシア人、ほかにイギリス人やオランダ人もいて、彼らは軍需工場で働いていました。

〈私は万一、捕虜収容所に（爆弾が）落ちたらどうすべきか非常に心配したんですよ。相手はやっぱり捕虜ですからね。そのときは隊長の調中尉は営外から通っていて所内にはいないわけです。緊急の場合の措置など何も習ってなかった。当時は捕虜なんかといえば、日本人なら「死んでしまえ」とぐらいしか言ってないですね。国際法上の心得や赤十字の訓練も何も全然なく、ただ自分個人の人間性に従って判断する以外になかった。その人間性の欠けた兵隊も日本側にはいましたがね。〉

あの日、彼は赤痢にかかって収容所の病室で寝ていたのですが、午前十一時二分、

〈……寝床の上に半身を起して重湯の茶わんをもち箸をつけて口につけた、そのとたん……光と熱、いや闇というか、油煙の塊ばグワーッと頭からひっかぶせられたようで、そのあとは気絶して全然わからんとです。そのままましとればそれでおしまいだったでしょう。ところが神というのか仏というのかわからんけど、水道の鉄管がわれて水がシャーッと出て、それを全身にあびてびしょぬれになったんです。それで気がついてみると、あたりは真暗で木造の収容所の柱や板切れやらが全身に積み重なっているんです。身動きもできなかったが、死にものぐるいでもがいたんです。すると、なまこのようになってたが必死の力で、どうにか抜けたんです。着物も肌もビリビリになってしまってるんです。そのとき打ったせいか、今でもうつ伏せに倒れると骨がずきずきすること

があるんですよ。〉

田島さんがいかに人間味のある兵士だったか、それは彼のあとについて捕虜たちが困難な避難行を敢行したことからもわかります。

〈……浦上から戸町への行列は、キリスト受難のときの逃避行以上ですよね。肩を組み励ましあいながら、日本人でもなければ異国人でもない、裸のままの傷つき追われた人間同士の連帯というか、瀕死の受難のなかで生まれた国境こえた友愛ですね。それが私たちを満たしてたんですよ。何回も休みながら夜やっと戸町に着きました。その戸町寮もガラス戸は全部吹きとんで立ってなかったのですがともかくそこに落ち着きました。〉

こうして生き残った捕虜の数は三百名でした。つまり百八十名がついに還らなかった。

ここで重要なのは、アメリカ軍上層部が長崎に捕虜収容所があるのを知っていながら原爆を落としたことで、もちろん、これは戦時国際法違反です。戦争指導者層は敵も味方も平気で国際法を無視する。これが近代戦争の正体です。そして地獄の現場では、敵と味方が肩を組んで逃げ回る。これが人間の真実の姿です。

さて今回は、剛毅な辻萬長さんと俊敏な西尾まりさんが、鵜山仁さんの先導でこの地獄の現場へ降りて行き、人間の真実を探そうとしておられます。お客さまの前に、お二人はどんな真実を摑んできてくださるのか。わたしは祈るような思いで幕のあがるのを待っているところです。

第55号（二〇〇四年四月）

前口上（第74回公演『花よりタンゴ』）

もともと歌が大好きですから、初期の戯曲から、作中にいつも歌を入れていました。この癖が昂《こう》じて、しまいには小説にまで歌をばらまいて、編集者や読者を面食らわせていたものです。もちろん、ただむやみに歌を入れればいいというわけではなく、「歌が入る必然性」も、それなりに計算はしていました。けれども、やっぱりどこかに自然発生的な歌の入れ方をしているところがあったことはたしかでした。それではいけない。歌が入る必然性というものを、もっと厳密にはっきりと確立しなければならない。そう思い立って、ねじり鉢巻きで書いたのが、この『花よりタンゴ』だったのです。

その意味では、現在の作品群に強く太くつながるものが、ここには原初的な形として存在しています。このところのこまつ座の作品に特徴的なのは、歌とドラマの結合と共生ですが――これをわたしは勝手に「ドラマ・ウイズ・ミュージック」と命名しているのですが――その本格的な始まりは、この作品からだったかもしれません。

さて、この御大層な発明の結果は……大笑いの大失敗でした。発明そのものは悪くはなかったと思います。けれどもその発明を演劇的時空間に移し替える技術、つまり紙の上の発明を舞台に転換する演出技術が（なんとそのときのわたしは演出家を兼ねていたのです）見つからなかったのです。

このときからわたしは、自分には、作者と演出家を兼ねる器量がないということを悟りました。作者はきちんとした設計図を作るのがなにより大事な仕事である、その実現には、別のすぐれた演出家の才能を借りる方がもっとずっといい。それがはっきりわかった。こうして現在のこまつ座の芝居の作り方、作者は演出家を兼ねないで、あとのことはすべてすぐれた演出家に委ねるというやり方が出来あがったのです。いってみれば、この作品は、非力で未成熟な演出家（もちろんわたしのことです）の失敗を通してではありますが、こまつ座の芝居作りの基本を教えてくれたのでした。

それから十年間、この作品はこまつ座の倉庫の中で、恥ずかしい思い出や苦い記憶にぐるぐる巻きにされて眠っていました。

ところが七年前の一九九七年、一人のすぐれた演出家がこの作品を倉庫の闇の中から引き出してくださった。その演出家というのはもちろん栗山民也さんで、初日をこわごわ観に行ったわたしを心底から驚かせたのは、楽しく、かつ深いものとして、りっぱに生まれ変わった作品の姿でした。それ以来、わたしは、演出という仕事にいっそう篤い信頼を寄せるようになりました。

今回は、七年前に演出家といっしょにこの作品を蘇らせてくださった小林勝也、三浦リカ、田根楽子、朴勝哲のみなさんに、新しく、旺なつき、鈴木ほのか、占部房子、吉村直、そして藤巻るものみなさんが集まってくださいました。付け加えるまでもありませんが、演出は栗山民也さん。わたしにはもう初日をこわがる理由がなくなりました。お客さま方と肩を並べて、安心して開幕ベルを待つことにいたします。

第56号（二〇〇四年八月）

前口上（第75回公演『円生と志ん生』）

志ん朝さんが亡くなられたとき、俗にいう落語通たちが口をそろえて、「これで落語は終わった」といっていました。たしかに、志ん朝さんの高座はすばらしいものだった。さまざまな噺《はなし》が、膝と膝を突き合わせた師匠から弟子へ口移しに伝えられ、その噺をその弟子が心血を注いで自分のものにするという落語の本質が志ん朝さんの高座によく現れていました。

話を広げると、学ぶ者には、まずその芸術についての諸法則が突きつけられます。彼はその諸法則を徹底的に自分の体に擦り込み、それらを自分のものにした上で、やがてその諸法則から離れて、自分にしかないものをつくる。これが芸術修業の筋道です。

父の志ん生から、そしてほかのたくさんの師匠たちから落語の諸法則を叩き込まれた志ん朝さんが、やがて自分にしかないものを拵えあげて「志ん朝落語」を打ち立てて行くありさまを見つづけることができたのは、どんなものにも替えがたい、一ファンとしてわたしの宝物の一つでもありました。

けれども、「志ん朝が亡くなったから、落語が終わった」という言い方には、正直なところムッとしました。円楽がいるではないか、談志が、小三治が、円窓が、小朝が、鳳楽が、志ん五がいるではないか。お名前を挙げる紙幅がありませんが、たくさんのはなし家が、毎日、血のにじむような努力をしているではないか。それを見ようともせずに、いかにも「自分は落語をよく知っております」という思い上がったしたり顔で、「落語が終わった」といっていた薄情な落語通に怒りさえ覚えました。

好き嫌いの別や、上手下手のちがいはありましょうが、

『円生と志ん生』（左より、角野卓造、ひらたよーこ、辻萬長。2005年 撮影＝谷古宇正彦）

はなし家は、たとえ彼がどんなはなし家であれ、その一人一人が〈光〉なのです。どんな名人も、一人では名人かどうかわからない。どんな上手も彼一人では、ほんとうに上手かわからない。上手と下手が、古典と新作がたがいに光となり影となって、落語という凄い共同体をつくっている。

なるほど志ん朝はすばらしいはなし家であった。それは真実です。しかし、彼を失った瞬間に落語がなくなってしまうわけではない。落語はそれほどヤワではない。……そんなことを考えながら、この作品を書いていました。

これは落語界だけではなく、大好きな「新劇」の世界にもあてはまることで、瀧澤修さんや宇野重吉さんが亡くなったからといって、わたしたちの世界が崩れてしまったわけではない。角野卓造さんが、辻萬長さんがいるではないか。お名前を挙げる紙幅がありませんが、たくさんの俳優たちが、今日も、稽古場や舞台を汗で濡らしながら、この人間最古の表現芸術の奥底を究めようとしておいでです。そして、それを支えようとして、たくさんのお客様が劇場に足を運んでくださっている。こんなありがたい、心強いことがあるでしょうか。

この作品では、柔らかで勁《つよ》くて懐《ふところ》の大きな久世星佳さん、強打と笑いを曲打ちする宮地雅子さん、華麗で純情な神野三鈴さん、そして風変わりでいながら直截《ちょくさい》なひらたよーこさんの四人が、角野卓造さんと辻萬長さんを、あるときは温かく迎えたり、またあるときには冷たく突き放したりしてくださいます。

もちろんスタッフも最強で、音楽は世界でもっとも魅力的な旋律の持ち主の宇野誠一郎さん、時間と空間とを巧みに調合する石井強司さん、光の呪術を深く知る服部基さん、音響をコトバのように駆使する秦大介さん、着せ替え達人の黒須はな子さん、ふしぎな動きをよく発明する西祐子さん、天才の名にまことにふさわしい和田誠さん、熟練の束《たば》ね増田裕幸さん、そして演出は、作者よりもうんと深く作品を読み込んで、いつもみごとな舞台をつくってくださる鵜山仁さんです。

中で弱将はただ一人、筆の遅い井上某君ですが、それはとにかく、すばらしいキャストとスタッフを迎えた作者のこのしあわせが、そのままお客様のしあわせになるように祈って、もう一つ文化庁の援助もあってこの作品ができていることを記して、開幕のベルを待つことにいたします。

第57号（二〇〇五年二月）

前口上（第76回公演『國語元年』）

この『國語元年』の初演は、十九年前の昭和六十一（一九八六）年でした。その初演から十九年間にわたって、「観たい、この作品が観たいのだ」とおっしゃって下さっている全国のお客様に、心から感謝の言葉を捧げます。ありがとうございます。

同時に、初演のときから今日まで、この作品に、いつも生き生きとした命を吹き込んで下さっている演出家の栗山民也さんに最敬礼をいたします。ありがとうございます。

また、音楽の宇野誠一郎さんを始めとするスタッフの皆さんのご努力に、それから明治政府から全国話し言葉の統一という難題を押しつけられて苦闘する文部官僚、南郷清之輔を初演からみごとに演じて下さっている佐藤B作さんの才能に、手が千切れるまで拍手を送ります。そうしてもちろん、今回の全キャスト、全スタッフの皆様のお力に、「ありがとうございます」を一万回も申し上げます。ありがとうを大安売りしているようですが、ほんとうにありがたいのですから、もうどうしようもありません。

ところで、今回の稽古を見学しているうちに、南郷清之輔さんのように、「日本語の教育を立て直してくれ」と命じられたらどうすればいいのかという疑問が、ふとわいてきました。

いったいどうすればいい？

まず、わたしは、この国の全体に、「母語としての日本語がすべての基本」という大きな柱を四本立てようと主張するでしょう。日本語がこの国の柱になるわけですから、公立の小学中学を通して、子どもたちに日本語の授業を毎日二時間は受けてもらう。ついでに云っておきますと、算数も毎日、一時間ずつ教えます。

とたんに、「それでは詰め込み授業そのものではないか。子どもの個性はどうなるのだ」と詰問する保護者がおいでになるはずですが、乱暴にいえば、子どもの個性なぞクソくらえです。挨拶をしない個性、授業中に勝手におしゃべりする個性、宿題をしない個性、野菜を食べない個性、いつまでもテレビを観る個性、ゲームばかりやりたがる個性、そんなものは個性とはいいません。親のマネをしてるだけです。五分間もじっとしていられない個性、弱い者をいじめる個性、返事をしない個性……そんなものを個性と思い込んでいる保護者にも、特別学級を設けて、「個性というものは言葉の勉強を通して創られて行くのだ」と教えます。「母語がよくできるようになると、筋道の通った論理的な思考ができるのだ」ということや、「ほかの教科を理解するにも、日本語の勉強が決定的に重要になるのだ」ということも保護者に教えます。

この「母語としての日本語がすべての基本」という柱の上に、「子どもは、聞くこと、話すこと、読むこと、書くことによって学ぶ」という屋根を乗せます。この屋根をもっと詳しくいうと、「よく聞くことによって、よく話せるようになる。よく読むことによって、よく書けるようになる」とでもなるでしょうか。

そういえば、稽古場を見学していると、じつにしばしば、栗山さんの、「前の人の台詞をよく聞いて」というダメ出しの光景にぶつかります。わたしたちが議論を苦手とするのは、他人の意見をよく聞こうとしないからで、その意味で栗山さんのダメは言語教育の基本にかなっているなあといつも感心します。

他人の意見を聞く力がないとどうなるか。この国の首相の国会答弁が、その悪い手本で、なにを聞かれても、じつはなにも聞いていないから、「適切に処置します」で押し通すしかない。あんな問答からは何も生まれません。

そのくせ、アメリカのいうことは、よく聞かずにすぐ答える。そうしていつの間にか、母国を外国に売ってしまいそうになっている……こうして書きながら考えて行くと、じつは日本語教育は（というと「愛国心がない。国語教育といいなさい」と怒る人がいるので、母語教育と言い換えてもいいのですが、とにかく）日本語教育は、子どもたちにではなく、じつは大人たちにこそ必要だという恐ろしい真実に思い当って、南郷清之輔さんの苦心のほどが、いまさらのようにわかってくるのです。南郷清之輔さん、いつもほんとうにご苦労さまです。

第58号（二〇〇五年二月）

後口上（第78回公演『小林一茶』）

うれしいときはうれしい顔になり、かなしいときはかなしい顔になる。こんなことは、ごく当たり前……でしょうか。たしかに子どものころなら当たり前かもしれませんが、世の中に出て、自分の食い扶持を自分の才覚で稼ぐとなると、当たり前ではなくなる。生きるために、表情を厳重に管理しなければならなくなるからです。そしてそのときから人生の悲喜劇が始まるのです。

たとえば、浮気がバレて夜どおし妻に詰《なじ》られ心身ともにへろへろのやり手の部長さんでも、会社に出たとたん、いかにも部長部長した顔で部下に雄々しく指示を与えなければなりません。これは精神的な重労働ですね。

　また、愛人のいることを隠して「おかえりなさい」と夫の帰宅を迎える奥さんは、いかにも糟糠の妻らしい顔で味噌汁を温め直しながら「いっそ鍋の中に青酸カリを入れたら……」と思っているかもしれません。まったく人生はおそろしい。

　ニコニコと客を迎える某大百貨店の呉服売場の美人店員さんの胸のうちを、いったいだれが知っているでしょうか。「こら、おまえ、さっきから着物の柄に見とれているそこの豚のような婆ァ、そう、おまえのことだよ。そんな柄が、おまえさんに似合うわけがないだろうが」と胸のうちで毒づきながらニコッとしているのかもしれないし、「いまごろ純ちゃん（恋人の名）はなにをしているかしら。あたしのことを想ってくれているのかしら」と思ってニコッとしたのかもしれません。

　「いらっしゃいませ、こんばんは」と声をかけてくるハンバーガー店の女子店員の、おてんと様みたいに真ん丸な笑顔がホンモノかどうか、だれにもわかりません。「あれはマニュアル笑顔なんだ。ということはつまり、おれは欺かれている」なんて、いちいち考え込んでいると、そのうちに頭がおかしくなってしまうでしょう。

　つまりわたしたちの表情は鎧なのです。その下に本心を隠している。その鎧もよほど頑丈でないといけない。さもないと、だれかに本心を見抜かれてしまいますからね。外に出ると自分の本心がだれかに見破られてしまうと恐れる気持が広場恐怖症の原因だと、むかし精神科のお医者さんから聞いたことがあります。

　このように本心を隠しながら表情を管理するのが人生のむずかしさで、それをうまく操作できなくなると精神科のご厄介になることになります。

　ところで、表の表情と裏の本心を自在に出し入れしてみせる達人がいて、それが俳優です。その微細で精巧な出し入れを観るだけでも芝居はおもしろい。そしてこの芝居に出演してくださったみなさんは、その達人中の達人たちでした。きっとたのしんでいただけたはずだと信じております。本日はありがとうございました。

第59号（二〇〇五年九月）

前口上（第81回公演『私はだれでしょう』）

大学三年生のとき、文部省のコンクールに一幕物の戯曲を送ったのが切っかけで、ＮＨＫの学校放送部から、アナトール・フランスの『聖母の軽業師』を十五分間のラジオドラマにするようにという注文が舞い込みました。半世紀も前の昭和三十三年（一九五八）の秋のことです。脚本料は、いまでもはっきり覚えていますが、三千円でした。朝夕二食付きで二千八百円のカトリック学生寮でいつもお腹を空かせていた貧乏学生には、これはちょっとしたおカネでした。ちなみに、その二年前、浅草フランス座で働いていたころの月給も三千円でした。

おカネのことばかり書いているようですが、「おカネがない」は、そのまま「岩手に帰って、母親のバーの雑役をやるしかない」に直結していましたから、必死でラジオドラマを書きつづけました。そのうちに仕事がたくさんまわってきて、やがてＮＨＫに住み込むようになりました。ＮＨＫが許可したわけではなく、こっちが勝手に居ついてしまいました。地下には立派なお風呂はあるし、図書資料室は充実していて勉強になるし、職員食堂のご飯の盛りあがり方も学生寮のそれよりはるかにハデで高かったし、大きなスタジオに潜り込めば音楽番組の録音を生《ナマ》で聞くことができましたし、アナウンス課の宿直室のベッドはいつも清潔でした。

なによりも、仕事をしているＮＨＫの人たちに凛《りん》としたところがあって、彼らといつもいっしょにいたかった。どうして彼らが凛としていたかといえば……ちょっと説明がいるかもしれません。

戦前戦中の日本放送協会（ＮＨＫはもちろん戦後の呼び方です）は財団法人で、内閣情報局監督下の国策宣伝機関でした。

それが敗戦からは、アメリカによる日本人の再教育機関になり、講和条約前後からは、ときの政権党の言うことを聞かないといろいろな面倒がおこるという特殊法人にされてしまいました。こうした〈汚れた歴史〉にたいして、電波は主権者（つまり受信者）のものであると考えて、さまざまな干渉とキチンと向き合っていく人たちがたくさんおられて、それが凛とした態度になっているようでした。そこで、この戯曲は、あのころの凛として番組をつくっていた方たちへ捧げられたものです。

なによりも、常に凛として仕事に立ち向かう栗山民也さんはじめスタッフのみなさんに、さらに困難な状況(たいてい作者が引き起こしているのですが)に挑戦してくださっているキャストのみなさんに、この戯曲を捧げます。いらないとおっしゃったら……そのときはむりやり押しつけます。

これから立ち現われる舞台は、作り手たちのものであると同時に観客のみなさまのものでもあります。買った切符が二度もだめになったお客さまをはじめ、すべてのお客さまにこの戯曲を捧げます。ありがとうございました。

第60号(二〇〇七年一月)

前口上(第83回公演『円生と志ん生』)

もしも劇作家を、俳優に充書《あてが》きする型と、そうではない型に分けるとしたら、わたしはまちがいなく前者です。習作期の数作は、懸賞募集に出すために書いていましたから、むろん充書きするわけにはいきませんでしたが、『日本人のへそ』以降は、俳優が決定してから戯曲の組立てに入るようにしています。

充書き型と非充書き型——どっちがいいかは、ここでは問題にしません。どちらにも長所があり短所がある。その損得は後日の議論として、とにかくわたしは充書き型の作者です。

たとえば、わたしの敬愛する辻萬長さんは、正しい楷書で演技をなさる名優です。はなし家たちがよく云う「寸分狂わぬ芸」をなさる秀才です。作者としては、辻さんのくっきりした楷書のよさを生かしながら、ときおり草書でないと演《や》れない箇所を書くようにします。

またたとえば、わたしの尊敬する角野卓造さんは、みごとな草書で演技をなさる名優です。はなし家たちがよく云う「自由自在に作ってゆく芸」をなさる天才です。そこで作者としては、角野さんのみごとな草書の美しさを生かしながら、ところどころに楷書を仕込んでおきます。むろん、辻さんが楷書で、角野さんが草書というのも、わたしが勝手に決めたことで、それが客観的な真実かどうかはわかりません。ただわたしはそう考えて戯曲を準備しているだけの話です。

さらに、秀才と天才と、どっちが上か下かは、問題にしないでください。また問題にしてはいけないとおもいます。それは別に云えば、個性というものですから、上下をつけるのは間抜けのやることです。さらに秀才天才は戯曲の構造をつくるときの目安の一つにすぎません。ここが大事なところですから、しつこく云えば、〈悪人を演ずるときはその長所に、善人を演ずるときはその短所に、目をつけたまえ〉というスタニスラフスキーの当てにならないコトバを、劇作に生かしているわけです。辻さんのくっきりした楷書体を生かしながら草書を加える、角野さんのみごとな草書体を生かしながら楷書を加える――うまくできるかどうかはとにかく、これは楽しい仕事でした。

ところで、円生は楷書の人でした。いつも「寸分狂わぬ芸」を見せてくださいました。引きかえ、志ん生は草書の人、その「自由自在な芸」は、今も語り草になっています。けれども円生がいつも楷書であったかと云えば、そうではない。ときおりグニャグニャと崩れて、そのときは凄い芸の色気を感じてぞくぞくっとなりました。同様に、いつものグニャグニャを期待して志ん生を聴きに行くと、どういう加減か楷書で通すときもあって、そのときは新しい魅力を感じて、やはりぞくぞくっとなったものです。

したがって、巷間でよくある「円生がいいか、志ん生がいいか」という議論くらい馬鹿げたものはありません。どっちもいいんです。円生は志ん生ではなく、志ん生は円生ではない、どちらもすばらしい。ただし、これは好みの問題になりますが、わたしは円生の方が好きです。落語通と称する人たちが、あんまり志ん生を持ち上げるので、円生の肩を持っているところはありますが。

そんなわけで、いま円生を演れるのは辻さんしかいないし、志ん生を演れるのは角野さんしかいないと直感して、これを基本に、二人の大連六百日の悲劇的居続けという史実をあてはめたのが、この『円生と志ん生』です。

この二人のはなし家の地獄巡りの枠作りというむずか

しい仕事を、今回は塩田朋子、森奈みはる、池田有希子、そしてひらたよーこの四人の女優さんが引き受けてくださいました（ひらたさんだけは、初演の台本遅れ地獄を乗り切ってくださった詩人肌の女優さんですが、それはとにかく）この四人のみなさんに感謝します。もちろん、どんな切迫した状況におかれても顔色一つ変えずに、紙の上に書かれた平べったい文字の列を、奥行の深い、すばらしい舞台にしてくださった演出の鵜山仁さんには二度も三度も脱帽いたします。ありがとうございました。

第57号増補改訂版（二〇〇七年八月）

前口上（第84回公演『人間合格』）

この戯曲を書いたのはたしか二十年も前のことでした。時間の腐蝕《ふしょく》に耐えうる作品をというのが、あらゆる書き手の願いでもありますが、はたしてその願いどおりに「現在のお客さま」が、この戯曲を受け容れてくださるかどうか。どきどきしながら開幕を待っております。

ほんとうにこの二十年間にいろんなことがありました。戯曲の主人公たちが信じていた社会主義という思想そのものもずいぶん遠くへ退《しりぞ》いてしまっていますし、それと反比例するように競争原理主義が伸《の》し上がってきました。友だちとたがいに支えあって生きて行くという態度はもう骨董屋さんの倉庫にガラクタといっしょに放りこまれてしまっています。世の中が妙につるつるに薄べったくなって（驚くほど監視体制が強化されたこともあって）劇中の佐藤浩蔵のように官憲の目をかすめて地下に潜ることなどほとんど不可能になりました。

二十年前の日本は世界でもっとも安全な国といわれていましたが、現在はそう安全ではないらしいので（そう言い立てる識者が多いので）いまもっとも急成長をとげているものの一つが警備産業です。犯罪件数は減っているというのに、これはふしぎな話です。また、そのころの日本人はたいてい自分のことを「中流階級の一人である」と信じていましたが、これはもう神話に近いものになってしまいました。格差といえばいかめしいけれども、中流抜きの、上流と下流による極端な階級社会に変わりつつあります。

二十年前は、ほとんどの日本人がケイタイを持っていませんでしたし（わたしはいまだに持てずにいますが）、インターネット通信は始まったばかりで、お茶のみ話の話題の一つにすぎず（わたしはいまだにパソコンを持てずにいますが）、そのころの最新の器械といえばファクシミリとワープロ（これは持っていますが）でした。

そのころ成人男性の七割までがタバコを吸っていましたが、現在は、ある調査によれば、喫煙者は二割を切っているそうで（わたしもその二割のうちの一人ですが）いたるところから灰皿が劇的に姿を消しています。公衆電話の消え方も同じく劇的でした。この二十年のうちに、日本がまったく別の国になってしまったような気さえするほどです。

……しかし、演劇には時間の腐蝕に耐えられるという特性があります（それが優れた戯曲ならばという条件がつきますが）。演じる人が現代人そのものですから……つまり新鮮な俳優さんによってそのときそのときに応じてよみがえることができるのです。

岡本健一さん、山西惇さん、甲本雅裕さん、そして馬渕英俚可さんがその新鮮な俳優さんたちです。この四人の方々を上手《じょうず》の田根楽子さんが支え、これまで佐藤浩蔵を演じていた辻萬長さんが太宰治の守護の天使役の中北芳吉を演じてくださいます。もちろん演出は初演以来の鵜山仁さん、メインスタッフのみなさんも初演以来の方々です。二十年前の力と現在の力が一つになった今回の舞台がお客さまに受け容れられて、あの険しい時間の壁をこえることができるだろうか。スタッフの一員であるわたしは、どきどきしながら開幕ベルを待っているところです。

第61号（二〇〇八年二月）

前口上（第85回公演『父と暮せば』）

いまから二十年以上も前、『父と暮せば』の準備のために広島へ通って、戦前戦中の土地のことばを調べていたことがある。そんなある日のこと、紹介してくださる方があって市内段原《だんばら》町の古い家に住む六十歳くらいのご婦人にお目にかかることになった。

段原町のあたりは、比治山《ひじやま》が盾《たて》代わりになってくれたおかげで、奇蹟的に被害が少なかったところで、窓ガラスや屋根瓦は一枚のこらず吹き飛ばされてしまったが、家の骨組みだけは辛うじてのこった。いまはもう高層住宅の林になっていて様子がすっかり変わってしまったが、わたしが訪ねたころは、網の目のようにめぐらされた路地をもつ古い街だった。

「話していいことはみな、お話しいたしますが、わたしの名前は出してくださいますな。どんな理由があっても、名前が出たりして目立つのがいやなのです。そんな資格はわたしにはありません」

縁先に正座したご婦人がそう釘をさしてから、昭和二十（一九四五）年の八月四日に起きたことを、ぽつぽつと語ってくださった。その約束もあって、これからは、このご婦人のことをTさんと呼ぶことにする。

「そのころの女学生は、毎日のように外へ働きに出ていました。勤労動員というやつですね」

Tさんは女学校の二年生、学級では級長をしていた。

「わたしたちの学級五十名は学校から割り当てられて、市内の細工町《さいくまち》にあった陸軍の乾パン工場へ行くことになりました」

細工町といえば、爆心地そのものである。二〇〇七年八月五日まで二五三〇〇八人の生命を奪った世界初のウラニウム型原子爆弾は、あの日の朝、この細工町十九番地の島外科病院の上空五八〇メートルで炸裂したのだ。

「二十五名ずつ来てくれというので、学級を二つにわけて、一日交替で出ることになりました。そこで副級長とジャンケンで順番を決めることにしました。わたしが勝って、五日を選んだのです。副級長の組は六日、そして七日はわたしたちの組ということになりました……」

このあたりからTさんの口が重くなった。

「五日に乾パン工場に出て、あの日、六日は自宅で、朝から母と二人でミシンを踏んでいましたが……」

ここでTさんは苦しそうな表情になり、ぴたりと口を閉じてしまった。そして、ずいぶんたってから、

「ジャンケン一つが運命を分けてしまいました。あのとき、ジャンケンに負けていれば副級長はじめ二十五人の友だちたちは命は助かったかもしれない。でも、そう

なると、こんどはわたしたちが死んでいた。……これをどう考えていいのか、わたしにはまだわかりません」

Tさんはそのあと、世間とのつきあいをやめて、市内のデパートがまわしてくる洋服の仕立てをしながら、ひっそりひとりで暮らしているのだと、Tさんを紹介してくれた方が、あとで説明してくださったが、もちろんわたしにもどう考えていいのかわからない。ただ、こういう方もいるということを一所懸命に書いて行くしかない。

第62号（二〇〇八年六月）

前口上（第86回公演『闇に咲く花』）

開幕をお待ちのみなさま、ようこそおいでくださいました。ありがとうございます。そして、おめでとうございます。

「なにがおめでとうだ、ベラボーめ」

そうおっしゃるお客さまがおいでになるかもしれません。

「ガソリンが上がって、物価が上がって、給料だけは上がらないんだぞ、このヤロウ。世の中、不景気なんだぞ、このアンポンタンめ。その不景気のさなかに大枚《たいまい》の入場料を払ってわざわざやってきているんだ。わけのわからないことをいっていないで、とっとと幕を上げないか」

そう腹をお立てになる方もおいで[で]しょうが、でもやはりめでたいんです。じつはお客さまがたは、この舞台をごらんになることで歴史の証人におなりになる。こんなめでたいことがあるでしょうか。

ごぞんじのようにこの舞台をつくってくださったのは栗山民也さんです。栗山さんは昨年まで七年間、新国立劇場演劇部門の芸術監督としてたくさんの名舞台をおつくりになりました。けれどもその栗山さんには、そう目立ちはしませんが、隠れた大事業があるのです。その事業というのは、わが国で最初の国立俳優養成所を拓《ひら》いたこと、そしてりっぱに運営なさっていることです。

俳優学校の正式名を「新国立劇場演劇研修所」といい、ことしの春、三年間の研修を終えた一期生たちが演劇の世界へ職業俳優として旅立ちました。現在も栗山さんはその研修所の所長さんをつとめておいでですが、じつはこれからはじまる舞台には、その一期生が三人も出演しています。北川響、高島玲、そして眞中幸子の三君がその一期生です。つまりお客さま方は、日本史上最初の国立の俳優学校の卒業生たちの実質的な初舞台にお立ち合いになる。日本演劇史の記念すべき一頁に貴重な目撃者として、得がたい証人として、立ち合おうとなさっておいでなのです。

「おれはそんな面倒くさいことはいやだ」とおっしゃっても、もうおそいとおもいます、もうすぐ幕が開くのですから。

舞台芸術というものは、結局のところ、役者と観客のもの——この単純な真理がようやく作者にもわかってきました。演出家を棟梁とするスタッフたち、つまり稽古場で汗水たらして励んでいた者のすべてが役者の身体と魂の中に溶けて行き、その役者がお客さまと向き合ったところで演劇が始まります。ほかに必要なものといえば、雨や風や雑音を防ぐ劇場だけです。つまるところ役者と観客と、その両者を包み込む劇場——この三つが演劇なのです。あとのすべてはみな影のような存在です。

りっぱな国立の俳優学校ができました。劇場も次つぎに建って行きます。あとの頼りはお客さま方の役者をみる、きびしいけれど温かい目と耳、それからお財布だけです。という次第で、みなさまの税金で勉強した三人の新人俳優たちを末長く見守ってくださいますよう——先《せん》輩面《ぱいづら》の高拍子《たかびょうし》の口上で恐れ入りますが——なにとぞよろしくお願いいたします。

第63号（二〇〇八年八月）

前口上（第87回公演『太鼓たたいて笛ふいて』）

この作品が、わたしはほんとうに好きです。戯曲がいいからというのではなく、昭和前半期の悲喜劇を必死で生きた日本人のこころを深く洞察して、そこから得た真実をすぐれた俳優たちに具体的に移し替えて行く栗山民也さんの演出の凄さに、観るたびに気持ちよく驚くことができるからです。

また、小説家林芙美子の後半生の高揚と沈潜を豪快かつ繊細に演じ分ける大竹しのぶさんには、いつも涙が出てきますし、重いことがらを軽く演じながら、じつはその重さを完璧に表現してしまう木場勝己さんにも感動してしまいます。ひとの情けの温かさを皮肉な言動にくるんで差し出すことでは他に比類のない梅沢昌代さん、血の通った正義を粘り強く柔らかく具現してくださる神野三鈴さん、昭和前期の庶民の正直さそのままの阿南健治さん——この方がたの一挙手一投足からは一瞬も目が離せません。そして今は亡き松本きょうじさんは、庶民の小狡さを表現することにかけては特別の才能をおもちでした。今回は山崎一さんが演じてくださいますが、きっとまた独特の味わいを、この作品に加えてくださるはず。そして劇全体をときに強くときに柔らかくときに美しくピアノで包んでくださる朴勝哲さんの演奏いつもうっとりします。ひっくるめて素晴らしい舞台で……

「いい加減にしろ。おまえ、今回はすこし身内贔屓がすぎるぜ」

そうおっしゃるお客さまもおいでになるでしょうが、別に勝手に自慢しているわけではありません。以前にこの舞台をご覧になった山形市の大きな洋菓子店の社長さんも、

「世の中にこんなおもしろいものがあったのか」と感心してくださった。そして、

「うーん、なんとかしてこの芝居がかかるような劇場をつくって地域の方がたに観せてあげたいものだ」

そう思い立って、この九月に、ほんとうに劇場を、ついでに図書館までつくってしまわれたのです。

シベールアリーナと遅筆堂文庫山形館がそれで、アリーナは体育館ですが、じつは三十分とかからぬうちに定員五百二十名の劇場に姿を変えてしまう。そしてこの作品がやってくるのを待っていてくださっています。

設計図を引く段階から、舞台監督の三上司さんと照明家の服部基さんがボランティア精神でたくさんの御助言をくださいましたから、ほんとうに観やすく、やりやすい劇場です。スタッフにしても仕事のやりやすい劇場で、この作品を最初から手掛けてくださっている舞台監督の増田裕幸さんはきっと、「おっ、なんて荷降しのらくな劇場なんだ」と目を細くなさるにちがいありません。詳

細については今号のシベール特集をご覧いただけばわかりますが、もちろんシベールとはその洋菓子店の名、この不況下に「山形にもいい劇場を」と思い立った方は熊谷眞一社長です。

けれどもわたしがなんといってても好きなのは、この劇の進み行きと俳優さんたちの呼吸に合わせて微かに揺れているたくさんのお客さまのお顔です。万事において不景気な昨今ですのに、本日はよくおいでくださいました。ありがとうございます。

第64号（二〇〇八年十一月）

附一　チラシ原稿

魯迅は、いまさら言うまでもなく、アジアを代表する世界的文学者の一人です。たとえば、一九二七（昭和二）年、ノーベル賞選考委員会は上海へ特使を送ってきました。その年の文学賞を受けてくれるかどうか、魯迅の胸中を打診にきたのです。さまざまな不幸な理由から、魯迅はこれを断りますが、とにかく彼はそれくらい注目されていたのです。

魯迅は、それから十年とは生きておりませんでしたが、ここに不思議なのは、彼の臨終に立ち合ったのが、彼の妻と弟のほかは、みんな日本人だったという事実です。帝国日本を心底《しんてい》憎みながら、しかし日本人を心から愛した魯迅。これは魯迅とその妻と、彼の臨終に立ち合った四人の日本人のちょっと滑稽な、しかしなかなか感動的な物語です。

演出は丹野郁弓さん。こまつ座が初めてお迎えする、劇団民藝の才器です。


（第89回公演『シャンハイムーン』二〇一〇年二月）

附二　通信員通信

この雑誌をお買い上げくださったみなさまに、心から「ありがとう」を申しあげます。立ち読みなさっているお人にはなんと申しあげたらいいいか。「殺生な。買ってくださいよ」と申しあげるほかないか。万引きしようと思っておいでの向きには、「おやめなさい。売り子があなたを監視しておりますぞ」と申しあげようか。

　これまで芝居小屋へ足を運ぶたびに、どうして芝居のパンフレットというのはこうも値段が高いのだろうと首をひねっておりました。高くても内容がよければかまいませんが、ごくわずかの例外はあっても、たいていは粗悪品です。スカスカの内容、必要以上に大きな役者さんの写真、そんなものに何百円という値をつけて売り、赤字の穴埋めを計る。これではいけない。雑誌としても一人立ちできるものを作りたいと思っておりました。

　というわけでこの雑誌を創刊したのは、右のような理由があったのです。

　もちろん、雑誌を作るには手練《てだれ》が必要です。「ああしたい、こうもしたい」と言っているうちに、二人の手練が駆けつけてくださいました。報道写真家の三留理男さんとフリーライターの小田豊二さんです。このお二人に小生が加わってthe座同人会を結成しました。三留さんが製作を小田さんが編集を引き受け、じつはお二人がこの雑誌を作ったのです。

　内輪の者が内輪の者に礼を言ったりするのはみっともないことにちがいありませんが、みっともないのは承知の上でお二人のことを書かせていただきました。

　ほかにも大勢の方々に助けていただきました。執筆者は高くもない原稿料で玉稿を寄せてくださいました。広告もありがたかった。光村原色版印刷は無理をきいてくださった。「頭痛肩こり樋口一葉」のスタッフ、キャストのみなさんにもお礼を申さねばなりません。粟津さん、安野さん、山藤さんどうも。ほんとうに今回の通信は、

ありがとう

大会です。そしておしまいにもう一度読者のみなさま、ありがとう。

どうせパンフレットを作るなら……という動機ではじめたのでしたが、作っているうちに、雑誌として一人歩きさせたいと思うようになりました。そこでこれは、

季刊

であります。興奮のあまりお読みになれない字を書いてしまいました。「季刊」と書きたかったのです。次号は

ユートピアを特集する予定です。内容がないのを七面倒な言い回しでごまかすような薄汚いことはいたしません。平明だが良質の言葉でユートピアについて考えてみようと思っております。どうかごきたいください。そして、

よろしく

おねがいいたします。「よろしく」と書いたつもりですが、お読みになれたでしょうか。ではまた次号で。（創刊号　一九八四年五月）

＊

（第二号はまだかという読者のはがきに応えて）

ずいぶん長いことおまたせいたしました。お葉書の届けられたまさにその日、小生の「ユートピア諸島航海記・第一部」が脱稿し、いま第二号は品川の光村印刷で刷りにかかっているところです。第二号の出来栄《できば》えについてはthe座同人、どこからでもかかってこい、と妙に自信満々。あとは読者の皆様の御批判を仰ぐしかありません。お気に召したらうれしいのですが。第三号は「日本の踊り子」という特集です。そして第四号（明年五月か六月発売予定）の特集は、「条約」です。たとえば私たちがざるそばをたべるとき、そこにいったいいくつの、あるいは何十の国際条約が関係してきているのでしょうか。空オケで歌うといくつ国際条約がかかわってくるのでしょうか。洋画封切館の椅子に坐る、鮓屋のカウンターに坐る、するとどんな国際条約がかかわってくるのか、そういったことを考えてみたいと思います。これからもthe座をお読みください。（第2号　一九八四年十月）

＊

この欄をかりて戯曲『國語元年』の成立過程を簡略に追ってみたいとおもいます。そのころ私は『国語事件殺人辞典』という失敗作を書いて頭をかかえておりました。この作品の中で〈簡易日本語〉なるものを扱ったのですが、じつにまったく手も足も出ませんでした。そこでこの問題をうまく生かせるような器《うつわ》はないものかと再度挑戦の機会を狙いはじめたのです。しばらくして劇団四季の浅利慶太さんと雑談する折りにめぐまれ、その雑談の中から、「明治初期の文部官僚で、共通語制定の命をう

けて悪戦苦闘した人物がもしいたとしたら、彼の家庭の言語状況はどんなものだったろうか」という考えが生れてきました。そこで雑談というものの性質上、この戯曲の原始的なアイデアは浅利さんと私のもの、二人の合作といってよかろうと思います。そしてその後はすべて私個人の創案創作です。もちろん〈簡易日本語は可能か〉という問題を、物語に織り込んだのも私ですし、どこの方言を、どのように活かすかを工夫したのも私です。前の失敗にこりて、私は戯曲にする前にテレビ脚本にしてみました（ＮＨＫ綜合テレビ「ドラマ人間模様」）。――と以上がこの戯曲が成立するまでの事情です。

　ところで the 座の誌代が値上げになりました。「戯曲掲載」という理由があるにせよ、心苦しく思っております。皆様に雑誌全体をよく読んでいただいて、「これなら仕方がない」とお思いいただくこと、それをただ切願するのみ。（第5号　一九八六年一月）

附三　こまつ座公演記録（二〇一一年三月まで）

こまつ座編

第1回公演
『頭痛肩こり樋口一葉』（木村光一演出　一九八四年四月五日〜十九日　紀伊國屋ホール）

第2回公演
『日本人のへそ』（栗山民也演出　一九八五年一月十二日〜三十一日　紀伊國屋ホール）

第3回公演
『頭痛肩こり樋口一葉』（木村光一演出　同年六月二十五日〜七月十日　紀伊國屋ホール）

第4回公演
『きらめく星座――昭和オデオン堂物語』（井上ひさし演出　同年九月五日〜二十一日　紀伊國屋ホール）

第5回公演
『國語元年』（栗山民也演出　一九八六年一月十六日〜二月三日　紀伊國屋ホール）

第6回公演
『イーハトーボの劇列車』（木村光一演出　同年三月十三日〜三十日　本多劇場）
第7回公演
『泣き虫なまいき石川啄木』（木村光一演出　同年六月六日〜二十二日　紀伊國屋ホール）
第8回公演
『花よりタンゴ——銀座ラッキーダンスホール物語』（井上ひさし演出　同年九月二十七日〜十月二十五日　紀伊國屋ホール）
第9回公演
『國語元年』（栗山民也演出　一九八七年三月十七日〜二十四日　紀伊國屋ホール）
第10回公演
『雨』（木村光一演出　同年六月十三日〜三十日　紀伊國屋ホール）
第11回公演
『きらめく星座——浅草オデオン堂物語』（井上ひさし演出　同年九月四日〜二十三日　紀伊國屋ホール）
第12回公演
『闇に咲く花——愛敬稲荷神社物語』（栗山民也演出　同年十月九日〜十四日　紀伊國屋ホール）
第13回公演
『雪やこんこん——湯の花劇場物語』（鵜山仁演出　同年十一月九日〜十二日　紀伊國屋ホール）
第14回公演
『雪やこんこん——湯の花劇場物語』（鵜山仁演出　一九八八年四月十九日〜三十日　紀伊國屋ホール）
第15回公演
『頭痛肩こり樋口一葉』（木村光一演出　同年七月十三日〜二十二日　紀伊國屋ホール）
第16回公演
『イヌの仇討』（木村光一演出　同年九月二十二日〜十月九日　紀伊國屋ホール）
第17回公演
『闇に咲く花——愛敬稲荷神社物語』（栗山民也演出　一九八九年四月八日〜十六日　紀伊國屋ホール）
第18回公演
『決定版　十一ぴきのネコ』（高瀬久男演出　同年九月二日

〜十六日　紀伊國屋ホール　一九九〇年六月二十二日〜二十四日　前進座劇場）

第19回公演

『人間合格』（鵜山仁演出　同年十二月二十二日〜二十七日　紀伊國屋ホール）

第20回公演

『小林一茶』（木村光一演出　一九九〇年九月九日〜二十二日　紀伊國屋ホール）

第21回公演

『シャンハイムーン』（木村光一演出　一九九一年三月四日〜十日、二十二日〜二十九日　前進座劇場）

第22回公演

『頭痛肩こり樋口一葉』（木村光一演出　同年七月四日〜二十一日　サンシャイン劇場）

第23回公演

『しみじみ日本・乃木大将』（木村光一演出　同年九月四日〜二十三日　紀伊國屋ホール）

第24回公演

『雪やこんこん』（鵜山仁演出　同年十一月十五日〜十二月四日　紀伊國屋ホール）

第25回公演

『きらめく星座』（木村光一演出　一九九二年二月二十日〜三月十日　紀伊國屋ホール）

第26回公演

『人間合格』（鵜山仁演出　同年九月十八日〜十月七日　紀伊國屋ホール）

第27回公演

『日本人のへそ』（栗山民也演出　同年十一月二十六日〜十二月十五日　紀伊國屋ホール）

第28回公演

『イーハトーボの劇列車』（木村光一演出　一九九三年四月三日〜十八日　紀伊國屋ホール）

第29回公演

『マンザナ、わが町』（鵜山仁演出　同年七月七日〜十一日　紀伊國屋ホール）

第30回公演

『シャンハイムーン』（木村光一演出　同年十月二十三日〜十一月七日　紀伊國屋ホール）

第31回公演
『オセロゲーム』（公演中止）
第32回公演
『頭痛肩こり樋口一葉』（木村光一演出　一九九四年五月九日〜二十五日　紀伊國屋ホール）
第33回公演
『雨』（木村光一演出　同年七月八日〜二十四日　紀伊國屋ホール）
第34回公演
『父と暮せば』（鵜山仁演出　同年九月三日〜十八日　紀伊國屋ホール）
第35回公演
『黙阿彌オペラ』（栗山民也演出　一九九五年一月三十一日〜二月三日　Ｂｕｎｋａｍｕｒａシアターコクーン）
第36回公演
『たいこどんどん』（木村光一演出　同年四月十三日〜五月二日　紀伊國屋ホール）
第37回公演
『マンザナ、わが町』（鵜山仁演出　同年六月二日〜十八日　紀伊國屋ホール）
第38回公演
『父と暮せば』（鵜山仁演出　同年八月十一日〜十五日　ベニサン・ピット）
第39回公演
『父と暮せば』（鵜山仁演出　同年十一月十五日〜十二月二日　紀伊國屋ホール）
第40回公演
『きらめく星座』（木村光一演出　一九九六年三月八日〜十七日　東京芸術劇場）
第41回公演
『頭痛肩こり樋口一葉』（木村光一演出　同年七月十一日〜二十八日　紀伊國屋ホール）
第42回公演
『雨』（木村光一演出　同年九月五日〜十七日　紀伊國屋ホール）
第43回公演
『普通の生活』（公演中止）

第44回公演
『黙阿彌オペラ』（栗山民也演出　一九九七年二月二十八日～三月二十一日　紀伊國屋ホール）
第45回公演
『父と暮せば』（鵜山仁演出　同年八月十五日～十六日　大田区民プラザ）
第46回公演
『花よりタンゴ』（栗山民也演出　同年十月三日～十九日　紀伊國屋サザンシアター）
第47回公演
『マンザナ、わが町』（鵜山仁演出　同年十二月十三日～二十一日　紀伊國屋ホール）
第48回公演
『人間合格』（鵜山仁演出　一九九八年六月十二日～二十八日　紀伊國屋サザンシアター）
第49回公演
『父と暮せば』（鵜山仁演出　同年六月三十日～七月五日　紀伊國屋サザンシアター）
第50回公演
『貧乏物語』（栗山民也演出　同年十月十七日～十一月三日　紀伊國屋サザンシアター）
第51回公演
『イーハトーボの劇列車』（木村光一演出　一九九九年二月五日～二十一日　紀伊國屋ホール）
第52回公演
『父と暮せば』（鵜山仁演出　同年五月三十一日～六月六日　紀伊國屋サザンシアター）
第53回公演
『頭痛肩こり樋口一葉』（木村光一演出　同年七月十九日～七月三十一日　紀伊國屋サザンシアター）
第54回公演
『きらめく星座』（木村光一演出　同年十月二十二日～十一月三日　紀伊國屋ホール）
第55回公演
『闇に咲く花』（栗山民也演出　同年十一月八日～二十八日　紀伊國屋ホール）
第56回公演
『雪やこんこん』（鵜山仁演出　同年十二月三日～二十三日

紀伊國屋ホール）

第57回公演

『黙阿彌オペラ』（栗山民也演出　二〇〇〇年二月五日～十九日　紀伊國屋ホール）

第58回公演

『連鎖街のひとびと』（鵜山仁演出　同年六月十九日～七月二日　紀伊國屋ホール）

第59回公演

『父と暮せば』（鵜山仁演出　同年八月十八日　松戸市民会館）

第60回公演

『化粧二題』（鈴木裕美演出　同年十月二十三日～十一月五日　紀伊國屋ホール）

第61回公演

『泣き虫なまいき石川啄木』（鈴木裕美演出　二〇〇一年三月一日～二十三日　紀伊國屋ホール）

第62回公演（海外公演）

『父と暮せば』（鵜山仁演出　同年六月五日～七日　モスクワ・エトセトラ劇場）

第63回公演

『闇に咲く花』（栗山民也演出　同年八月十四日～二十六日　紀伊國屋ホール）

第64回公演

『連鎖街のひとびと』（鵜山仁演出　同年十二月十二日～二十三日　紀伊國屋ホール）

第65回公演

『國語元年』（栗山民也演出　二〇〇二年三月七日～二十四日　紀伊國屋ホール）

第66回公演

『太鼓たたいて笛ふいて』（栗山民也演出　同年七月二十五日～八月七日　紀伊國屋サザンシアター）

第67回公演

『雨』（木村光一演出　同年十月二十七日～十一月八日　紀伊國屋ホール）

第68回公演

『人間合格』（鵜山仁演出　二〇〇三年三月十二日～三十日　紀伊國屋サザンシアター）

第69回公演
『兄おとうと』（鵜山仁演出　同年五月十三日〜三十一日　紀伊國屋ホール）
第70回公演
『頭痛肩こり樋口一葉』（木村光一演出　同年八月十五日〜二十六日　紀伊國屋サザンシアター）
第71回公演
『紙屋町さくらホテル』（鵜山仁演出　同年十二月四日〜二十一日　紀伊國屋ホール）
第72回公演
『太鼓たたいて笛ふいて』（栗山民也演出　二〇〇四年四月二日〜二十九日　紀伊國屋サザンシアター）
第73回公演
『父と暮せば』（鵜山仁演出　同年七月二十七日〜八月一日　紀伊國屋サザンシアター）
第74回公演
『花よりタンゴ』（栗山民也演出　同年八月六日〜二十二日　紀伊國屋サザンシアター）
海外公演
『父と暮せば』（鵜山仁演出　同年十二月十七日・十八日　香港・香港芸術中心　壽臣劇院）
第75回公演
『円生と志ん生』（鵜山仁演出　二〇〇五年二月五日〜二十七日　紀伊國屋ホール）
第76回公演
『國語元年』（栗山民也演出　同年六月三日〜十二日　紀伊國屋ホール）
第77回公演
『父と暮せば』（鵜山仁演出　同年六月十四日〜十五日　紀伊國屋ホール）
第78回公演
『小林一茶』（木村光一演出　同年九月八日〜二十五日　紀伊國屋サザンシアター）
第79回公演
『兄おとうと』（鵜山仁演出　二〇〇六年一月十九日〜二月五日　紀伊國屋ホール）
第80回公演
『紙屋町さくらホテル』（鵜山仁演出　同年八月六日〜二

十日　紀伊國屋ホール）

第81回公演

『私はだれでしょう』（栗山民也演出　二〇〇七年一月二十二日〜二月二十五日　紀伊國屋サザンシアター）

第82回公演

『紙屋町さくらホテル』（鵜山仁演出　同年四月二十九日〜五月五日　俳優座劇場）

こまつ座&シスカンパニー公演

『ロマンス』（栗山民也演出　二〇〇七年八月三日〜九月三十日　世田谷パブリックシアター）

第83回公演

『円生と志ん生』（鵜山仁演出　同年十一月十四日〜十二月二日　紀伊國屋サザンシアター）

第84回公演

『人間合格』（鵜山仁演出　二〇〇八年二月十日〜三月十六日　紀伊國屋サザンシアター）

第85回公演

『父と暮せば』（鵜山仁演出　同年六月十三日〜二十二日　紀伊國屋サザンシアター）

第86回公演

『闇に咲く花』（栗山民也演出　同年八月十五日〜三十一日　紀伊國屋サザンシアター）

第87回公演

『太鼓たたいて笛ふいて』（栗山民也演出　同年十一月二十一日〜十二月二十日　紀伊國屋サザンシアター）

特別公演（朝日新聞社／テレビ朝日／財団法人埼玉県芸術文化振興財団／こまつ座／ホリプロ）

『ムサシ』（蜷川幸雄演出　二〇〇九年三月四日〜四月十九日　彩の国さいたま芸術劇場）

こまつ座&ホリプロ公演

『きらめく星座』（栗山民也演出　同年五月六日〜二十四日　天王洲　銀河劇場）

第88回公演

『兄おとうと』（鵜山仁演出　同年七月三十一日〜八月十六日　紀伊國屋サザンシアター）

こまつ座&シベール公演

『ゴスペルオーブ　ひょっこりひょうたん島を歌う』（シベール企画・制作　同年九月二十三日　有楽町朝日ホー

ル）

こまつ座&ホリプロ公演

『組曲虐殺』（栗山民也演出　同年十月三日〜二十五日　天王洲　銀河劇場）

第89回公演

『シャンハイムーン』（丹野郁弓演出　二〇一〇年二月二十二日〜三月七日　紀伊國屋サザンシアター）

こまつ座&ホリプロ公演

『ムサシ　ロンドン・NYバージョン』（蜷川幸雄演出　同年五月十五日〜六月十日　彩の国さいたま芸術劇場）

井上ひさし追悼公演（こまつ座&ホリプロ）

『黙阿彌オペラ』（栗山民也演出　同年七月十八日〜八月二十二日　紀伊國屋サザンシアター）

第90回公演

『父と暮せば』（鵜山仁演出　同年八月十日〜十二日　あうるすぽっと）

第91回公演

『水の手紙』『少年口伝隊一九四五』（栗山民也演出　同年十一月十二日〜二十一日　紀伊國屋サザンシアター）

第92回公演

『化粧』（鵜山仁演出　二〇一一年一月八日〜十六日　紀伊國屋ホール）

第93回公演（こまつ座&テレビ朝日）

『日本人のへそ』（栗山民也演出　同年三月八日〜二十七日　Bunkamuraシアターコクーン）

第Ⅳ章

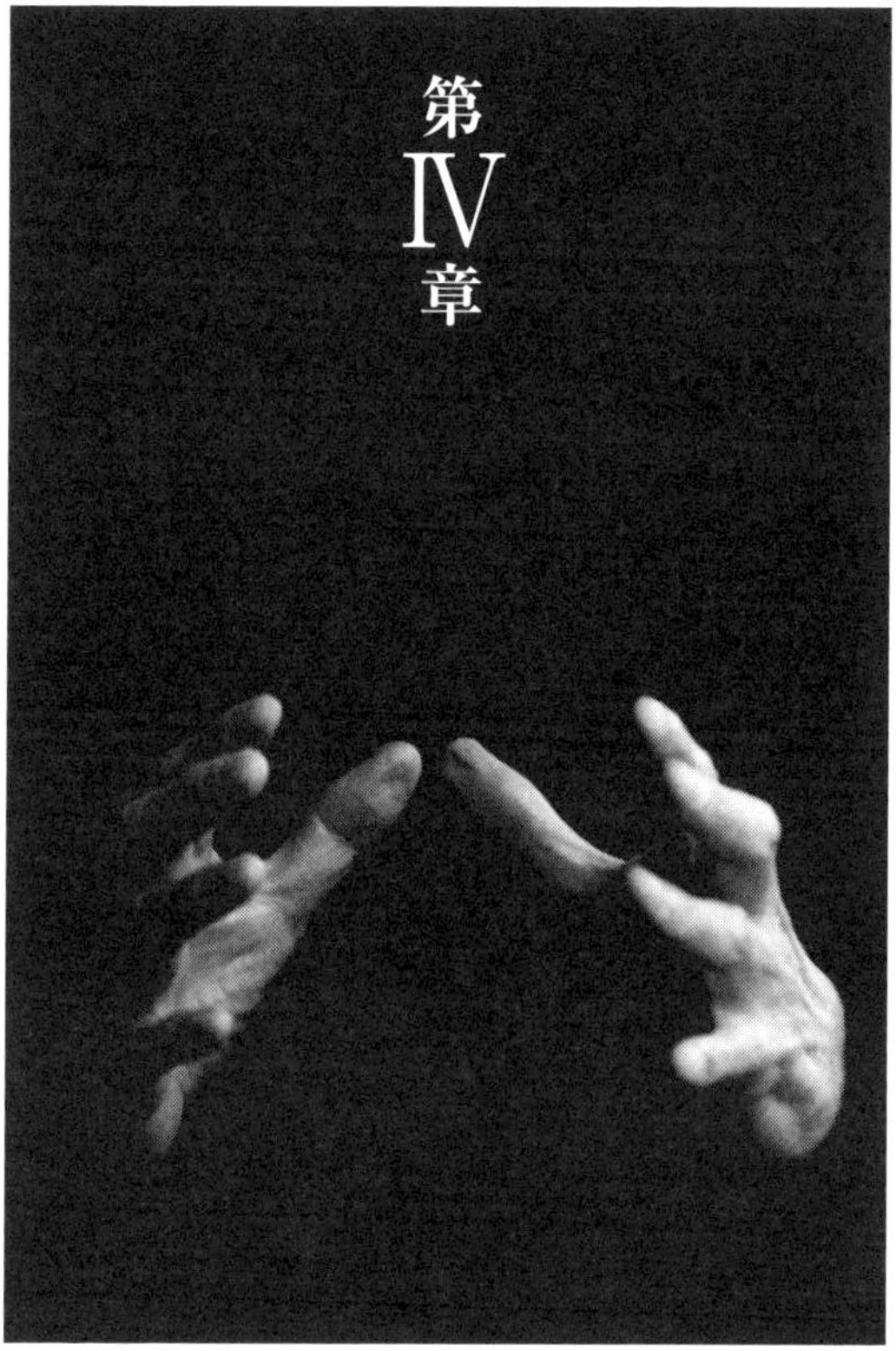

「時間のユートピア」を目指して
——井上ひさしとこまつ座

扇田昭彦

こまつ座誕生

井上ひさしが座付き作者を務める「こまつ座」が結成されたのは一九八三年一月だった。こまつ座は井上ひさしの戯曲を専門に上演する演劇プロデュース組織で、今風の言い方なら演劇ユニットである。当時の妻・井上好子（現・西舘好子）が座長兼プロデューサーとなり、翌八四年四月に、井上作、木村光一演出の『頭痛肩こり樋口一葉』で旗揚げ公演を行った。この年、井上ひさしは五十歳だった。こまつ座という名前は、井上ひさしの生まれ故郷である山形県東置賜《ひがしおきたま》郡小松町（現・川西町）に由来する。

これ以後、井上ひさしの劇作活動の大半はこまつ座を拠点として行われた。つまり、一九八四年に五十歳で旗揚げした時から、二〇一〇年四月に七十五歳で亡くなるまでの二十五年間、井上ひさしの旺盛な劇作活動の基盤となったのはこまつ座である。もし、こまつ座という場がなく、フリーの劇作家であり続けていたら、中期以降の井上ひさしの劇世界はずいぶん違うものになっていたに違いない。

秀作ぞろいの上演戯曲

こまつ座が初演した井上戯曲の題名と初演の年、演出家を、上演順に並べてみよう。

*『頭痛肩こり樋口一葉』一九八四年、木村光一演出。
*『きらめく星座――昭和オデオン堂物語』八五年、井上ひさし演出。
*『國語元年』八六年、栗山民也演出。
*『泣き虫なまいき石川啄木』八六年、木村演出。
*『花よりタンゴ――銀座ラッキーダンスホール物語』八六年、井上演出。
*『闇に咲く花――愛敬稲荷神社物語』八七年、栗山演出。
*『雪やこんこん――湯の花劇場物語』八七年、鵜山仁演出。
*『イヌの仇討』八八年、木村演出。
*『決定版　十一ぴきのネコ』八九年、高瀬久男演出。
*『人間合格』八九年、鵜山演出。
*『シャンハイムーン』九一年、木村演出。
*『マンザナ、わが町』九三年、鵜山演出。
*『父と暮せば』九四年、鵜山演出。
*『黙阿彌オペラ』九五年、栗山演出。
*『貧乏物語』九八年、栗山演出。
*『連鎖街のひとびと』二〇〇〇年、鵜山演出。
*『化粧二題』二〇〇〇年、鈴木裕美演出。
*『太鼓たたいて笛ふいて』〇二年、栗山演出。
*『兄おとうと』〇三年、鵜山演出。
*『円生と志ん生』〇五年、鵜山演出。
*『私はだれでしょう』〇七年、栗山演出。
*『ロマンス』（こまつ座&シス・カンパニー）〇七年、栗山演出。
*『ムサシ』（こまつ座&ホリプロ）〇九年、蜷川幸雄演出。
*『組曲虐殺』（こまつ座&ホリプロ）〇九年、栗山演出。

このうち、『ロマンス』はシス・カンパニーとこまつ座の共同制作公演であり、『ムサシ』と『組曲虐殺』はホリプロとこまつ座の共同制作公演で、いずれもこまつ座の単独公演ではない。だが、共同制作であることもあり、ここでは右記の三本もこまつ座の公演として扱うことにする。

この三本を含め、こまつ座が初演した井上戯曲は『頭痛肩こり樋口一葉』から最後の戯曲『組曲虐殺』まで、合わせて二十四本に達する。

『頭痛肩こり樋口一葉』（初演。左より、香野百合子、白都真理、風間舞子、渡辺美佐子、上月晃、新橋耐子。1984年　撮影＝谷古宇正彦）

「井上ひさしさんお別れの会」（二〇一〇年七月一日、東京會舘ローズルーム）で参会者に配られた資料「井上ひさし全戯曲」（渡辺昭夫編集）によると、井上が生涯に書いた舞台用の戯曲は合計六十八本だが、このリストには一九七二年に東京放送児童劇団で上演された井上の戯曲『真夏の夜の夢』（シェイクスピア原作。『悲劇喜劇』七四年六月号掲載）が含まれていない。この作品を加えると、井上ひさしの全戯曲は六十九本になる。そのうち、こまつ座で上演されたのが二十四本。つまり、全戯曲の三十五パーセント近くがこまつ座のために書かれたことになる。

しかも、こまつ座で初演された戯曲一覧を見ると、中期から晩年までの井上劇の秀作がほとんどここにそろっていることに改めて驚きを覚える。こまつ座という確固とした拠点を得ることによって、井上はその天才的な劇作の才能を持続的に、存分に発揮することができたのだ。

例えば、ここには井上ひさしが得意とした評伝劇の数々の名作が並んでいる。肉親との関係を通して樋口一葉の苦闘を描く『頭痛肩こり樋口一葉』、石川啄木の「実人

『シャンハイムーン』（初演。左より、小野武彦、安奈淳、藤木孝、弓恵子、高橋長英、辻萬長。1991年　撮影＝谷古宇正彦）

生の白兵戦」を描いた『泣き虫なまいき石川啄木』、太宰治の半生を喜劇性豊かに描いた『人間合格』、上海時代の魯迅と周囲の日本人との交流を描いた『シャンハイムーン』、幕末から明治期にかけての激変する時代を生きた河竹黙阿彌を描く『黙阿彌オペラ』、時局に便乗した作家・林芙美子の戦中と戦後を描く『太鼓たたいて笛ふいて』、大正デモクラシーの中心的存在だった吉野作造と不仲の弟・信次を描いた『兄おとうと』、敗戦直後の旧満州に取り残された二人の落語家を描く『円生と志ん生』、チェーホフが愛したボードビル形式を駆使してチェーホフの生涯を描いた『ロマンス』、プロレタリア作家・小林多喜二の半生を深い心を込めて書いた最後の戯曲『組曲虐殺』など、どれもすばらしい作品ばかりだ。

評伝劇シリーズと並び、戦中から戦後直後の激動の時代を生きた庶民の群像を描いた一九八〇年代の「昭和庶民伝」三部作も忘れることができない。第一部『きらめく星座』（一九八五年初演）から、『闇に咲く花』（八七年初演）を経て、第三部『雪やこんこん』（同）に至る連作劇である。はじめは作者自身の演出で初演された『花より

『連鎖街のひとびと』（左より、木場勝己、松熊正義、高橋和也、石田圭祐、順みつき、藤木孝、辻萬長、朴勝哲。2000年　撮影＝谷古宇正彦）

タンゴ』（八六年初演）が第二部だったが、戯曲の出来栄えに満足しない作者自身の判断によって、この作品は「昭和庶民伝」シリーズから外されてしまった。

原子爆弾が投下された敗戦後の広島を舞台として、原爆で死んだ父親と生き残った娘を描く二人芝居『父と暮せば』（九四年初演）は特に作者の強い思いがこもった傑作である。初演のすまけいと梅沢昌代の胸に迫る演技は忘れることができない。この作品はその後もこまつ座により、前田吟と春風ひとみ、沖恂一郎と斉藤とも子、辻萬長と西尾まり、辻と栗田桃子という具合に、配役を変えながら全国各地で上演され続けている。沖恂一郎と斉藤とも子のコンビは、二〇〇一年六月にこの作品をモスクワのエトセトラ劇場でも上演し、井上自身も見に出かけた。作家・丸谷才一はこの戯曲について、『父と暮せば』。これは悲しみと喜び、苦悩と歓喜が最後に訪れるすばらしい名作で、これは正統的な悲劇といえるでしょう」と高く評価し、「悲劇作者としての井上ひさし」にも光を当てている（『文学のレッスン』新潮社、二〇一〇年）。

この系譜から生まれたのが、二〇〇八年に日本ペンクラブ主催の世界P.E.N.フォーラム「災害と文化」で初演された朗読劇『少年口伝隊一九四五』で、原爆投下直後の広島で懸命に生きた三人の少年を描いている。この作品は二〇一〇年十一月にはこまつ座も上演した。

「戦争と民衆」の主題

このように見てくると、こまつ座で初演された井上劇には、日中戦争、太平洋戦争、広島への原爆投下など「戦争」にかかわる戯曲が非常に多いことに気付く。

具体的に言えば、『きらめく星座』『闇に咲く花』『人間合格』『シャンハイムーン』『マンザナ、わが町』『父と暮せば』『連鎖街のひとびと』『太鼓たたいて笛ふいて』『円生と志ん生』『私はだれでしょう』『組曲虐殺』といった作品群である。二〇一〇年夏にこまつ座で上演される予定で構想されながら、作者の死で惜しくも実現しなかった『木の上の軍隊』も、沖縄を舞台にした戦争をめぐる物語になるはずだった。

こまつ座以外の作品でも、井上が新国立劇場のために書いた五本の戯曲は、すべて第二次世界大戦にかかわる劇だった。『紙屋町さくらホテル』（一九九七年初演）、「東京裁判」三部作を構成する『夢の裂け目』（二〇〇一年初演）、『夢の泪』（〇三年初演）、『夢の痂』（〇六年初演）、さらに『箱根強羅ホテル』（〇五年初演）の諸作である。

つまり、井上ひさしが日中戦争、太平洋戦争など、「戦争」を中心とする日本の現代史について関心を深め、綿密な資料調べをもとに「戦争」に関する戯曲を書き始めた時期に、タイミングよく結成されたのがこまつ座だった。言い換えるなら、こまつ座という確かな拠点を持つことによって、井上ひさしはその後半生を通しての決定的なテーマとなった「戦争と民衆」をめぐる劇を、社会や演劇界の流行に左右されず、きわめて息の長いシリーズとして、集中的に、多彩に書き続けることが出来たのである。

幻の劇団構想

すでに述べたように、こまつ座が『頭痛肩こり樋口一葉』で旗揚げしたのは一九八四年だが、実はその三年前に、井上ひさしと小沢昭一が中心になって新しい劇団を立ち上げる計画があった。

それを示すのが、「朝日新聞」一九八一年五月九日の夕刊に掲載された「劇団『しゃぼん玉座』──小沢昭一・井上ひさし氏らが新結成』」というかなり大きな記事である。記事自体は無署名だが、書いたのは当時、朝日新聞学芸部の演劇担当記者だった山本健一（現・演劇評論家）だった。これは当時、話題を呼んだスクープ記事だった。記事には、帝国ホテルで劇団結成について談笑する小沢昭一、井上ひさし、井上好子の写真が添えられている。

この記事の大要を引用しよう。

《芸能座を解散して二年たった小沢昭一さん（五二）と、おう盛な創作活動を続けている井上ひさしさん（四六）が中心になり、劇団「しゃぼん玉座」を新しく結成した。旗揚げ公演の井上・作「国語事件殺人辞典」は、九月にもするはずだったが、劇作以外にも小説・評論と多忙な井上さん側の事情と、受け入れ先の全国労演の年内スケジュールがすでに決まっているため、少し遅れて来年六月二十六日─七月七日の東京・紀伊國屋ホールをはさんで、四月─七月に全国公演したいそうだ。

創立メンバーはほかに俳優の矢崎滋さんと、プロデューサーの井上好子夫人、小沢さんのマネージャーの津島滋人さんの計五人。もちろん、五人では芝居は出来ない。これまで一緒に仕事をしてきた演出家の木村光一さんや俳優たちが公演のたびに参加する形になるらしい。ひさし氏の書くト書きのままに〝悪妻役〟を演じながら実は内助の功を最大限に発揮して、今度も劇団の雑用を引き受ける好子夫人は「主人から芝居を切り離すのは不可能。どうせ不可能なら私は芝居にどっぷりつかりたい。小沢、矢崎さんという二人の役者に夫婦で心中する覚悟です。全員が中年からの再出発」と語る。

小沢さんは「井上座」だといい、井上さんは「小沢座」と互いにいうが、新しい劇団結成の核になったのは小沢さんだ。（中略）芸能座の戯曲を三本書いた井上さんとの出会いが、小沢さんを、また新しく劇団結成へと駆り立てたようだ。（以下略）》

つまり、井上夫妻、小沢昭一、矢崎滋、プロデューサーの津島滋人の五人が「しゃぼん玉座」という劇団を一九八一年四月に結成した、という記事である。演出家の木村光一は劇団には加わらないが、公演には協力する意向と書かれている。

筆者の山本健一記者は当時、雑誌『新劇』（白水社）に「当世演劇耳袋」という連載コラムを持っていて、同誌の八一年七月号に「しゃぼん玉座結成の事」をさらに詳しく書いている。

それによると、山本が新しい劇団結成の動きを耳にしたのは一九八〇年十一月ごろだったという。この時点では井上、小沢のほかに、八〇年夏に文学座を退団してフリーになっていた木村光一も新劇団に加わる予定だった。三人の話し合いの中では、「仮想メンバー」として多くの名前があがっていた。

例えば、演出家では木村のほかに、ふじたあさや、早野寿郎《としろう》。特に小沢は劇団俳優小劇場のころから一緒に仕事をしてきた早野寿郎を、「僕にとってはかけがえのない演出家」として、新劇団の演出家として強く推したという。

また俳優では、文学座系の北村和夫、加藤武、金内喜久夫、菅野忠彦（現・菜保之）、宮崎和命、塩島昭彦、坂口芳貞ら、旧芸能座系の山谷初男、大塚周夫、大原武樹ら、フリーの矢崎滋、名古屋章、緒形拳らの名前が候補に挙がった。この時点では大きな劇団を作る構想だったのだ。

だが、現実には、大劇団構想は頓挫し、井上夫妻はしゃぼん玉座には加わらなかった。確かにしゃぼん玉座は朝日新聞の記事通り、八二年六月から七月にかけ、井上ひさし作、木村光一演出の『国語事件殺人辞典』（津島滋人制作）で旗揚げし、「仮想メンバー」のリストにあった大塚周夫、大原武樹、遠山牛、有働智章、多賀徳四郎、中西和久らが出演した。だが、しゃぼん玉座自体は小沢が一人で作った演劇組織という形になった。

なぜそうなったのかは不明だが、前述の朝日新聞の記事によると、大劇団構想が実現しなかった理由について、井上ひさしは「皆の共同幻想が食い違っていた」からだと語ったという。

その後の経過を見ると、木村光一は八一年に地人会を創立し、八二年春にアーノルド・ウェスカー作、木村演出の『クリスティーン・その愛のかたち』で第一回公演を行った。

そして翌八三年に井上ひさし夫妻はこまつ座を結成し、八四年に『頭痛肩こり樋口一葉』で旗揚げ公演を行った。

つまり、しゃぼん玉座の核になると思われていた井上ひさし、小沢昭一、木村光一の三人は、実際には同じ劇団に合流することなく、それぞれに新しい演劇ユニットを作って、別々の道を歩んだのである。

ただし、小沢の個人劇団となったしゃぼん玉座は、その後も、『吾輩は漱石である』（八二年）、『芭蕉通夜舟』（八三年）、『唐来参和』（八四年）と、井上作品ばかりを上演し続けた。

現時点で見ると、この三人が別々の道を選んだのは結果的にはよかったと言っていい。新しい劇団を作っても、個性の強い指導者三人の意思を調整し、同じ理念を掲げて劇団を運営していくのは相当難しかったに違いない。井上ひさしにとっても、座付き作者としての彼の才能と思いが尊重され、作品に合わせて演出家と俳優を選ぶことができるこまつ座というプロデュース組織は、メンバーが固定しがちな劇団制よりもずっと都合がよかったはずである。

「時間のユートピア」志向

井上戯曲を専門に上演する演劇プロデュースの組織としてスタートしたこまつ座。この集団の大きな特色は、公演パンフレットを兼ねた「季刊ｔｈｅ座」という雑誌形式の機関誌を旗揚げの時から現在まで刊行してきたことである。「ｔｈｅ座」は普通の新劇系劇団の公演パンフレットをはるかに超えるページ数で、創刊以来、上演作品に合わせてテーマを設定し、詳しい調査と資料を載せる中身の濃い「特集」を組んできた。編集長は最初、座長の井上好子だったが、途中から編集者でライターの小田豊二に交代。こまつ座スタッフの渡辺昭夫が編集の実務を手がけた。

樋口一葉を特集した創刊号は百十四ページだったし、上演作品とは直接関係なしに「ユートピア」を特集した第二号（一九八四年十月発行）は百二十二ページもあった。ページ数と編集の労力からしても、採算をほとんど度外視した公演パンフレットだった。

この第二号の「ユートピア」特集は、井上ひさしの連載小説『ユートピア諸島航海記』（連載二回目までで中断。岩波書店刊『グロウブ号の冒険』に収録）、過去に世界各地で書かれてきたユートピア物語の紹介のほか、ユートピアに関する山口昌男、宮崎義一、ロジャー・パルバース、山田洋次らの寄稿原稿などを掲載し、読み応えのある内容だった。

そして巻頭には、ｔｈｅ座同人（井上ひさし、三留理男、小田豊二）と井上好子による座談会「ユートピアは夢のネットワーク」が掲載されたのだが、この座談会での井上ひさしの発言は、こまつ座という組織の特質を知る上で重要である。井上はここで、こまつ座創立の理念そのものを語っているように思われるからだ。

まず、「『ユートピア』というと一般的には『理想郷』といった『場所』のイメージが強いですね」という小田豊二の問いに対して、井上はこう答えている。

「つまり、世界にまだ未知の場所があった時代には『場所のユートピア』というのが成立したと思うんですね。桃源郷とか、ユートピア島とか。ところが、交通機関とか伝達方法の発達によって地球が狭くなった瞬間から『場所のユートピア』という考えは機能しなくなったと思いますね。それは僕は子供のころから何となく感じていました」

では、現代でも成立するユートピアとは何か。彼自身の生活経験から来る井上の考えはこうだ。

「僕はどうもユートピアというのは『時間』で成立しているんじゃないかという気はしてましたね」

「たとえば、何となく仲間が集まって話をしているうちに、盛りあがって、こういう話もあるぜとかまぜっ返す話をしたりして、そこへ酒が来たり、飯が来たりして、一層盛りあがる瞬間ってあるわけですね。（中略）それがどうも『ユートピア』と関係あるんじゃないかって思うんです。つまり『時間を忘れる』ことがユートピアじゃないかって」

「映画館でもそうですね。観客が一緒になってハラハラしたり、笑ったりしているその瞬間も『ユートピア』なんですね。芝居もそうだし、いい友だちと話している時もそう。『ｔｈｅ座』もそうです。この雑誌を読んでる間、時間を忘れてくれたら『ｔｈｅ座』は『平べったい二次元のユートピア』じゃないでしょうか」

つまり、こまつ座を創立することによって井上ひさしが目指したのは、彼の劇を見ることによって観客たちが、つかの間にせよ、苦しみの多い現実の時間を忘れ、楽しい充実した体験を共有する「時間のユートピア」を成立させることなのだ。

言い換えれば、こまつ座は井上戯曲を上演するための単なる上演組織、興行組織であるだけでなく、「時間のユートピア」作りのための核になる組織にしたい、という井上の願いが感じられる発言である。

だから、座談会の後半で井上は次のように、さらに突っ込んだ発言もしている。

「ですから、何度もいうように、見知った人同士が小さいスクラムを組み、そのスクラムが連鎖をなして世界を覆うのがいいと思います」

「奇蹟は起こり得ると信じていますよ。ただし、その確率は何百万分の一ぐらいでしょうか。でも、その『あるかもしれない』奇蹟に賭けています。そのためにも、みんなで『夢のネットワーク』をはりめぐらそうということですね。それがつまり『ユートピア』じゃないでしょうか」

こまつ座が社会と世界を変えていくための「小さいスクラム」作りの起点になること、言い換えればこまつ座の舞台が「夢のネットワーク」を張り巡らすための一助になることを井上ひさしは強く願っていたのだ。むろん、そのような「奇蹟」が起きる確率はきわめて低いが、「その『あるかもしれない』奇蹟に賭けています」と井上ひさしはあえて語ったのである。

こまつ座結成に当たって、井上ひさしはそのように大きな「夢」を抱いていたのだ。創刊間もない「ｔｈｅ座」が上演作品とは関係なしに「ユートピア」特集を組んだのも、演劇を「時間のユートピア」にしたいという井上ひさしの考えがあったからだろう。

波乱の歩み

旗揚げ公演『頭痛肩こり樋口一葉』は作品自体が秀作で、舞台の出来もよく、こまつ座は順調なスタートを切った。

だが、問題はこまつ座内部から起きた。こまつ座の中心である井上夫妻の仲が険悪化したのだ。そしてさまざまな騒動の末、こまつ座公演『泣き虫なまいき石川啄木』の東京公演が幕を下ろした直後の一九八六年六月二十五日、夫妻はそれぞれ別個に記者会見し、離婚を発表した。

夫婦関係が危機的になった直接の原因は、好子前夫人がこまつ座の舞台監督を務めていた年下の西舘督夫のもとに走ったことだった。衝撃を受けた井上ひさしは八五年十二月末、自宅で睡眠薬を飲んで首を吊る自殺未遂まで起こしている。

特に『國語元年』（八六年一月初演）と『泣き虫なまいき石川啄木』（八六年六月初演）は、家庭が難破していく、井上ひさしにとってきわめて苦しい時期に書かれた戯曲だった。そのころの状況を井上はこう書いている。

「『泣き虫なまいき石川啄木』を書いていた（八六年）四月、五月は最悪でした。そんな嵐の真ッ只中でしたから、さっぱり原稿が書けない。芝居の初日は迫る。その最中に、好子さんが離婚届をもってくるんです。有責者は離婚を云い出せないはずですから、取り合わないでいると、次の日も、また次の日も、何度も離婚届をもってやってくる。（中略）あれは離婚届をつきつけられながら書いた戯曲です」（「結婚　井上ひさし氏この二年を語る」、『週刊文春』一九八七年四月九日号）

このため戯曲自体も、作者の離婚騒ぎを反映する内容になっていった。啄木と妻・節子、啄木の友人・郁雨との三角関係が井上夫妻と西舘督夫の姿に重ね合わされたのである。井上ひさし自身が、この劇のせりふにもト書きにも出てくる、「実人生の白兵戦」に苦しみぬきながら書いた作品だった。

だが、好子にも言い分があった。離婚までのいきさつを書いた著書『愛がなければ生きて行けない』（海竜社、一九八七年）の中で、好子は戯曲『國語元年』に登場する、言葉に熱中する主人公・南郷清之輔のうちに井上ひさしの姿を読みとり、こう書いた。

「なぜこうも、ことばにとりつかれた官吏に、(一家)全員が自己を犠牲にしなければならないのだろうか。／夜中に励ましの歌をうたい、研究が進んだといっては酒宴をもよおし、更に身をなげだしてもこの官吏に協力を惜しまない女郎などは、一度なりとも、自己主張や反論をしていない。(中略)／ことばにとりつかれた官吏は、そのまま夫の姿なのだと、はたと思う。／自分の仕事に忠実なあまり、全ての人生はある一点の才能に集結せよ、といわんばかりの思いが無意識に夫にはないだろうか。(中略)／わたしには、今ことばより大切なものがほしい」

離婚発表の翌年の八七年三月末、好子は西舘督夫と入籍の手続きをして西舘好子となった。そして井上ひさしは同年四月、料理研究家の米原ユリと再婚した。家庭面でのトラブルはこれで落着したのである。

離婚の紛争に伴い、こまつ座の座長は八六年に井上ひさしが引き継いだが、八七年四月からは長女の井上都にバトンタッチされ、彼女が座長兼制作者となった。

だが、新体制で再スタートしたものの、今度は井上ひさしの執筆遅れという問題が起きるようになった。

井上都座長の下での一作目となった「昭和庶民伝」第二作『闇に咲く花』は八七年十月二日に東京・紀伊國屋ホールで開幕するはずだったが、執筆遅れのために初日は十月九日に延期され、同ホールでの公演は十三日間の予定が半分以下の六日間に短縮された。

それに続く同シリーズの第三作『雪やこんこん』も予定通りの公演にならなかった。十月二十六日に紀伊國屋ホールで開幕するはずだったが、台本が完成せず、初日が十一月五日に延期、さらに十一月九日に再延期された。このため、紀伊國屋ホールでの上演は十八日の予定がわずか四日間になった(その後、浅草公会堂でも二日間上演された)。

新作劇二本の東京公演の期間が立て続けに大幅に短縮された訳だから、こまつ座は当然、大きな赤字を背負った。この点について、井上ひさしはその翌年、私のインタビューに答え、こう語っている。

「一日延ばすと三百万円くらい損をする大変なことなんですが、そこがこまつ座の駄目な、シビアでないところで(ぼくの性格の反映です)、割りと平気で延ばしまし

た」（『昭和庶民伝』三部作を書き上げた井上ひさしに聞く」、『テアトロ』一九八八年一月号、本書に収録）

普通の劇団ならすぐにもつぶれるところだが、こうした事態でもこまつ座が活動を続けることができたのは、ベストセラー作家として井上ひさしに経済的余裕があり、井上作品に多くのファンがいたからだろう。

だが、執筆遅れによる初日延期はその後も続いた。以下、東京公演の初日が延びたこまつ座の公演を列挙してみよう。

*『人間合格』（一九八九年初演）＝初日を一週間延期。上演期間は十二日間の予定が六日間に。

*『シャンハイムーン』（九一年初演）＝台本遅れのため、九〇年十一月〜十二月の紀伊國屋ホール公演と九州公演がすべて中止になり、福島県いわき市の公演が初日に。東京では九一年三月に前進座劇場で上演。

*『マンザナ、わが町』（九三年初演）＝紀伊國屋ホール公演の初日が六月二十四日から七月七日に延期。十八日間の公演予定が五日間に。

*『黙阿彌オペラ』（九五年初演）＝九四年十一月に予定されていた紀伊國屋ホール公演はすべて中止。九五年一月、シアターコクーンに会場を移して四日間だけ上演。

*『兄おとうと』（二〇〇三年初演）＝五月の紀伊國屋ホール公演の初日が二日間延期。

このように見てくると、執筆遅れによるこまつ座公演の初日延期は二〇〇三年の『兄おとうと』が最後である。それ以後も、台本の完成が初日直前になることはよくあったが、初日が遅れるような事態にはなっていない。

それにしても、井上ひさしほど初日延期を繰り返した劇作家は例がない。新作劇の公演が延びるたびに新聞などでは、常習的な台本遅れに批判が浴びせられた。

だが、初日が遅れても、その結果、水準の高い優れた作品と見事な舞台が生まれ、公演が高い評価を得ると、批判が尻すぼみになることが多かった。井上戯曲の輝きと成果が強い批判を抑えこんだのである。

同時に、こまつ座という組織があり、井上ひさしの才能を信じるスタッフたちがいたからこそ、初日延期が度

『組曲虐殺』(左より、井上芳雄、石原さとみ。
2009年　撮影＝落合高仁)

重なっても、公演活動を持続することができた点も見逃せない。東京公演の初日が遅れても、こまつ座のスタッフは長期にわたる地方公演でその穴を埋め、再演、再々演で収入を上げようと務めたのである。

井上ひさしが他の多くの劇作家たちと違い、七十代半ばまで旺盛な劇作活動を続け、晩年になっても『太鼓たたいて笛ふいて』『円生と志ん生』『ロマンス』『ムサシ』『組曲虐殺』のような秀作を書くことができたのも、こまつ座という母体があったからだ。

こまつ座の支配人(座長)は二〇〇九年七月に、長女の井上都から三女の井上麻矢に代わったが、それから間もなく、十月に東京の天王洲 銀河劇場で初演された『組曲虐殺』が井上ひさしの遺作となった。前年の秋から肺がんで闘病中だった井上は二〇一〇年四月九日夜、七十五歳で世を去ったからだ。戦後日本の現代演劇を代表する、質量ともに最高最大の天才劇作家の死である。

井上ひさしの死で、こまつ座はこれまでにない状況を迎えている。井上の新作がもう生まれなくなり、旧作の再演しかできなくなったからだ。

これは確かに厳しい状況である。だが、考えてみれば、こまつ座には六十九本もの井上戯曲という素晴らしいレパートリーがある。これだけ多彩で豊かで、芸術性と社会性と娯楽性を備え、笑いと音楽もたっぷりある劇を自由に上演できる集団がほかにどれだけあるだろうか。

高い評価を得た秀作の再演に加え、新しい演出と新しい演技陣で井上ひさしの劇世界に意表をつく新しい解釈と斬新な造形をもたらす作業もぜひ進めてほしい。シェイクスピア劇のように多面的で奥が深い井上劇は、どのように大胆な演出の変奏にも耐えられるはずである。

（文中、敬称略）

井上ひさし全戯曲初演一覧

こまつ座編

看護婦の部屋（白の魔女）
（制作＝浅草フランス座　脚色・演出＝緑川士郎　一九五八年一月）

うかうか三十、ちょろちょろ四十
（制作＝安澤事務所　演出＝小林裕　一九八七年六月）

さらば夏の光よ
（制作＝同人会　演出＝木村優　一九五九年九月）

帰らぬ子のための葬送歌
（制作＝聖パウロ女子修道会　一九六〇年）

神たちがよみがえったので
（制作＝聖パウロ女子修道会　一九六〇年）

日本人のへそ
（制作＝テアトル・エコー　演出＝熊倉一雄　一九六九年二月）

長根子神社の神事
（制作＝日劇ミュージックホール　演出＝小沢昭一　一九七〇年三月）

満月祭ばやし
（制作＝東宝　演出＝山崎博史　一九七〇年七月）

表裏源内蛙合戦
（制作＝テアトル・エコー　演出＝熊倉一雄　一九七〇年七月）

十一ぴきのネコ
（制作＝テアトル・エコー　演出＝熊倉一雄　一九七一年四月）

どうぶつ会議
(制作＝劇団四季　演出＝浅利慶太＋宮島春彦　一九七一年八月)

道元の冒険
(制作＝テアトル・エコー　演出＝熊倉一雄　一九七一年九月)

星からきた少女
(制作＝劇団四季　演出＝浅利慶太＋宮島春彦　一九七二年五月)

真夏の夜の夢
(制作＝東京放送児童劇団　演出＝長橋光雄、竹内照夫　一九七二年八月)

金壺親父恋達引
(制作＝NHKラジオ　演出＝吉田政雄　一九七二年三月)

珍訳聖書
(制作＝テアトル・エコー　演出＝熊倉一雄　一九七三年三月)

藪原検校
(制作＝五月舎　演出＝木村光一　一九七三年七月)

天保十二年のシェイクスピア
(制作＝西武劇場プロデュース　演出＝出口典雄　一九七四年一月)

それからのブンとフン
(制作＝テアトル・エコー　演出＝熊倉一雄　一九七五年一月)

たいこどんどん
(制作＝五月舎　演出＝木村光一　一九七五年九月)

四谷諧談
(制作＝芸能座　演出＝早野寿郎　一九七五年十月)

雨
(制作＝パルコ・五月舎　演出＝木村光一　一九七六年七月)

浅草キヨシ伝　強いばかりが男じゃないといつか教えてくれたひと
(制作＝芸能座　演出＝小沢昭一　一九七七年十月)

花子さん
(制作＝五月舎　演出＝木村光一　一九七八年二月)

日の浦姫物語
(制作＝文学座　演出＝木村光一　一九七八年七月)

しみじみ日本・乃木大将

（制作＝芸能座　演出＝木村光一　一九七九年五月）

小林一茶

（制作＝五月舎　演出＝木村光一　一九七九年十一月）

イーハトーボの劇列車

（制作＝三越劇場・五月舎　演出＝木村光一　一九八〇年十月）

国語事件殺人辞典

（制作＝しゃぼん玉座　演出＝木村光一　一九八二年六月）

新・道元の冒険

（制作＝五月舎　演出＝木村光一　一九八二年六月）

化粧

（制作＝地人会　演出＝木村光一　一九八二年七月）

仇討

（制作＝ＴＢＳラジオ　演出＝林原博光ほか　一九八二年十一月）

吾輩は漱石である

（制作＝しゃぼん玉座　演出＝木村光一　一九八二年十一月）

化粧二幕

（制作＝地人会　演出＝木村光一　一九八二年十二月）

もとの黙阿弥

（制作＝松竹　演出＝木村光一　一九八三年九月）

芭蕉通夜舟

（制作＝しゃぼん玉座　演出＝木村光一　一九八三年九月）

頭痛肩こり樋口一葉

（制作＝こまつ座　演出＝木村光一　一九八四年四月）

唐来参和

（制作＝しゃぼん玉座　演出＝長与孝子　一九八四年九月）

國語元年

（制作＝ＮＨＫテレビ　演出＝村上佑二＋菅野高至　一九八五年六月）

きらめく星座——昭和オデオン堂物語

（制作＝こまつ座　演出＝井上ひさし　一九八五年九月）

國語元年

（制作＝こまつ座　演出＝栗山民也　一九八六年一月）

泣き虫なまいき石川啄木

（制作＝こまつ座　演出＝木村光一　一九八六年六月）

花よりタンゴ——銀座ラッキーダンスホール物語

（制作＝こまつ座　演出＝井上ひさし　一九八六年九月）

キネマの天地
（制作＝松竹　演出＝井上ひさし　一九八六年十二月）
闇に咲く花——愛敬稲荷神社物語
（制作＝こまつ座　演出＝栗山民也　一九八七年十月）
雪やこんこん——湯の花劇場物語
（制作＝こまつ座　演出＝鵜山仁　一九八七年十一月）
イヌの仇討
（制作＝こまつ座　演出＝木村光一　一九八八年九月）
決定版　十一ぴきのネコ
（制作＝こまつ座　演出＝高瀬久男　一九八九年九月）
人間合格
（制作＝こまつ座　演出＝鵜山仁　一九八九年十二月）
シャンハイムーン
（制作＝こまつ座　演出＝木村光一　一九九一年一月）
ある八重子物語
（制作＝松竹　演出＝木村光一　一九九一年十一月）
中村岩五郎
（制作＝地人会　演出＝木村光一　一九九二年九月）
マンザナ、わが町
（制作＝こまつ座　演出＝鵜山仁　一九九三年七月）
オセロゲーム
（制作＝こまつ座〈公演中止〉一九九四年）
父と暮せば
（制作＝こまつ座　演出＝鵜山仁　一九九四年九月）
黙阿彌オペラ
（制作＝こまつ座　演出＝栗山民也　一九九五年一月）
普通の生活
（制作＝こまつ座〈公演中止〉一九九六年）
紙屋町さくらホテル
（制作＝新国立劇場　演出＝渡辺浩子　一九九七年十月）
貧乏物語
（制作＝こまつ座　演出＝栗山民也　一九九八年十月）
連鎖街のひとびと
（制作＝こまつ座　演出＝鵜山仁　二〇〇〇年六月）
化粧二題
（制作＝こまつ座　演出＝鈴木裕美　二〇〇〇年十月）
夢の裂け目
（制作＝新国立劇場　演出＝栗山民也　二〇〇一年五月）

太鼓たたいて笛ふいて
（制作＝こまつ座　演出＝栗山民也　二〇〇二年七月）
兄おとうと
（制作＝こまつ座　演出＝鵜山仁　二〇〇三年五月）
夢の泪
（制作＝新国立劇場　演出＝栗山民也　二〇〇三年十月）
水の手紙――群読のために――
（制作＝国民文化祭　やまがた・二〇〇三　演出＝佐藤修三　二〇〇三年十月）
円生と志ん生
（制作＝こまつ座　演出＝鵜山仁　二〇〇五年二月）
箱根強羅ホテル
（制作＝新国立劇場　演出＝栗山民也　二〇〇五年五月）
夢の痂
（制作＝新国立劇場　演出＝栗山民也　二〇〇六年六月）
私はだれでしょう
（制作＝こまつ座　演出＝栗山民也　二〇〇七年一月）
ロマンス
（制作＝こまつ座＆シス・カンパニー　演出＝栗山民也　二〇〇七年八月）
少年口伝隊一九四五（『リトル・ボーイ、ビッグ・タイフーン～少年口伝隊一九四五～』を改題）
（制作＝日本ペンクラブ　演出＝栗山民也　二〇〇八年二月）
ムサシ
（制作＝朝日新聞社／テレビ朝日／財団法人埼玉県芸術文化振興財団／こまつ座／ホリプロ　演出＝蜷川幸雄　二〇〇九年三月）
組曲虐殺
（制作＝こまつ座＆ホリプロ　演出＝栗山民也　二〇〇九年十月）

編者あとがき

扇田昭彦

本書が、白水社の『日本の演劇人』シリーズの一冊として企画されたのは二〇〇八年だった。

一九六九年に、井上ひさし氏の劇作家としての事実上のデビュー作となった『日本人のへそ』が劇団テアトル・エコーで初演されるのを観た時から、私は氏の奇想と笑いと社会批評性に富む豊かな劇世界に魅せられ、以来四十年間あまり、氏の劇はほとんど観てきた。

私は長年にわたり朝日新聞学芸部の演劇記者・編集委員だったから、井上氏の舞台の劇評を書いたり、氏にインタビューしたりする機会が多かった。編集者として井上氏の原稿をもらうために、氏の家に泊まりこんだこともある。また、新潮社から刊行された『井上ひさし全芝居』全七巻（一九八四年〜二〇一〇年）の巻末の解説も執筆してきた。

そうしたいきさつがあったから、白水社から依頼があった時、私は敬愛する井上氏の本の編者になることを快く引き受けた。白水社の編集者が、長いつきあいのある和気元さんだったせいもある。

編者になった私は、この本をどういうテーマで構成するかについて、まず井上ひさし氏に会って、氏の意向と希望を聞きたいと思った。

だが、二〇〇九年に入ってからの井上氏は多忙を極めた。三月に蜷川幸雄演出で初演された新作『ムサシ』の執筆に追われ、さらにその後は、氏の長年の念願だった、小林多喜二の評伝劇『組曲虐殺』（栗山民也演出）の執筆に没頭した。

そこで私と和気さんは『組曲虐殺』が開幕してから、井上氏に会いたいと願った。公演は十月三日に無事幕を開け、初日の公演の後、会場の天王洲 銀河劇場のロビーで行われた初日乾杯の席では、井上氏は満足そうな笑みを浮かべて談笑していた。私も氏と話し、初日の感想を述べた。

だが、思いがけないことが起きた。この公演中に井上氏は体調を崩し、検査の結果、肺がんが発見されて、そのまま入院して闘病生活を送ることになったのだ。闘病中は家族以外、氏には面会できなくなり、短時間でも打ち合わせをしたいという私たちの願いは実現しなかった。そして二〇一〇年四月九日夜、井上氏は鎌倉市の自宅で七十五歳の生涯を終えた。井上氏の死が私たちに与えた衝撃、そして戦後日本を代表する最高の天才的劇作家がいなくなったさびしさと空洞感は計り知れない。

井上氏の死後、私たちは「井上ひさしとこまつ座」を本書のテーマにすることにした。井上氏の驚くほど精力的な劇作活動を支えてきたのは、井上氏の戯曲を専門に上演する演劇ユニットとして一九八四年に創立された「こまつ座」であり、こまつ座に注目することで、井上ひさしの多彩で奥深い劇世界を再考してみたいと考えたからだ。

そこで和気さんが夫人の井上ユリさんにお会いし、本書の方針を伝えて、了解をいただいた。また、井上氏が『the座』に書いた文章のうち、これまで単行本に収められていない文章をいくつか、本書に再録させていただく許可も得た。

本書の第一章が、『the座』から再録した一つ目の文章で、井上氏が一九九二年から九五年にかけ、『the座』に八回にわたって連載したものの、未完に終わった『服部良一物語』である（『the座』の号数で言うと、第二十号から第三十号に掲載）。

これは日本のポピュラー音楽の優れた作曲家として、戦前から戦後まで、『別れのブルース』『一杯のコーヒーから』『湖畔の宿』『蘇州夜曲』『東京ブギウギ』『青い山脈』『銀座カンカン娘』など多くのヒット曲を送りだした服部良一（一九〇七年～九三年）の評伝なのだが、同時に井上ひさし氏自身の音楽面での自己形成史でもある。さらにこの連載は本論から横滑りして、ジョージ・ガーシュイン、ポール・ホワイトマンらが活躍した第二次大戦前のブロードウェイの状況を詳しく描くなど、奔放な脱線ぶりも楽しい文章になっている。井上氏は多くの音楽劇を書いたが、この連載を読むと、氏のポピュラー音楽やミュージカルについての造詣が並々ならぬものであったことが改めてよく分かる。中断が惜しまれる連載である。

第二章には、いずれも私が聞き手となって井上氏に話を聞いたインタビューを三本収めた。

一つ目は、『文学界』一九八六年十二月号（文藝春秋）に「特別インタビュー」として掲載された「物語と笑い・方法序説」である。これは当時、同誌の編集長だった湯川豊氏（現・文芸評論家）に依頼されたインタビューで、小説家・劇作家としての井上氏に、「笑い」「物語」「カトリックの信仰」「言葉」などについて、数時間かけて行ったかなり長い読み応えのあるインタビューである。作家としての井上氏の原点が、少年時代に仙台のカトリック系の児童養護施設で読んだディケンズの長編小説『デイヴィッド・カッパフィールド』だったことなどを、氏はとても率直に語ってくれた。

二つ目のインタビューは、演劇雑誌『テアトロ』一九八八年一月号（テアトロ社。現・カモミール社）に掲載された「『昭和庶民伝』三部作を書き上げた井上ひさしに聞く」である。井上氏の一九八〇年代を代表する連作劇『きらめく星座』『闇に咲く花』『雪やこんこん』の完結に際して行ったインタビューである。

そして三つ目のインタビューは、東京・渋谷のパルコ劇場で一九七〇年代に初演された井上氏の秀作『藪原検校』『天保十二年のシェイクスピア』『雨』について、約二十年後に井上氏に回顧してもらった「渋谷を変えた劇場でダークな喜劇の実験」である。このインタビューは、パルコ劇場（旧・西武劇場。一九七三年開場）の開場三十周年記念に際して刊行された扇田昭彦・長谷部浩・パルコ劇場編集の本『プロデュース！』（パルコ劇場刊、二〇〇三年）に収録された。

第三章は、『ｔｈｅ座』からのもう一つの再録で、これはこまつ座の公演に際して、井上氏が座付き作者として、一九八五年から二〇一〇年までに『ｔｈｅ座』に書いた「前口上」を集成した五十二本の「前口上集」である。ここでは井上氏が新作劇について、あるいは再演された旧作について、作者としての思いと、作品の背景にあるものを率直につづっていて、井上ひさしの劇世界を理解する上で欠かせない資料になっている。

終わりの第四章は、本書のために私が書き下ろした「時間のユートピアを目指して――井上ひさしとこまつ座」である。二十五年を越えたこまつ座の歩みと、こまつ座のために井上氏が書いた二十四本に上る戯曲の流れをたどるとともに、こまつ座結成当時の井上氏には、この演劇組織を「時間のユートピア」を作るための核にしたいという井上氏の強い願いがあったことを指摘した文章である。

巻末には、こまつ座編による「井上ひさし全戯曲一覧」を収録した。これは二〇一〇年七月一日に東京會舘で行われた「井上ひさしさんお別れの会」で参会者に配られた小冊子（渡辺昭夫編集）に掲載された「井上ひさし全戯曲」のデータを踏まえたものである。また、「『ｔｈｅ座』前口上集」附三に収録した「こまつ座公演一覧」も渡辺さんの手によるものである。

渡辺昭夫さんはこまつ座創立当時からのスタッフで、井上ひさし氏を深く尊敬し、一貫して『ｔｈｅ座』の編集に当たってきた。こまやかな心遣いをする誠実な人で、綿密で周到な取材力・調査力には定評があり、井上氏の仕事については何でも知っていた。私自身も一九九〇年代に『ｔｈｅ座』に連載した「千田是也演劇戦後史」では、渡辺さんに大変お世話になった。二〇〇七年から私は再び『ｔｈｅ座』で明治以後の日本の演出家の歩みをたどる連載「演出家の時代」を始め、渡辺さんに担当してもらっていた。

だが、井上ひさし氏の死後、六月一日に渡辺さんは急死した。まるで井上氏の後を追うかのように渡辺さんまで逝ってしまったことに、私は衝撃を受けた。渡辺さんが亡くなったころ、私は仕事でヨーロッパに出かけていたが、亡くなる前日、渡辺さんから届いた短い、さりげないメールが最後の連絡となった。

それにしても井上ひさし氏は稀有な作家だったと思う。井上氏の遅筆ぶりは有名で、編集者たちは氏の原稿がなかなか上がらないことに悩み、氏の新作劇の公演は何度も初日を延期した。だが、新聞社時代、記者・編集者として井上氏とつきあった私の経験から言うと、氏は決して普通の意味での「遅筆」ではなかった。

何しろ売れっ子の放送作家時代の井上氏は、多い時は月に千五百枚も書く、むしろ速筆の書き手だったのだ。若いころの氏は連載小説でも、一晩に二、三十枚書いてしまう筆力を持っていた。

井上氏が一九七〇年代末に私に話してくれたことがある。

「作家によって、執筆量は大きく違いますね。大衆文学系の流行作家は多くの連載を抱え、毎日数十枚、月に数百枚書くのが普通の執筆量です。でも、純文学系の作家になると、執筆量はせいぜい日に数枚でしょう」

当時、井上氏自身は大衆文学畑の人気作家だったから、新聞、雑誌などに連載をいくつも持ち、「遅筆」と言われながら、月に数百枚の執筆をこなしていた。

だが、井上氏が何よりも大切に思う戯曲の執筆となると、氏はとたんに慎重になり、膨大な資料を渉猟し、構成とせりふを練りに練り、執筆速度を抑え、新しいアイディアが浮かぶたびに書き直すのが常だった。劇作を手がけると、氏の執筆モードは、人気作家から純文学作家のそれに切り替わったのだ。

このような精魂こめた執筆の中から生まれたのが、大きな山脈をなすかのような井上劇の傑作群であり、宝石のようなせりふの数々だった。編者として、本書が井上ひさし氏の豊かな劇世界をより深く楽しむための一助となることを願っている。

『ｔｈｅ座』に掲載された井上ひさし氏の文章の再録を許可していただいた井上ユリさんとこまつ座代表の井上麻矢さんに深く感謝します。また井上氏のインタビューの転載を許可して下さった文藝春秋、カモミール社、パルコ劇場の方々にもお礼を申し上げます。そして白水社の和気元さん、ありがとうございました。

二〇一一年七月

編著者略歴

扇田昭彦（せんだ　あきひこ）

一九四〇年生まれ。東京大学文学部西洋史学科卒。六四年、朝日新聞社入社。学芸部演劇担当記者、編集委員を経て退社後、二〇〇三〜〇六年、国際演劇評論家協会（ＡＩＣＴ）日本センター会長。元静岡文化芸術大学教授。

八九年、『現代演劇の航海』（リブロポート）で芸術選奨新人賞。

主要著書に『開かれた劇場』（晶文社）、『日本の現代演劇』（岩波新書）、『ミュージカルの時代』（キネマ旬報社）、『才能の森——現代演劇の創り手たち』（朝日選書）、『唐十郎の劇世界』（右文書院、ＡＩＣＴ演劇評論賞）、『蜷川幸雄の劇世界』（朝日新聞出版）等。

日本の演劇人

井上ひさし

責任編集／扇田昭彦

2011年9月5日 印刷
2011年9月20日 発行

発行者 及川直志
発行所 株式会社 白水社
東京都千代田区神田小川町3の24 〒101-0052
電話 03-3291-7811（営業） 03-3291-7821（編集）
振替 0019-5-33228 http://www.hakusuisha.co.jp

印刷 株式会社 三秀舎
製本 加瀬製本

装幀／唐仁原教久 デザイン／最上さちこ（HBカンパニー）

ISBN 978-4-560-09412-9
乱丁・落丁本は、送料小社負担にてお取り替え致します。

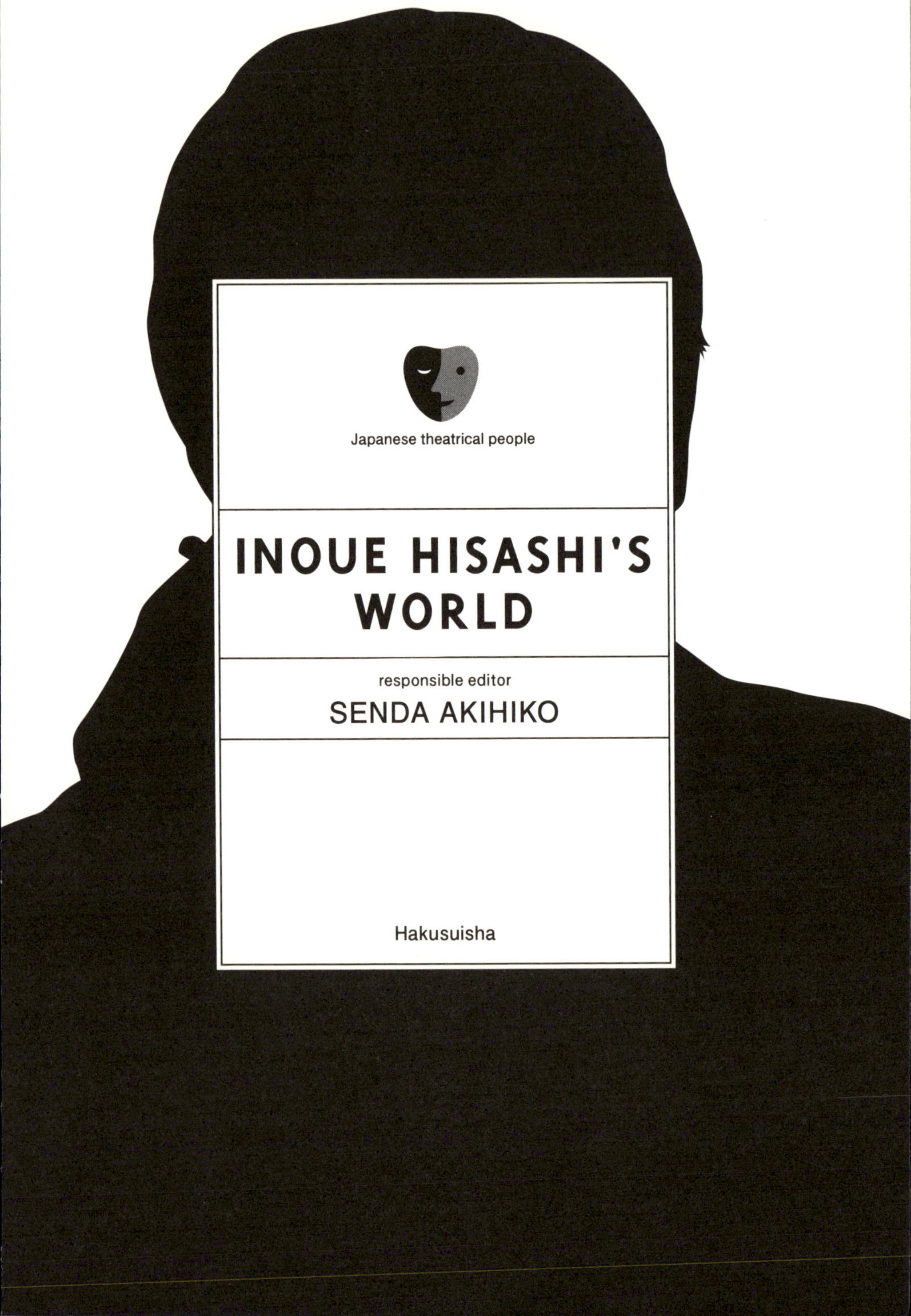

Japanese theatrical people

INOUE HISASHI'S WORLD

responsible editor

SENDA AKIHIKO

Hakusuisha